Gabriella Wollenhaupt

Grappas Treibjagd

Kriminalroman

grafit

Die Autorin:

Gabriella Wollenhaupt, Jahrgang 1952, arbeitet seit 20 Jahren als Journalistin im Ruhrgebiet, zur Zeit als Hörfunk- und Fernsehredakteurin in Dortmund.

Mit *Grappas Versuchung* debütierte sie im Frühjahr 1993 als Kriminalschriftstellerin.

GrafiTäter & GrafiTote

Ard u.a.: Der Mörder kennt die Satzung nicht - Der Mörder würgt den Motor ab - Der Mörder bittet zum Diktat - Der Mörder kommt auf sanften Pfoten - Der Mörder kommt auf Krankenschein - Der Mörder bricht den Wanderstab - Der Mörder packt die Rute aus - Der Mörder schwänzt den Unterricht - Der Mörder zieht die Turnschuh an - Der Mörder bläst die Kerzen aus - Der Mörder ist immer der Gärtner • Die Meute von Hörde • *Leo P. Ard/Michael Illner:* Flotter Dreier - Gemischtes Doppel • *Leo P. Ard/ Reinhard Junge:* Der Witwenschüttler - Meine Niere, deine Niere - Die Waffen des Ekels - Das Ekel schlägt zurück - Bonner Roulette • *Dorothee Becker:* Mord verjährt nicht - Der rankende Tod • *Jacques Berndorf:* Eifel-Feuer - Eifel-Schnee - Eifel-Filz - Eifel-Gold - Eifel-Blues • *Horst Bieber:* Kaiserhof • *Horst Eckert:* Aufgeputscht - Bittere Delikatessen - Annas Erbe • *Christoph Güsken:* Schaumschlägers Ende - Bis dann, Schnüffler • *Harald Irnberger:* Das Schweigen der Kurschatten - Geil - Stimmbruch - Richtfest • *Andreas Izquierdo:* Jede Menge Seife - Das Doppeldings - Der Saumord • *Reinhard Junge/Leo P. Ard:* Das Ekel von Datteln • *Reinhard Junge:* Totes Kreuz - Klassenfahrt • *Jürgen Kehrer:* Das Kappenstein-Projekt - Bären und Bullen - Spinozas Rache - Schuß und Gegenschuß - Wilsberg und die Wiedertäufer - Kein Fall für Wilsberg - Killer nach Leipzig - Gottesgemüse - In alter Freundschaft - Und die Toten läßt man ruhen • *Agnes Kottmann:* Tote streiken nicht • *Leenders/Bay/ Leenders:* Clara! - Feine Milde - Jenseits von Uedem - Belsazars Ende - Königsschießen • *Fabian Lenk:* Schlaf, Kindlein, schlaf - Brandaktuell • *Hartwig Liedtke:* Scharfe Schnitte - Tod auf Rezept - Klinisch tot • *Reiner Nikula:* Laurins Garten - Tödliches Schach - Ein Stückchen Hirn • *Theo Pointner:* Scheinheilige Samariter - Tore, Punkte, Doppelmord • *Werner Schmitz:* Mord in Echt - Nahtlos braun - Dienst nach Vorschuß - Auf Teufel komm raus • *Gabriella Wollenhaupt:* Grappa und die fantastischen Fünf - Killt Grappa! - Grappa und der Wolf - Grappa fängt Feuer - Grappa dreht durch - Grappa macht Theater - Grappas Treibjagd - Grappas Versuchung

Chemnitzer Str. 31
D-44139 Dortmund

Umschlagfoto: Archiv
Druck und Bindearbeiten: Fuldaer Verlagsanstalt
ISBN 3-89425-038-0
5. 6. / 98 97

Die Personen:

Amadeus Augenstern, Kunstmaler, spielt gern Briefträger und Sponsor blutjunger Modelle.

Beate Bartusch ist das unschuldige Opfer in einem mörderischen Spiel um Sex und Gewalt, von dem ihre Eltern profitieren.

Prof. Dr. Christian Ellenbogen, ein honoriger Mediziner, setzt sein Ansehen und seine Stellung nicht ohne Widerstand aufs Spiel.

Verena Ellenbogen spielt ihre Rolle als Ehefrau und Mutter von Zwillingen fast bis zum Ende.

Bettina Engler, Therapeutin, das Spiel ums große Geld wird ihr zum Verhängnis.

Anna Gerner kämpft gegen perverse Urlaubsspiele in der Dritten Welt.

Maria Grappa, Journalistin, spielt die Knallharte bei der Jagd nach einem Kinderschänder, die zu ihrer fixen Idee wird.

Laura Gutweil, Psychologin, merkt zu spät, daß sie das Spiel nicht gewinnen kann, und stirbt dabei.

Onkel Herbert, der Mann mit dem »Kleeblatt«, spielt gern die Hauptrolle in Videofilmen.

Peter Jansen, Journalist, kennt seine Rolle in dem Spiel und füllt sie brillant aus.

Agnus Naider, Psychologe, wechselt seine Rollen spielend – von hilflos bis eiskalt.

Friedel Zahlmann, Kriminalhauptkommissar. Er spielt nicht, sondern handelt. Er haßt Kinderschänder noch mehr als superschlaue Journalistinnen.

In Bierstadt, einer Großstadt im Revier, werden Kinder sexuell mißbraucht und kommerziell ausgebeutet. Das Geschäft mit den Kinderpornos floriert. Obwohl die Behörden schnell und häufig eingreifen, kommen die Täter oft ungeschoren davon, weil auch die Opfer schweigen.
Die Handlung dieses Romans ist frei erfunden. Zitate und Fallbeispiele entstammen jedoch der deutschen Wirklichkeit.

Ein schwüler Garten stand die Nacht.
Wir verschwiegen uns, was uns grauend erfaßt.
Davon sind unsre Herzen erwacht
Und erlagen unter des Schweigens Last.

Es blühte kein Stern in jener Nacht
Und niemand war, der für uns bat.
Ein Dämon nur hat im Dunkel gelacht.
Seid alle verflucht! Da ward die Tat.

Georg Trakl, Ballade

Lauras Party

Lauras Haus strahlte die morbide Würde einer ausrangierten Hollywood-Diva aus. Es lag im Westen der Stadt, in einer Gegend, die schon bessere Zeiten erlebt hatte. Die Fassade war abgenutzt, der Vorgartenzaun verlangte nach einem neuen Anstrich, und die Klingel an der Eisentür funktionierte schon seit Jahren nicht mehr.

Es war die Zeit zwischen Abend und Nacht. Ich beobachtete das Licht, das durch die hohen Fenster in Lauras Wohnzimmer fiel. Eben noch war die Stimmung rosa, jetzt legte sich unmerklich ein Grauschleier auf Möbel und Gäste.

In dem großen verwinkelten Raum mit den blank gebohnerten Holzdielen waren die Kerzen weit heruntergebrannt; ihr weißes Wachs lief – Tränen gleich – die silbernen Leuchter herab. Auf den Tischen und den Fensterbänken leere Weingläser und halb abgegessene Teller, die achtlos weggestellt worden waren. Hier ein Rest Kartoffelsalat, da ein Klecks Senf, in dessen Mitte eine halbgerauchte Zigarette ausgedrückt worden war. In den Ecken des verschachtelten Raumes unterhielten sich die Gäste leise. Ich lauschte. Ich konnte keine Einzelheiten verstehen, doch die da drüben stritten sich. Ihre Stimmen hatten eine aggressive leise Schärfe.

Die Körperhaltung des Mannes war verkrampft. Die Frau, die die Vorwürfe einstecken mußte, wandte sich betont desinteressiert ab und schaute sich um, ob irgendein Gast dem Dialog zuhören würde. Der Blick der Frau und mein Blick trafen sich. Sie zuckte die Schultern – eine Geste der Entschuldigung. Ich lächelte, wandte mich ab und blickte in eine andere Richtung.

Der Mann im Erker versuchte, erste Kontakte zu einer Frau zu knüpfen, die er wohl heute abend kennengelernt hatte. Seine Haltung strahlte Wachheit und Gespanntheit aus. Er legte der Frau die Hand auf den Oberarm, so als wolle er sie beschützen oder an sich ziehen.

Sie ließ es geschehen und lehnte lässig am Fensterkreuz,

strich sich ab und zu durch das lange Haar, ließ es sachte auf die Schultern zurückfallen. Sie beobachtete ihn dabei, wie er sie verzückt anstarrte. Sie genoß es, und beim Lachen warf sie den Kopf in den Nacken. Eine anmutige Geste in einem uralten Spiel, dachte ich. Reden, küssen, streicheln, ins Bett gehen, schweigen und sich wieder verlassen.

Ich wechselte die Blickrichtung und gähnte. Vor Müdigkeit oder vor Hunger. Ich hatte mich an diesem Abend tapfer gehalten. Stundenlang war ich an den vollen Schüsseln mit köstlichem Kartoffelsalat, den dekorativ arrangierten Canapés, den aufgetürmten fetten Aal-Häppchen und vor allen Dingen an der Riesenschüssel Rote Grütze vorbeigeschlichen. Doch mehr als ein verächtliches Lächeln hatte ich für die versammelten Leckereien nicht übrig. Lediglich drei oder vier knackigen Radieschen hatte ich den Weg in meinen genervten Magen gestattet. Beim Gedanken an die acht Tage Rohkost-Diät, die noch vor mir lagen, drehte sich mir derselbe um. Der Geschmack von Radieschen und trockenem Weißburgunder vermischte sich auf meiner Zunge zu einer scheußlichen Verbindung.

Ich dachte an die letzten drei Monate zurück. Mein Urlaub in Brasilien, die ausgefuchsten Kochkünste meines hinreißenden Gastgebers und seines nicht minder begabten Personals hatten mich zum erneuten Studium meiner zahlreichen Diät-, Schönheits, Schlankheits-, Vollwert- und Fitnessbücher veranlaßt.

Ich blickte mich um. Laura schien nicht mehr da zu sein. Zumindest nicht in diesem Raum des Hauses. »Ich muß dich sprechen, Maria«, hatte sie vor knapp einer Stunde zu mir gesagt, »es ist wichtig.« Und nun war sie weg. Spurlos verschwunden. Ich mußte sie finden, denn ich war neugierig.

Das Pärchen im Erker schmuste inzwischen. Das Weibchen hat das Männchen akzeptiert, dachte ich, bald würde die Begattung folgen. Ich lächelte. Paarungsrituale! Wenigstens der Fortpflanzungstrieb verband den Menschen noch mit der Natur. Genauso wie der Freßtrieb. Ich beobachtete finster eine dünne Frau, die sich über die Rote Grütze hermachte. Sie nahm tatsächlich drei große Löffel und klatschte sie in ihre

Glasschüssel. Dann noch eine Kelle Vanillesoße obendrauf. Gierig leckte sie sich die Lippen. Plötzlich haßte ich sie und schämte mich.

Wo konnte Laura sein? Ich verließ das Zimmer, um sie zu suchen. Der Alkohol verbreitete eine wohlige Wärme in meinem Körper. Ein Typ torkelte mir entgegen. Er grölte ein Loblied von leichten Mädchen und schweren Getränken. Ich stieß ihn beiseite, als er sich an mir festhalten wollte.

Laura sah ich nicht. Sie war vielleicht in ihrem Schlafzimmer. Ich klopfte an die Tür. Zunächst rührte sich nichts, dann hörte ich ein leises Stöhnen. »Laura«, rief ich mit verhaltener Stimme, »bist du da drin?«

Keine Antwort. Nur dieses leise Stöhnen. Da waren zwei, die allein sein wollten. Na also, dachte ich zufrieden, endlich tröstete sie sich über ihre verflossene Liebe zu jenem lackierten Affen hinweg, den ich nicht kannte und auch nicht kennenlernen wollte. Jetzt brauchte ich dies zum Glück auch nicht mehr, denn die Sache war gegessen. Für immer, so hoffte ich. Denn die Liebschaft mit Prof. Dr. Christian Ellenbogen hatte Laura nicht gut getan. Als es zu Ende war, litt sie. Ich sagte »stop« und half ihr über das heulende Elend hinweg.

Doch immer, wenn ihr Blick wie zufällig über den Porzellan-Clown strich, kam etwas Wundes in ihren Blick. Der Clown, ein billiges Ding aus zuckerartigem Material, drückte aus seinem Auge eine gemalte Träne. Der schwarz-weiße Stoffanzug war mit Rhomben übersät, und er trug eine schwarze enge Kappe. Laura fand das Monster schön. Ich fand es nur billig und geschmacklos. Es war für sie jedoch ein Stück von ihm. Den Clown hatte Prof. Dr. Christian Ellenbogen vermutlich beim Kaffeekauf erstanden, denn dort sah ich das Teil ein paar Wochen später. Zum stolzen Preis von 14,95 Mark.

Ich hatte Laura nichts gesagt. Ich wollte sie nicht verletzen. Was würde es auch bringen? Im großen und ganzen hielt sich Laura nämlich prächtig. Und nun das Stöhnen hinter der Tür. Welcher Gast war es wohl von denen, die heute abend hier waren? Ich guckte durchs Schlüsselloch und sah … nichts. Pfui, dachte ich, da stehst du vor der Tür wie eine Spannerin.

Ich ging zurück in das große Zimmer. Das Pärchen im Erker hatte sich zurückgezogen, um die Nacht artgerecht zu verbringen. In Lauras Haus gab es genug Gästezimmer, die benutzt werden konnten. Auch die beiden Streithähne waren nicht mehr da. Ich war müde und erschlafft wie die Petersilie auf dem Silbertablett. Es war kurz vor zwei Uhr morgens. Das Bett verlangte nach mir. Am kalten Büfett griff ich wie in Trance nach einem Stück staubtrockenem Weißbrot, das meinen Magen bis zum Morgen beruhigen würde. Lauras Parties hatten immer etwas Besonderes, sinnierte ich, während ich mich in meinem Zimmer auszog und abschminkte. Sie waren so außergewöhnlich wie Laura selbst. Laura war für ihre Umgebung das, was für die Motten das Licht war: Sie war anziehend und versengend zugleich. Nur bei diesem medizinischen Großmaul hatte ihr Zauber nicht gewirkt, sonst hätte er sie nicht so kalt abserviert.

Jetzt diese Geräusche hinter der Tür. Ich ließ die männlichen Gäste vor meinem geistigen Auge vorbeiflanieren. Ringo konnte es nicht sein, der grobe Kerl mit den dicken Fingern. Sein Bildungsniveau war begrenzt, seine Witze entsprechend platt, sein gepriesener jungenhafter Charme eine Mischung aus Dreistigkeit und Anhänglichkeit. Das einzige Fremdwort, das er kannte, war das Wort »fiktiv«. Wenn ich ihn auf die Stirn klopfen würde, käme ein Echo zurück.

Berthold kam auch nicht in Betracht. Bleiche Haut, rötliches Haar, schlaffes Fleisch und gehemmt. Er war mindestens so athletisch wie ein Wackelpudding. Frauen gegenüber brachte er keine drei zusammenhängenden Sätze über die Lippen.

Casimir paßte auch nicht. Er litt mehr als wir Frauen, wenn wir unsere Tage haben. Seine angeblich linke Intellektualität trug er wie eine Fahne vor sich her. An seinen Fingern klebte das Wachs diverser Lichterketten für oder gegen was auch immer.

Walter war lieb. Ein Kuscheltier. Egon war an die vierzig und lebte noch bei seiner Mama. Bernhard war in festen

Händen, und Kurt war stockschwul. Wer also? Ich tippte auf Walter. Nach Prof. Dr. Ellenbogen war Kuscheln angesagt — als Kontrastprogramm.

Ich zerrupfte das Stückchen Weißbrot, speichelte es gut ein und schluckte es runter. Mein Magen bedankte sich mit einem erleichterten Knurren. Nach dem Zähneputzen zog ich beruhigt und heiter die Bettdecke über mich. Alles war gut.

Ich schlief tief, träumte von einem weißen Sandstrand in Südamerika, von kalten Drinks und fetten Aalstücken, die in Litern von Vanille-Soße schwammen. Die Nummer war unterlegt mit fetziger brasilianischer Samba-Musik. Ich genoß lustvoll das Palmwedeln eines schwarzen gutgebauten Kraftprotzes, der bemüht war, mir Kühlung zuzufächeln. Das Leben war schön.

Ein mörderischer Morgen

Die Stimmen, die mich weckten, waren außer sich. Hände griffen und schüttelten mich; ich schreckte hoch. Irgend etwas Furchtbares hatte sich zugetragen, ich spürte es, obwohl ich kaum bei Sinnen war. Im Halbschlaf öffnete ich die Augen. Ich sah Walter, der mich schüttelte.

»Wach auf, um Gottes willen«, jammerte er. »Laura! Es ist etwas mit Laura!«

Nein! Ich rappelte mich hoch. Setzte mich auf und fragte entgeistert: »Wo ist sie?«

»Sie ist in ihrem Zimmer ... aber sie ist tot!«

Ich verstand noch immer nichts. Ich stand auf und hastete aus dem Zimmer. Mir war, als würde der Boden bei jedem meiner Schritte dröhnen. Die Tür zu ihrem Schlafzimmer war geöffnet. Ich stürzte hinein.

Laura lag auf ihrem Bett. Sie war nackt. Ihre Arme waren über dem Kopf an das Bettgestell gefesselt, mit einer Gardinenkordel. Die Beine waren gespreizt. Blut war nicht zu sehen.

Meine Nerven begannen wie eine Hochspannungsleitung zu summen. Das Stöhnen heute nacht, es war kein Stöhnen der Lust, sondern des Todes. Ich hatte vor Lauras Tür gestanden und nichts gemerkt! Ich schaute in ihr Gesicht. Die Augen waren geschlossen. Das dicke blonde Haar umrahmte den Kopf wie ein Schleier. Ihr Gesichtsausdruck war entspannt. Neben ihrem Kopf lag ein Kissen. Ihre Haut war wächsern. Ich sah alles und konnte dennoch nichts verstehen.

»Sie ist tot!« sagte Walter hinter mir. Ich drehte mich um. Er machte ein verzweifeltes Gesicht.

»Hast du sie gefunden?« fragte ich.

Er nickte. »Ich hatte gerade das Frühstück fertig und wollte sie wecken«, erklärte er. Seine Stimme versagte.

»Warst du heute nacht bei ihr?« wollte ich wissen.

Er schüttelte den Kopf und war überrascht. »Aber nein«, stellte er klar, »ich habe in der Bibliothek geschlafen.«

Ich glaubte ihm. Es war also tatsächlich der Mörder gewesen, den ich in der vergangenen Nacht belauscht hatte.

»Wir müssen die Polizei holen«, sagte ich. Walter verließ das Zimmer.

Die anderen gingen auch. Ich war mit Laura allein und nahm Abschied von ihr. Ich ging zum Bett und berührte sacht ihre Wange. Die Haut war kühl. Ich zuckte zurück und verließ das Zimmer.

Im Wohnzimmer fiel die Sonne durch das Fenster. Der Morgen war so schön. Ich ging ins Bad und hielt meinen Kopf unter den Wasserhahn. In der Küche nahm ich einen Becher Kaffee. Mein Blick fiel auf den Clown von Prof. Dr. Christian Ellenbogen. Er beobachtete mich, guckte mich höhnisch an, weinte mit seiner lächerlichen, aufgemalten Träne. Ich packte ihn und schlug ihn gegen die Wand. Er zersprang in tausend Stücke.

Die Verwalter der Spuren

Die Spurensucher der Bierstädter Kripo verwandelten Lauras Haus in einen Bienenkorb. Man kam, man ging, trug Dinge hinein und heraus. Da wurden Schränke geöffnet, Schubladen herausgezogen – so, als ginge es nur noch darum, zu dokumentieren und zu katalogisieren, einzuordnen, aufzulisten, zusammenzustellen. Ich schaute zu. Mir war kalt. In einem Nebenzimmer wurden die Vernehmungen durchgeführt. Jemand berührte meine Schulter. »Kommen Sie, der Hauptkommissar wartet auf Sie.« Ich folgte und nahm den angebotenen Sitzplatz an.

Der Mann benahm sich, als sei er hier der Hausherr, dachte ich müde. Dabei war er nur der Verwalter der Spuren.

Ich betrachtete ihn: mittelgroß, mittelblond, mittelalt. Graue Hose, graues Hemd, graue Haut und – wie gewagt! – mittelblaue Krawatte. Ein Mann, den man sieht und gleich wieder vergißt. Unauffällig und austauschbar. Vielleicht genau das Richtige für einen Polizisten.

Er riß sich von seinem Schreibblock los und widmete mir die unbeteiligte Aufmerksamkeit seiner mittelgrauen Augen. »Ihr Name?«

»Maria Grappa.«

»Beruf?«

»Journalistin.«

Er notierte. »Wie lange und wie gut kannten Sie die Tote?«

»Ich bin seit etwa drei Jahren mit ihr befreundet.«

»Wann haben Sie sie zum letzten Mal gesehen?«

Ich erzählte es ihm und bemühte mich um Genauigkeit.

»Hatte sie Feinde?«

Ich schwieg. Nein, dachte ich, Feinde hatte Laura nicht, oder vielleicht doch? Sie verletzte manchmal, ohne es zu wollen. Sie war ehrlicher, als es manch einer ertragen konnte. Mit ihren knappen, präzisen Statements hatte sie schon viele Männer in die Wüste geschickt.

Der Kommissar schien meine Gedanken zu erraten. »Gab es vielleicht einen abgewiesenen Verehrer?«

»Ich kenne keine wirklichen Feinde von ihr: Sie war ein freundlicher Mensch, ging einem ordentlichen Beruf nach, wie Sie ja inzwischen wohl wissen, war ein lebenslustiger, großzügiger Mensch.«

Ich bemerkte mit Schrecken, daß ich von Laura bereits in der Vergangenheitsform sprach. Ich blickte mich in dem Zimmer um, in dem die Kripo jetzt ihr Büro eingerichtet hatte. Laura nannte es ihr »Studierzimmer«. Ein Schreibtisch, auf dem das Chaos herrschte, Poster aus seligen Studententagen an der Wand. Auf dem Ohrensessel eine lässig hingeworfene Strickstola aus altrosa Angora-Wolle. So, als sei sie nur mal schnell einkaufen gegangen und würde jeden Augenblick zurückkommen.

Der graue Kommissar wollte die Vernehmung zu Ende bringen. »Kennen Sie die Leute, die gestern und vergangene Nacht hier waren?«

»Nicht alle. Aber einige Namen kann ich Ihnen geben.« Ich legte los. Er schrieb unglaublich langsam. Mein Magen knurrte. Ich mußte etwas essen, sonst würde ich den Tag nicht überstehen!

»Haben Sie etwas Ungewöhnliches bemerkt in der Nacht?«

Ich berichtete ihm von dem Stöhnen und dem Rascheln hinter Lauras Tür und erzählte, warum ich dies zu dem Zeitpunkt noch für normal gehalten hatte.

»So, so«, sein Beamtengehirn tippte auf eine Sex-Orgie, in seinen mittelgrauen Augen glomm so etwas wie Interesse auf. »War dies so üblich bei den Festen, die Frau Gutweil gab? Daß Sie sich einen der Gäste in ihr Bett einlud?«

»Nein, das war keineswegs üblich. Außerdem, woher wollen Sie wissen, daß der Mann hinter der Tür ihr Mörder war? Daß der Mörder überhaupt einer der Gäste war?«

»Natürlich wissen wir das noch nicht. Aber Sie haben selbst gesehen, daß die Tote nackt und gefesselt war. Das deutet ja nun nicht gerade auf einen Einbrecher hin, der das Silber entwenden wollte.«

»Was ist die Todesursache?«

»Vermutlich Erstickungstod. Mehr kann erst der Pathologe nach der Obduktion sagen.«

»Ist sie vergewaltigt worden?«

»Ich vermute nicht. Es sieht eher danach aus, daß eine

Vergewaltigung vorgetäuscht werden sollte. Aber eigentlich stelle ich hier die Fragen, Frau Grappa.«

Er kritzelte etwas auf seinen Block. »Frau Gutweil hatte doch bestimmt einen festen Freund, oder?«

»Nein, zur Zeit nicht. Sie hatte eigentlich die Nase voll von Männern.«

»Tatsächlich? Und? Wer war der letzte?«

Nein, ich würde seinen Namen nicht nennen. Laura hatte die Beziehung zwischen sich und dem medizinischen Halbgott nie an die große Glocke gehängt. Sie würde nicht wollen, daß die Polizei im trauten Heim der Professoren-Familie Ellenbogen Ermittlungen anstellen würde. Auch wenn ich dem Kerl jeden Streß der Welt an den Hals wünschte!

»Ich weiß es nicht. Irgendein Bengel fürs Bett ...«

»Irgendein Bengel fürs Bett!« echote er. Er sah seine Vorurteile über selbständige und gutaussehende Frauen wieder bestätigt. In seinen grauen Augen schimmerte Neugier auf weitere Details. »Und, wer war er? Hat der Mann auch einen Namen, oder spielt der keine Rolle in Ihren Kreisen?«

Ich wurde ärgerlich. »Was fällt Ihnen ein? Wie reden Sie mit mir? Bleiben Sie mir mit Ihren Moralvorstellungen vom Leib. Ich weiß nicht, wie Lauras letzter Liebhaber hieß. Es war auch schon seit Wochen vorbei.«

Der Kommissar schrieb eifrig. Sein Interesse für Lauras Sexualleben würde ihn irgendwann zu Dr. Ellenbogen führen. Ich stand auf, war wütend und traurig, wie Lauras Ruf posthum demontiert wurde. Was bleibt von einem Menschen nach seinem Tod? Die Erinnerung an ihn. Aber es bleibt auch sein Ruf, seine Ehre. Und Lauras würde ich nicht von einem Polizisten ruinieren lassen! Natürlich mußte der Mörder gefunden werden. Ich bezweifelte allerdings, ob dieser von Vorurteilen durchdrungene Kriminalist der Bierstädter Polizei dazu in der Lage sein würde.

»Sie müssen Ihre Aussage noch unterschreiben, wenn das Protokoll getippt ist ...« rief er mir nach, als ich das Zimmer schon halb verlassen hatte.

Ich verließ Lauras Haus, ging in ein Café und bestellte mir ein Frühstück. Hier hatte ich mit Laura häufig gesessen, wenn wir zur gleichen Zeit Mittagspause hatten. Erst vor zwei Tagen waren wir noch hier gewesen.

Wie oft hatten wir uns über die Einrichtung mokiert, die aus der Hochzeit der Nierentische stammte. Hatten die verschiedenen Torten lustvoll durchprobiert und schließlich die Linzer Torte zu unserem Lieblingskuchen gekürt. Ich konnte nicht fassen, daß dies alles Vergangenheit war.

»Hallo«, sprach mich die Bedienung an, »heute ohne Ihre Freundin?«

Ich schaute sie irritiert an. Sie reichte mir ein zusammengefaltetes Tuch aus indischer Seide. »Können Sie ihr das geben? Sie hat es vorgestern hier vergessen.«

Wortlos nahm ich das Tuch und starrte es an. Ich roch daran und zog den pudrigen Duft von Lauras Parfum in mich hinein. Dann hob ich die Hand über die Augen, um die Tränen zu verbergen, die mir die Wangen herunterliefen. Was war nur geschehen in der vergangenen Nacht und ... warum?

Der Stoff, aus dem die Blätter sind

»Ein Mord! Wir haben einen Mord! Und das im Sommerloch!« jubelte der Kollege Chef vom Dienst Peter Jansen, als ich das Großraumbüro betrat. Solche »Witze« hatte ich auch oft gemacht bei schweren Unfällen, Großbränden oder anderen Unglücken. Unfälle auf der Autobahn waren nur interessant, wenn es mindestens vier Tote und viel Blut gab. Morde bekamen den »Kick« erst dadurch, daß Sex im Spiel war. Großbrände waren erst dann schön, wenn eine Familie kurz davor war, abgefackelt zu werden. Sehr beliebt war der »kleine Hund«, der von der Feuerwehr in einer dramatischen Rettungsaktion den Flammen entrissen wurde. Krawalle, Verbrechen, Tiergeschichten, Unglücksfälle und Katastrophen – das ist der Stoff, aus dem unsere Blätter zusammengeflickt werden.

Bei uns, dem *Bierstädter Tageblatt,* war es noch nicht ganz so schlimm. Da stand die Kommunalpolitik noch auf der Seite Eins. Die kleinen Skandälchen der lokalen Größen verdrängten jedoch auch im »Tageblatt« immer häufiger Berichte über politische Entscheidungen in Bierstadt auf die mittleren Seiten. Der Mord an einer jungen Frau gehörte selbstverständlich auf die erste Lokalseite als Aufmacher. Doch wie brutal über den Mord an Laura gesprochen wurde! Es lief mir kalt den Rücken hinunter.

Wir Journalisten sind doch Zyniker, dachte ich, uns ist nichts heilig, wir fühlen und leiden nur solange mit, bis die Story im Kasten oder im Blatt ist. Ich unterschied mich da überhaupt nicht von meinen Kollegen. Manchmal war ich sogar noch schlimmer als sie. Erfolg hieß für mich, gute Geschichten zu haben, die sonst niemand hatte. Und das nicht nur einmal im Leben, sondern möglichst jede Woche.

Es war schön, Dinge zu bewegen, eingefahrene Gleise zu verlassen, aus Leuten jede mögliche Information herauszuholen, um sie professionell zu verarbeiten. Doch mein Interesse an Menschen war oft nur geheuchelt, das Mitleid vorgetäuscht und die Versprechungen rasch wieder vergessen.

Informationen flossen ins Gehirn, wurden wie in einem Durchlauferhitzer auf die richtige Temperatur gebracht, verarbeitet und vermarktet ... und so schnell wie möglich wieder vergessen. Da gab es keine Zeit für längeres Nachdenken.

»Wo steckt denn wieder der Polizeireporter?« brüllte Jansen. Wenn etwas nicht so lief, wie er es sich vorstellte, wurde er gleich laut. Meine Nerven vibrierten. Erst diese schreckliche Nacht und nun der Streß in der Redaktion! Mein Magen meldete sich. Das üppige Frühstück vertrug sich nicht mit den Überbleibseln meiner geplatzten Rohkostdiät.

Jansens Laune wurde immer schlechter. Ich kannte ihn schon einige Jahre, doch erst seit kurzem arbeiteten wir zusammen. Er war das, was im Journalismus »Macher« genannt wird, reagierte schnell und sicher, erkannte heiße Stories ohne Thermometer.

Wie die meisten männlichen Journalisten ab 45 träumte er davon, einen Bestseller zu schreiben und mit dem Wohnmobil oder dem Segelboot die Welt zu umrunden. Für den Urlaub plante er entweder ein Überlebenstraining in den Rocky Mountains, eine Drachenfliegertour in den Schweizer Alpen oder einen Taucherkurs am australischen Barriereriff.

Doch Bluthochdruck, ein schwacher Magen, seine Frau und die drei kleinen Jungs sorgten dafür, daß die Träume Träume blieben. Zehn Bier und fünf Schnäpse genügten gewöhnlich, um Jansen den tiefen Schmerz über die verpaßten Gelegenheiten vergessen zu lassen.

»Ich habe gefragt, wo der Polizeireporter ist, verdammt noch mal!« brüllte er wieder.

»Der baggert die Telefonistin im Polizeipräsidium an …« schrie der Volontär aus der rechten Ecke.

»Grappa, kannst du dich darum kümmern?« Jansen steuerte auf mich zu, die ich immer noch in der Tür stand. »Tolle Geschichte. Junge Frau, nach einer Fete vergewaltigt und umgebracht. Heute früh ist sie von ihren Gästen gefunden worden. Die Bullen sind noch da … wo hab ich denn die Adresse?«

Die Kollegen hatten mal wieder den Polizeifunk abgehört.

Hans Meister, der Polizeireporter, stürmte in den Raum. »Mord! Und was für ein schnuckeliger!« schnaubte er, denn er war fett und jede Bewegung brachte ihn in Atemnot. »Junge Frau, vergewaltigt, mit mindestens 30 potentiellen Zeugen.«

»Wissen wir schon. Es kam über Funk. Warum, zum Teufel, sind Sie noch nicht dort? Vielleicht kriegen wir die Blechkiste mit der Leiche noch ins Bild. Geh du mit, damit du endlich mal was lernst«, schrie Jansen den Volontär an. »Knipst alles, was sich bewegt, und versucht 'ne Stellungnahme des Staatsanwaltes zu bekommen. Der ist bestimmt auch da. Und quetscht die Leute von der Mordkommission aus. Seid ihr noch nicht weg!«

»Perverse Lolitas« kommen per Post

In Lauras Haus und in Lauras Straße würde alles so ablaufen wie immer. Fragen an die Nachbarn: Was war das für eine? Erzählen Sie doch mal! Und wenn die Leute zurückhaltend waren, dann würde die nächste Platte aufgelegt: Sie sind doch auch daran interessiert, daß die Sache aufgeklärt wird, oder? Die Öffentlichkeit interessiert sich sehr dafür, das verstehen Sie doch? Sie können sich darauf verlassen, daß Ihr Name nicht genannt wird. Ihr Nachbar hat mir übrigens auch Informationen gegeben.

Doch die meisten Zeugen aus der Nachbarschaft redeten schon viel früher. Wir Journalisten sorgten schon dafür, daß anfängliche Hemmungen bald verschwanden. Wir gaben den Leuten das Gefühl, eine wichtige Informationsquelle zu sein, stellten sie für wenige Minuten in den Mittelpunkt unseres beruflichen Interesses, lechzten nach jedem Wort und drückten auf den Auslöser einer Fotokamera.

Peter Jansen mußte das Blatt umstricken, er rief der Kulturredakteurin zu: »Blümchen, die Theaterkritik wandert auf die Fünf und darf nicht länger als 50 Zeilen sein. Wir haben einen Mord!« Und zu mir gewandt: »Wir reißen den Mord auf der Eins an und bringen auf der Drei die Fortsetzung.« Ich schaute ihn an und hatte das Gefühl, neben mir zu stehen.

Kulturredakteurin Blume hob nur kurz den Kopf, verzog die Lippen zu einem verächtlichen Lächeln und brütete dann weiter über dem Computer. Sie war es gewohnt, daß ihre Kultur im Blatt zusammengestrichen wurde, wenn was Aktuelles passierte. Niemand nahm mehr von mir Notiz. Ich setzte mich an den Schreibtisch und sortierte meine Post. Es war Montag morgen, ein schöner sonniger Tag, Mitte August. Es mußte in der Nacht geregnet haben, denn auf den Alu-Rolläden blitzten Wassertropfen wie Diamanten. Ich mußte das tun, was ich immer tat, um nicht die Balance zu verlieren. Meine Finger öffneten automatisch die Briefumschläge. Einladungen, Honorarabrechnungen von Zeitschriften, für die ich ab und zu arbeitete, Anfragen, Anregungen und Beschwerden. Ein Verlag bot mir sein neuestes Kochbuch zur Rezension an. Es trug den Titel *300 mal schön und schlank*. Ich blätterte. Von der Bier-Diät über die Manager-Tage bis hin zur Ein-Nährstoff-Kur war alles drin. Die oberflächliche Lektüre der Diät-Programme machte für mich zur Gewißheit, was ich schon immer vermutet hatte: Der einzige Weg, dünner zu werden, ist die sofortige Einstellung der Nahrungsaufnahme!

Ich seufzte tief und dachte an Gänseleberpastete mit frischen Trüffeln. Ich schämte mich und legte das Buch beiseite. Weit weg, aber nicht so weit, daß ich es nicht wiederfinden würde. Ich nahm den nächsten Umschlag vom Stapel und hielt ein Heftchen in der Hand. *Perverse Lolitas* prangte auf dem Titelblatt. Ich sah das Gesicht eines Mädchens. Es streckte dem Betrachter die Zunge entgegen. Kein übliches »Zungerausstrecken« war das, sondern ganz eindeutig eine sexuelle Pose. Die Kleine auf dem Titelbild war höchstens dreizehn. Ich schaute auf den Briefumschlag. Keine Briefmarke, jemand hatte den Umschlag direkt in den Redaktionsbriefkasten eingeworfen. Eine merkwürdige Post! Ich hatte von solchen Magazinen, die unter den Ladentischen von Erotik-Shops verkauft werden, schon gehört, aber in der Hand hatte ich noch nie eins gehabt. Ich schlug das Heft auf, hob es hoch und schüttelte es. Vielleicht gab es innen einen Hinweis. Nichts! Kein eingelegter Zettel, kein Anschreiben, kein Absender.

Der Inhalt bestand fast nur aus Anzeigen und Fotos, schlechte Schwarzweiß-Qualität meist, einiges in Farbe. Mädchen – höchstens elf Jahre alt – in den unterschiedlichsten Posen. Ein kleines Mädchen saß rittlings auf der Armlehne eines Polstermöbels, es war nackt und lachte in die Kamera. In der rechten Hand hielt es einen Telefonhörer, die dunklen Haare waren zu einem Zopf geflochten, an dessen unterem Ende eine Schleife baumelte – wohl um den Eindruck der Unschuld noch zu verstärken. Um das Handgelenk trug das arme Ding eines dieser falschen Perlenarmbänder, die als Beigabe aus Kaugummiautomaten herausfielen.

Das Foto war mit einer Bildunterzeile versehen:

Ich heiße Marina, bin 12 Jahre jung und lasse mich in allen Lagen fotografieren, evtl. auch mehr. Bitte nur gepflegte Herren melden.

Auf den nächsten Seiten kam es noch schlimmer: Eine vielleicht Dreijährige, die von dem Fotografen auf eine Couch gestellt worden war. Kurze blonde Babyhaare, ein weißer Pulli, einen Schnuller im Mund, weiße Söckchen mit Rüschen an den Füßchen. Mit der rechten Hand hob das Kind das Röckchen, die linke Hand lag zwischen den Schenkeln. Das Foto kündigte eine ganze Serie von Aufnahmen an, die für 500 DM zu haben waren. Mein Gott, wer geilte sich an sowas auf?

Die Text-Anzeigenseite war mit *Lolita-Börse* übertitelt. Ich las: *Mutter mit 10jähriger Tochter sucht sexuelle Kontakte zu nettem großzügigen Herrn, der gern fotografiert.*

Oder: *Welche hübsche Lolita möchte einem freundlichen Mann, 35, ledig, ein- oder zweimal die Woche einen mit der Hand wichsen. Ich biete sehr hohes Taschengeld, etwa 300 Mark wöchentlich oder mehr.*

In dem Stil ging es weiter. Auch auf der zweiten Seite. Doch hier war eine der Anzeigen mit einem Text-Marker herausgehoben worden. Als ich zu Ende gelesen hatte, wußte ich warum:

Hallo, Lolita-Mütter: Erfahrener, gutaussehender Unternehmer, vermögend, elegante gepflegte Erscheinung, Anfang 50, weiht Ihre kleine Tochter in alle sexuellen Spielarten ein. Bis 12 Jahre. Zahle hohes Honorar. 1000 Mark für Defloration, gerne im Beisein der Eltern. Da beruflich angespannt, bitte nur Meldungen aus Bierstadt und Umgebung.

Angebote unter: Onkel Herbert.

War das die Spur, auf die mich der anonyme Zusender führen wollte? Vermutlich, aber was hatte ich, was hatte unser Blatt mit diesem Thema zu tun? Nur weil so ein Schwein aus Bierstadt kam?

Warum kümmerte sich die Polizei nicht darum? Die las solche Blätter bestimmt auch. Kinderpornografie war nun wirklich nicht mein Thema. Ich war in dieser Stadt für Kommunalpolitik zuständig, da passierten zwar auch manchmal Sauereien, aber die hatten eine andere »Qualität«.

Ich schob das Magazin in die Schublade. Auch wenn mir jemand einen Tip geben wollte für eine heiße Geschichte, dieser Pornosumpf war nichts für mich. Zu dreckig. Zu mühsam. Und zu traurig.

Ich wußte, wovon ich sprach. Denn Laura hatte mit solchen Mädchen gearbeitet und mir davon erzählt. Oft spielten die Eltern der armen Opfer eine Rolle bei der sexuellen Vermarktung ihrer Kinder, häufig »lernten« die leiblichen Väter ihre Töchter an, machten sie fit fürs Geschäft. Die Kinder waren kaputt fürs ganze Leben. Und die Täter kamen mit geringen Gefängnisstrafen davon.

Da wäre ein chirurgisch sauberer Schnitt, meinetwegen in Narkose, die optimale Lösung, und das Elend hätte ein Ende. Für beide Seiten!

Ein Frauenprojekt in Papua-Neuguinea

Ach, Laura! Erinnerst du dich, wie wir uns kennengelernt haben? Das war auf einer dieser Frauenfeten, die ich aus alter Verbundenheit ab und zu noch besuchte, um den Kontakt zu den Mädels von früher nicht ganz zu verlieren. Es war vor etwa drei Jahren, ich hatte eigentlich gar nicht erscheinen wollen auf dieser feministischen Ohne-Männer-Veranstaltung.

Das Häuschen lag im Grünen. Viele Frauen und ein paar Kinder waren da. Leise Musik im Hintergrund. Die heißen Themen der Gespräche unter Frauen waren mir bekannt: Wann läuft denn deine Arbeitsbeschaffungsmaßnahme aus? Wie schaffst du deine Arbeit als bewußt alleinerziehende Mutter? Findest du nicht auch, daß mit der Unterdrückung lesbischer Autorinnen am Bierstädter Theater endlich Schluß sein muß?

Eine der Frauen gab sich irgendwann an diesem Abend als Frauenbeauftragte einer nahegelegenen Mittelstadt zu erkennen. Diese Stadt lag etwa 40 Kilometer von Bierstadt entfernt und war eine Mischung aus Industriebrache und westfälischem Brauchtum. Hier wurde alljährlich ein großer Pferdemarkt abgehalten, auf dem die Schlachtfleisch-Preise für die gesamte Republik ermittelt wurden.

Sie war eine zarte Person, durchsichtig und filigran, die unaufhörlich mit ihren metallenen Armreifen klingelte, und sich die durch besondere Friseurkunst ins Gesicht fallenden Haare aus der Stirn strich. Sie trug flache Ballerinas, eine schwarze Samthose und ein zitronenfarbenes Leinenjäckchen im militärischen Stil.

»Und was machst du als Frauenbeauftragte in dieser Stadt?« entschloß ich mich zu fragen. Sie schaute mich an mit dem Blick, den Frauen haben, die kurz davor sind, das Hohe Lied der Unterdrückung der Frau anzustimmen.

Ich hatte sie aus dem Konzept gebracht mit meiner schlichten Frage, die lediglich auf die Erlangung von Informationen abzielte. Doch sie war gewillt zu antworten. »Zur Zeit habe ich mich für ein Jahr beurlauben lassen«, klärte sie mich auf.

»Ich verstehe … Erziehungsjahr!«

»Oh nein«, sagte sie triumphierend und hob die Stimme. »Ich habe mich für ein Jahr beurlauben lassen, um zu mir selbst zu finden.«

Rücksichtslos legte ich nach: »Und – hast du schon was gefunden?« Diese Frage ignorierte sie. Das spontane Geständnis über die Suche nach Sich-Selbst hatte ihr die Aufmerksamkeit der gesamten Frauenrunde beschert. Alle hingen an ihren Lippen.

Sie setzte sich in Positur, entfernte eine nicht vorhandene Fluse vom Zitronenjäckchen und schwärmte in die Runde: »Ich habe in den letzten Monaten viel ausprobiert … Doch ich sage euch, Jazz-Dance, das ist das Größte! Es hat mich ein Stück weit befreit. Ich begreife seitdem meinen Körper irgendwie ganz anders, ich kann viel offener auf Menschen zugehen, mich auf sie einlassen, mental und so.«

Ich hörte ergriffen zu. Wie konkret und doch weiblich sensibel sie über ihren Selbstzustand sprechen konnte! Wie leicht ihr die Worte von den Lippen perlten! Aber – genug ist genug! Ich wollte mich erheben, weil mein Glas leer war. Nur mit Chablis premier cru ließe sich der Abend noch weiter ertragen. Doch die Frauenbeauftragte hatte ihre Leidensgeschichte noch nicht beendet. Ich fiel in meinen Sessel zurück.

»Fast wäre ich ja ganz aus Deutschland weggegangen«, fuhr sie fort und seufzte.

»Das wäre aber schade gewesen, unsere Republik ohne eine Frau wie dich«, mischte ich mich ein. Die Tussi nervte, und sie merkte es noch nicht einmal. Frauen wie sie verstehen die Ironie anderer Frauen nie.

»Und ... wo hätte es denn hingehen sollen?« recherchierte ich weiter.

»Nach Papua-Neuguinea.« Sie machte eine Pause, um der Runde die Chance zu geben, dieses Geständnis zu verkraften. »Ich stand schon in Verhandlungen mit dem Deutschen Entwicklungsdienst. Ein Frauenförderprojekt in Papua-Neuguinea – das wäre eine Aufgabe gewesen!«

Die Runde staunte. »Und ... woran ist es gescheitert?« wollte ich wissen.

»Leider war der Deutsche Entwicklungsdienst nicht so flexibel, wie wir es uns gewünscht hätten. Mein Mann wäre natürlich mit nach Papua-Neuguinea gegangen, hätte dann seinen Beruf – er ist klinischer Psychologe – aufgeben müssen und wäre Hausmann ohne Einkommen geworden. Er hat aber Unterhaltsverpflichtungen seinen Kindern aus erster Ehe gegenüber. Der Entwicklungsdienst wollte diesen Unterhalt aber nicht übernehmen.«

Ein Raunen ging durch die Frauenrunde. »Unglaublich«, sagte eine, »diese Bürokraten sind wirklich unerträglich.« Der beurlaubten Frauenbeauftragten schlug eine Welle des Mitleids entgegen. Bürokratische Sabotage hatte ein wichtiges Frauenprojekt in Papua-Neuguinea zunichte gemacht!

»Aber«, meinte sie dann doch heldenhaft, »wer weiß, welche Krankheiten ich mir da unten eingefangen hätte ... doch ich sage euch, Jazz-Tanz, das ist wirklich das Größte ...«

Laura hatte während des Vorfalls hinter mir gestanden, zugehört und geschmunzelt. »Bist du immer so drauf?« fragte sie mich, als ich mir ein Glas Wein eingoß und nach drei schwarzen Oliven grapschte.

»Nur bei solchen Horror-Veranstaltungen«, brummte ich.

»Warum bist du dann gekommen?« lächelte sie mich an.

»Um die Protagonistinnen der Bierstädter Frauenbewegung gebührend zu würdigen. Ich schreibe ab und zu auch mal gerne eine Glosse.«

Wir lachten. Sie war blond und lebenslustig, ihre Gesichtsfarbe war rosig, sie war kleiner als ich, und ihre Figur war rund. Sie haderte – im Gegensatz zu mir – nicht mit ihren Über-Pfunden, fand Schlankheitsdiäten lächerlich und ungesund. Wir verbrachten den Rest des Abends gemeinsam und amüsierten uns köstlich.

Die Beute des Polizeireporters

Laute Stimmen rissen mich aus meinen Gedanken. Polizeireporter Hans Meister war von der Jagd zurück.

»Euer Meister ist wieder da«, dröhnte er in den Raum. Er war offensichtlich erfolgreich gewesen, denn er strahlte über seine fetten Backen. Und geriet gleich ins Schwärmen: »Eine Super-Story, sage ich euch! Das Opfer, 35 Jahre, blond und hübsch, ein bißchen mollig – aber noch im Rahmen –, gibt eine Fete, so eine Art Sex-Orgie. Nimmt sich ihren Mörder für eine schnelle Nummer mit aufs Zimmer, wird vergewohltätigt und alle gemacht. Und, stellt euch vor, von den Gästen merkt keiner was.«

Das war zu viel. Ich stand auf und ging auf Meister zu. »Hör mal zu, Meister. Wenn du das Wort 'vergewohltätigen' noch einmal in den Mund nimmst, dann kannst du was erleben! Deine frauenfeindlichen Aussprüche haben mich schon immer geärgert. Was du privat denkst, ist dein Bier und zeigt, wie dumm und primitiv du bist. Aber halte dich gefälligst in meiner Gegenwart zurück! Sonst sag ich den Mädels von der Roten Zora Bescheid, und die kommen dann mal abends bei dir vorbei und bringen dir Respekt vor Frauen bei!«

Im Großraumbüro herrschte plötzlich Totenstille. Kulturredakteurin Blume, die seit Stunden über einem Buch geträumt hatte, war erwacht und erstarrte. Der Volontär hatte Mund und Nase offengelassen, und Peter Jansen steuerte langsam auf Meister und mich zu, beide Arme in Hüfthöhe nach vorne gestreckt, so, als gelte es, eine Schlägerei zu verhindern.

»Nun mal ganz friedlich, ihr zwei«, sagte er beschwichtigend. »Du könntest dich im Ton wirklich etwas zügeln, Meister. Wir sind schließlich kein Blut-und-Sperma-Blatt.« Und zu mir meinte er: »Bei allem Verständnis dafür, daß du als Frau solche Sprüche nicht leiden kannst, Maria ... Aber du brauchst nicht die Empfindliche zu spielen. Der Kollege meint es doch nicht so. Wir sind alle etwas abgestumpft, das gilt auch für dich. Also, reg dich wieder ab.«

Ich hatte mich wieder gefaßt, mein Herz schlug normal. »Laura Gutweil, die Tote, über die ihr so kräftig herzieht, war meine beste Freundin. Und ich war gestern mit von der Partie bei der angeblichen Sex-Orgie. Ich selbst habe ihre Leiche am Morgen gesehen.«

»Mein Gott«, stammelte Meister und wurde blaß, »das konnte ich doch nicht ahnen. Tut mir leid, Kollegin!«

»Nur keine Rücksicht auf mich«, fauchte ich ihn an, »aber wenn du ein schlechtes Wort über Laura schreibst, dann passiert das, was ich eben angekündigt habe.«

Ein Fressen für die Presse

Mein Wutanfall hatte wohl Eindruck auf ihn gemacht, denn am nächsten Morgen las ich in unserem Blatt:

Schreckliches Ende einer fröhlichen Party – Junge Frau von Unbekanntem ermordet

In den Artikel war ein Foto von Laura eingeklinkt, weiß der Teufel, woher Meister das hatte. Im Text stand:

Es sollte eine nette Gesellschaft für ihre vielen Freunde werden, doch einer der Gäste war ein Mörder: Laura Gutweil, 35 Jahre alt, Psychologin und in der städtischen »Beratungsstelle für Menschen in Not« angestellt, wurde in der Nacht zum Montag Opfer eines schrecklichen Gewaltverbrechens. Einer der Gäste – so vermutet die Mordkommission – tötete die junge Frau in ihrem Schlafzimmer. Das Opfer wurde an Händen und Füßen an das Gestell ihres Bettes gefesselt. Ein Sexualverbrechen ist nicht ausgeschlossen, die genaue Todesursache kann erst die Obduktion klären. Polizei und Staatsanwaltschaft bitten die Gäste der Gesellschaft, sich zu melden, da noch nicht alle Besucher ermittelt werden konnten. Lesen Sie weiter auf Lokalseite 3.

Auf der Dritten wurde dann gemenschelt. Die Nachbarin, die Laura – ständig hinter der Gardine sitzend – belauert hatte, sagte:

Sie war eine so freundliche, lebenslustige Person. Bekam immer viel Besuch. Ich kann mir nicht vorstellen, daß eine solch liebe Frau Feinde hatte.

Außer dir vielleicht, du alte Schlampe, dachte ich. Du hast dir immer das Maul darüber zerrissen, wenn Laura männlichen Besuch hatte, hast im ganzen Stadtteil über sie getratscht, du falsches Luder.

Auch der Kollege, der mit dem Mordopfer seit einem Jahr zusammenarbeitet, kann nur Gutes sagen, ging es weiter. Der Kollege hieß Agnus Naider und wurde wie folgt zitiert:

Sie war eine liebenswerte Kollegin und eine gute Psychologin, die ihre Arbeit mit psychisch gestörten Kindern sehr ernst nahm. Gerade in der letzten Zeit hat sie besonderes Geschick bei der Therapie sexuell mißbrauchter Mädchen bewiesen. Sie ging ganz in ihrer Arbeit auf und verlor dennoch nicht ihr heiteres Wesen.

Ich rief Peter Jansen an. »Ich recherchiere in der Sache Laura Gutweil, oder ist das Meisters Story?«

Jansen zögerte. »Der wartet nur noch das Obduktionsergebnis ab, dann ist er draußen. Besonders, seitdem er weiß, daß du Frau Gutweils Freundin warst, hat er keine Lust mehr, nach weiteren Histörchen zu fahnden. Aber – was willst du noch finden? Den Mörder vielleicht?«

»Ja, warum nicht. Ich kannte Laura besser als die Polizei. Vielleicht hab ich mehr Erfolg.«

»Ich hoffe, du bist so professionell, daß du deine Gefühle bei der Recherche hintenanstellst. Und – du solltest mit der Kripo Kontakt aufnehmen ...«

»Warum? Die ziehen ihre üblichen Ermittlungsnummern mit Zeugenaussagen und Spurenauswertung ab. Ich glaube, daß das Verbrechen etwas mit Lauras Arbeit zu tun hat. Mit Kinderpornografie oder so.«

Ich wußte nicht, warum ich das gesagt hatte. Ich hatte plötzlich an dieses Lolita-Magazin gedacht und es instinktiv mit Laura, ihrer Arbeit und dem Mord in Verbindung gebracht. Es konnte kein Zufall gewesen sein, daß jemand in der Mordnacht ein solches Machwerk an mich adressiert und geschickt hatte.

Doch Jansen schien nicht interessiert. »Oh Gott, nicht diese Kinderficker-Szene! Und dann noch bei uns in Bierstadt. Maria, wir sind eine Lokalzeitung und nicht der 'Stern'.«

»Meinst du nicht, daß eine heiße Exclusiv-Story unser Blatt munterer machen würde? Kein Wühlen im Dreck, sondern saubere Recherche! Kriminelle Machenschaften in Bierstadt, die Kinderschänder leben unter uns ... Da mußt du doch anbeißen, Peter! Oder hältst du es für investigativen Journalismus, über eine Pressemitteilung der Ortskrankenkasse eine peppige Überschrift zu knallen? Das kann doch nicht alles gewesen sein?«

Er seufzte tief. »Na ja, meinetwegen. Du kannst es ja mal versuchen. Bisher hast du uns ja nie geleimt, und irgendeine Geschichte kam bei deinen Recherchen bisher immer raus, auch wenn es nicht die erwartete war. Okay, du bist für drei Wochen freigestellt. Kümmer dich nur um diese Sache und um sonst nichts. Und sag Bescheid, wenn du Hilfe brauchst oder einen Fotografen. Oder einen starken Mann wie mich, der einer jungen Kollegin gern aus der Patsche hilft.«

»Ich danke dir. Ich werde dich auf jeden Fall auf dem laufenden halten.« Ich legte auf und atmete tief durch.

Rote Rosen für eine Tote

Der Tag von Lauras Beerdigung war heißer als andere Sommertage. Die Staatsanwaltschaft hatte die Leiche nach der Obduktion freigegeben, das Ergebnis war aber noch nicht bekannt geworden. Lauras Mutter, die in Norddeutschland lebte, war angereist. Ihre Schwester, Lauras heißgeliebte Tante, hatte Laura das Haus in Bierstadt vererbt. Ich schaute die schmächtige kleine Frau an, die mit versteinerter Miene vor dem offenen Grab stand.

Laura hatte nicht gern von ihrer Mutter gesprochen, denn die hatte sie als kleines Mädchen der Tante überlassen, weil sie mit dem lebhaften, wilden Kind nicht zurechtgekommen war. Und in den Jahren danach gab es wenige Briefe und noch seltener Besuche. Laura hatte keine Mutterliebe gekannt, aber die Tante hatte das kleine blonde Mädchen vergöttert. Äußerlich war die Verwandtschaft zwischen Mutter und Tochter nicht festzustellen, nur die Art, wie Frau Gutweil die Hände bewegte, während sie mit dem Geistlichen sprach, erinnerte an Laura. Auch die Angewohnheit, den Kopf trotzig in den Nacken zu werfen, verband sie mit ihrer Tochter.

Die Sonne brannte, die Hitze dröhnte. Die Sargträger wollten ihren Job schnell hinter sich bringen; der Pfarrer murmelte hastig ein paar Worte, die ich nicht verstand. Mücken tanzten im Licht.

Einige der Trauergäste erkannte ich wieder, sie waren

häufig Gäste in Lauras Haus gewesen. Auch an dem letzten Abend. Sogar die Nachbarin vom Haus gegenüber war gekommen. Ob Lauras letzte Liebe, dieser Arzt, den Weg hierher gefunden hatte? Ich hatte ihn nie gesehen, doch hier sah niemand wie der Chef einer Klinik aus.

Ich setzte meine Sonnenbrille auf. Die Hitze wurde fast unerträglich. Ich beobachtete weiter.

Der blonde junge Mann dort war bestimmt ein Kollege von Laura. Er hielt den Kopf gesenkt. Tränen kullerten in seinen Dreitagebart. Hatte er Laura geliebt? Zumindest hatte ihr Tod ihn erschüttert. Trotz der Hitze trug er einen dunklen Wollmantel. Zwischendurch trocknete er seine Tränen.

Die Sargträger ließen die Kiste ins Grab. Der junge Mann stöhnte auf. Lauras Mutter nahm eine kleine Schaufel und warf ein Häufchen Erde auf den Sarg. Ebenso die anderen. Ich reihte mich in die Schlange ein. Der Mann in dem dicken Mantel hatte einen Strauß roter, langstieliger Rosen in der Hand. Er blickte länger als die anderen in die Grube. Murmelte etwas. Die Rosen fielen nach unten. Gebeugt ging er weiter, schien nichts zu sehen, zu hören oder die Hitze zu spüren. Ich wäre ihm gern gefolgt, denn er verließ den Friedhof in Richtung Ausgang. Ich würde herausbekommen, wer er war!

Dann stand ich vor Frau Gutweil. Sie sah durch mich hindurch. »Ich war ihre beste Freundin«, sagte ich leise zu der alten Frau. Sie nickte. Dann wandte sie sich dem nächsten Trauergast zu.

Ich scherte aus. Ob ich den jungen Mann noch erreichen würde? Keine Spur von ihm. Während ich den Weg hinauflief, sah ich – hinter Büschen und Grabsteinen verborgen – den Kommissar. Ich ging auf ihn zu.

»Glauben Sie an das alte Märchen, daß der Täter zur Beerdigung seines Opfers kommt?« fragte ich ihn.

»Man kann nie wissen«, antwortete er. »Und Sie, Frau Grappa? Warum gehen Sie schon? Keine Lust am anschließenden Leichenschmaus?«

»Allein das Wort macht mir Angst«, bekannte ich. »Außerdem habe ich etwas anderes vor. Ich will nämlich den Mörder finden.«

»Pfuschen Sie uns bloß nicht ins Handwerk«, warnte er, »sonst sind Sie die Nächste, die dran glauben muß. Der Täter ist nicht ganz richtig im Oberstübchen, das kann für Sie wirklich gefährlich werden.«

»Oh, warum plötzlich so fürsorglich, Herr Hauptkommissar?«

»Nehmen Sie es nicht persönlich, aber Frauenleichen sehen nicht besonders gut aus. Außerdem habe ich genug Arbeit auf meinem Schreibtisch und – wenn noch was passiert – wird mir der Urlaub gestrichen.«

»Ich werde mein Bestes tun, Ihnen Ihre Ferien nicht zu verderben, Herr Kriminalist.«

Die Arbeit beginnt

Ich war wieder allein. Jetzt brauchte ich einen starken Kaffee. Um die Ecke fand ich eine Konditorei. Ich atmete tief durch. Merkte, wie der Schock der letzten Tage langsam aus meinem Kopf wich. Ich fühlte mich frei und leer und war nun bereit, Informationen zu sammeln und sie in Beziehung zueinander zu setzen. Zuerst würde ich klären müssen, ob zwischen Laura und der Zusendung des Lolita-Heftes eine Verbindung bestand. Beide Ereignisse waren in meinem Kopf miteinander verbunden.

Laura therapierte mißbrauchte Mädchen, und ich bekam aus heiterem Himmel ein solches Heft in den Briefkasten gesteckt. Laura arbeitete in Bierstadt, und der »seriöse elegante Herr« mit dem Code-Namen »Onkel Herbert« suchte Kontakte zu kleinen Mädchen im Raum Bierstadt. Das alles konnte kein Zufall sein! Ich mußte mich Lauras Arbeit nähern, auch wenn ich das Thema reichlich unappetitlich fand. Agnus Naider, so hieß Lauras Kollege. Bei dem würde ich anfangen.

Merkwürdig, daß er bei Lauras Fete nicht dabei gewesen war. Oder doch? Ich kannte ja auch nicht alle Gesichter, und unsere Zeitung hatte kein Foto von ihm gebracht.

Ich zahlte mein Kännchen Kaffee und machte mich auf den Weg nach Hause. Die Rosen gingen mir nicht aus dem Sinn. Laura liebte Rosen, in ihrem Garten wuchsen sie wie Unkraut.

Ich duschte, wusch mir die Haare und schminkte mich sorgfältig. Dann suchte ich aus dem Telefonbuch die Adresse der »Städtischen Beratungsstelle für Menschen in Not«. Sie lag in der Bierstädter Fußgänger-Zone. Ich würde mein Auto im Parkhaus abstellen müssen.

Laura und die Lolitas

Die »Städtische Beratungsstelle für Menschen in Not« war kärglich untergebracht und ausgestattet. Von außen sah das Gebäude ganz passabel aus, immerhin logierte hier in den ersten beiden Etagen eine Versicherung. Die Menschen in Not hingegen mußten die Treppen weiter hinauf steigen. Immer weiter, immer höher, bis unters Dach.

Kurzatmige Hilfesuchende würden ihre Sorgen nicht mehr formulieren können nach den etwa 100 steilen Stufen. Leicht japsend drückte ich die angelehnte Tür auf. Die Einrichtung stammte eindeutig aus der Zeit, als das preußische Beamtentum erfunden worden war. An den Schreibtischen mußten sich etliche Generationen der Bierstädter Stadtverwaltung in den verdienten Ruhestand gelangweilt haben.

Die Beratungsstelle schien verlassen. Ich blieb unschlüssig stehen.

»Oh, ich habe Sie gar nicht kommen hören«, sagte eine Stimme zu mir. Ich fuhr herum. Der junge Mann vom Friedhof stand vor mir. Er hatte seinen schwarzen Wollmantel und seinen gequälten Gesichtsausdruck abgelegt und wirkte in Bundfaltenhose und weißem Hemd mit Haifischkragen wie ein Finanzbeamter, der in seiner Freizeit anarchistische Schriften liest. Er sah harmlos und verschlagen zugleich aus. Vielleicht lag es an seiner Brille, die stark an ein Versuchsmodell der AOK erinnerte.

»Guten Tag!« sprach er mich an. Er hielt mich wohl für eine Klientin, denn er hatte ein verbindliches Lächeln im Gesicht. »Wenn Sie lieber mit einer Frau sprechen wollen ... dann warten Sie bitte! Die Kollegin ist im Außendienst.«

»Nein, ich will zu Ihnen«, stellte ich fest. Er hatte mich auf dem Friedhof wohl nicht bemerkt. Vielleicht verstellte er sich auch bloß.

Ich fixierte ihn scharf. Er hielt meinem Blick stand. Seine Augen waren blaßgrün, die blonden Kopfhaare gelichtet. Er hatte die leicht gebückte Körperhaltung von Menschen, die unter ihrer Körpergröße leiden. Er war schlank, fast mager. Die Sehnen an seinen Unterarmen traten stark hervor. Mit diesem Mann hatte Laura seit einem Jahr zusammengearbeitet? Sie hatte nie ein Wort über ihn verloren.

»Ich nehme an, Sie sind Herr Naider«, sagte ich, »mein Name ist Maria Grappa, ich war mit Laura Gutweil befreundet.«

Sein unverbindliches Lächeln verschwand, wurde aber sogleich ersetzt durch einen schmerzlichen Zug um den Mund. Er hatte seine Gefühlsregungen gut im Griff. »Und? Um was geht es?« fragte er.

»Ich bin Reporterin«, erklärte ich, »ich war in der Mordnacht eine von Lauras Gästen. Ich habe ihre Leiche gesehen. Können Sie verstehen, daß ich nun den Mörder finden will?«

Er schaute mich überrascht an. »Den Mörder? Und was macht die Polizei?«

»Vermutlich dasselbe. War schon jemand bei Ihnen?«

»Nein, nur ein Kollege von Ihnen. Und ... was wollen Sie hier?«

»Ich möchte mit Ihnen über Lauras Arbeit sprechen.«

»Glauben Sie, ihre Arbeit hat etwas mit dem Mord zu tun?«

»Könnte sein. Kamen Sie gut mit Laura aus?«

Er zögerte. »Sie war eine sehr kompetente Kollegin«, sagte er nach einer Weile, »hilfsbereit und kollegial.«

»Und? Wie standen Sie persönlich zueinander?«
»Wie Kollegen.«
Die Auskunft war mir entschieden zu kurz. »Und warum waren Sie auf dem Friedhof so außer sich? Und was sollten die vielen langstieligen Rosen?«
»Ich war einmal verliebt in sie«, gestand er, »aber es ist nichts draus geworden. Laura wollte mich nicht.«
»Wie lange ist das her?«
»Noch nicht lange. Ich brauchte eine Weile, bis ich einsah, daß meine Bemühungen erfolglos sein würden ...«
»Merkwürdig! Laura hat Sie niemals erwähnt!«
»Sehen Sie!« klagte er. »So unwichtig war ich ihr, daß sie mich nie erwähnt hat. Und zu ihren Festen hat sie mich auch nicht eingeladen. Ich hab es dann irgendwann kapiert ...«
»Und wie haben Sie es verkraftet, psychisch meine ich?«
Er lachte trocken. »Ich bin Psychologe, Frau Grappa! Trainiert, mit seelischen Ausnahmesituationen fertig zu werden. Und wenn ich das bei meinen Klienten schaffe, warum dann nicht auch bei mir?« Er lachte wieder, aber es klang überhaupt nicht fröhlich.
»Wo waren Sie an dem Abend von Lauras Party?«
»Ich war nicht in Bierstadt, ich hatte eine Fortbildung beim 'Forschungs- und Informationszentrum für Kindheit und Sexualität' in einer Heimvolkshochschule im Teutoburger Wald zu leiten. Vielleicht wäre das alles nicht passiert ...« Er schlug die Hände vors Gesicht.
Ich mußte das Thema wechseln, denn ich konnte Männer nicht weinen sehen. »Erzählen Sie mir von Lauras Arbeit. Und ... können Sie mir ihr Büro zeigen?«
Er führte mich in das hinterste Zimmer. Laura hatte das Beste draus gemacht, mit viel Grünzeug auf der Fensterbank und einigen bunten Postern an der Wand.
»Hier arbeitete sie also«, murmelte ich und sah mich um. Schreibtisch an der Wand, eine alte mechanische Schreibmaschine, davor zwei Freischwinger, die schon erheblich bessere Tage gesehen haben dürften. Auf dem Schreibtisch locker verteilt Fachbücher und Handakten.

»An welchem Fall hat Laura zuletzt gearbeitet?

»Sie bearbeitete mehrere Fälle auf einmal. Seit drei Wochen hat sie sich um einen besonders schweren Fall von Kindesmißbrauch gekümmert. Ein Mädchen, zehn Jahre alt. Es wurde seit dem fünften Lebensjahr mißbraucht.«

Mich schauderte. »Wie ist sowas möglich?«

»Die Eltern haben mitgemacht. Das Kind wurde zunächst in entsprechenden Posen fotografiert, dann auf manuelle sexuelle Dienstleistungen trainiert ... Abgerichtet wie ein Hund – so hat es Laura mir erzählt. Dafür wurde es mit kleinen Geschenken belohnt.«

»Wie ist die Sache aufgeflogen?«

»Ich weiß es nicht genau, aber da gab es Video-Filme, in denen das Kind vor laufender Kamera sexuelle Handlungen an sich selbst oder mit irgendwelchen Männern machen mußte. Die Filme wurden bei einer Razzia gefunden. Der Vater war der Kameramann, die Mutter war auch dabei und hat durch Befehle nachgeholfen, damit die Kunden auch zufrieden waren.«

»Und das war alles auf dem Film zu sehen?«

»Ja, je authentischer die Aufnahmen, je mehr Geld gibt es dafür. Da kursieren manchmal von einem Film fünfzig oder mehr Kopien. Je jünger die Kinder, desto teurer. Für Filme mit echten Entjungferungen werden horrende Preise auf dem Markt bezahlt.«

»Wo werden solche Streifen angeboten?«

»Hier in diesen Magazinen.« Agnus Naider ging zum Bücherregal und griff nach einem Stapel Hefte.

Ich blickte auf die Titel: Die *Perversen Lolitas* kannte ich ja schon, die anderen Heftchen hatten Titel, wie *Tu mir nicht weh, Onkel* und *Du kleines Biest sollst fühlen*.

»Wer geilt sich denn an sowas auf?« Ich fand die unkindlichen Posen in den Heften fast schon komisch, wenn ich nicht daran dachte, daß hier brutale Gewalt gegen hilflose Kinder ausgeübt wurde. Kinder, grell geschminkt, mit mageren Körpern, denen die Kamera brutal aufs unbehaarte Geschlechtsteil schaute. »Sie sind doch ein Mann«, meinte ich zu Naider, »können Sie verstehen, was daran geil sein soll?«

»Nein, aber sehr viele Männer machen solche Fotos an«, erklärte Agnus Naider. »Es gibt sogar wissenschaftliche Untersuchungen. Bei einem Forschungsprojekt hat man etwa 200 männlichen Testpersonen Fotos von nackten kleinen Mädchen gezeigt. Bei immerhin 21 Prozent sind Zeichen sexueller Erregung festgestellt worden.«

»Bedeutet das, daß jeder fünfte Mann ein Pädophiler ist?«

»Nein, aber es bedeutet, daß weit mehr Männer dazu die Anlagen haben, als bisher angenommen. Für die meisten Männer liegen sexuelle Kontakte zu Kindern – Mädchen wie Jungen – zum Glück außerhalb ihrer Vorstellungskraft. Da gibt es gesellschaftliche Tabus, sexuelle Handlungen an Kindern werden strafrechtlich geahndet, sind gesellschaftlich geächtet und vieles mehr. Das diszipliniert.«

»Wo ist dieses Mädchen heute?«

»In einem Heim. Laura hatte die Amtsvormundschaft für Beate. Die Eltern warten auf ihren Strafprozeß.«

»Ist Beate auch von anderen Männern als dem eigenen Vater gequält worden?«

»Ja, die Eltern haben das Kind per Anzeige angeboten. Hier habe ich den Text.« Er reichte mir ein aufgeschlagenes Magazin:

Ich bin zwar erst zehn Jahre alt, ein langhaariges dunkles Mädchen, aber ich bin bereits entjungfert. Zwischen meinen Beinen juckt es jeden Tag neu, und ich möchte gern von geilen gutaussehenden Schwänzen jeden Alters verwöhnt werden. Ich wohne im Raum Bierstadt. Angebote unter Chiffre ...

»Widerlich. Hat man die Täter gefaßt, die auf diese Anzeige geantwortet haben?«

Naider schüttelte den Kopf. »Die werden nur selten gefaßt. Wenn die so ein Mädchen vergewaltigen, dann nennen die ja vorher nicht ihren Namen; auch die Eltern, die dabei sind und – wie im Fall Beate – wohl auch gefilmt haben, halten den Mund.«

»Konnte man die Täter auch nicht anhand der Filme identifizieren?«

»Nein, wie ich schon sagte, das kommt so gut wie nie vor. Die Kerle sind entweder nur von hinten zu sehen, oder sie tragen sogar eine Kapuze ...«

»Und die Stimmen?«

»Verzerrt oder gar nachsynchronisiert.«

»Und die Fotoserien? Müssen die nicht irgendwo entwickelt werden?«

»Schon mal was von hauseigener Dunkelkammer gehört? Natürlich gibt es immer noch Typen, die ihre Bilder in Großlabors entwickeln lassen, aber das sind Anfänger. Inzwischen hat es sich in der Szene herumgesprochen, daß die Labors ab und zu Stichproben machen und die Polizei informieren, wenn sie pornografische Fotos mit Kindern entdecken. Die Polizei kassiert die Täter dann, wenn sie ihre Bilder abholen. Aber ... bei den ausgebufften Kinderpornografen kommen solche Pannen nicht vor. Sie müssen sich diese Gruppe, bestehend aus Herstellern und Nutzern, wie einen Geheimzirkel vorstellen, mit Decknamen, Deckadressen, geheimen Treffpunkten und geheimen Briefkästen. Oder die gehen einfach zur deutschen Bundespost und beziehen Filme und Fotoserien postlagernd. Postgeheimnis – ein hohes Gut in diesem Land. Sogar über Bildschirmtext können Lolita-Angebote abgerufen werden.«

»Und die Polizei? Wie ernsthaft geht sie gegen diese ekelhaften Verbrechen vor?«

»Natürlich tun die was, weit mehr noch als vor einigen Jahren. Es werden auch immer mehr Straftaten gemeldet, von Verwandten oder sogar von den Kindern selbst. Wir alle sind sensibler geworden für diese Themen. Das Strafmaß ist ebenfalls erhöht worden, früher war nur die Herstellung, nicht aber der Besitz von Kinderpornografie strafbar.«

Mir langte es für heute. Das Thema war nicht nur abstoßend, sondern zutiefst traurig. Warum taten Männer sowas? War es der allerletzte Kick, der noch fehlte, wenn Mann schon alles gehabt und ausprobiert hatte? Waren diese Menschen vielleicht krank? Oder war es nur mal wieder unsere Gesellschaft, die aus allem ein Problem machte?

Kein Lamm auf provencalische Art

Agnus Naider war in der Kaffeeküche der Beratungsstelle verschwunden, um die Maschine anzuwerfen. Ich fand ihn inzwischen etwas sympathischer, er schien seinen Job ernst zu nehmen und wußte eine ganze Menge. Warum nur hatte ich so instinktiv ablehnend auf ihn reagiert? Das passierte mir nicht oft. Eigentlich war ich neugierig auf Menschen und begegnete ihnen zunächst einmal unbefangen. Der Streß der letzten Tage hatte mehr Spuren an meinen Nerven hinterlassen, als ich gedacht hatte. Ich räumte die Schund-Magazine zusammen und wollte sie in den Schrank zurücklegen. Da fiel mein Blick auf Lauras papierene Schreibtischunterlage, die vollgekritzelt war. »Onkel Herbert« stand da und dann »Herbert« und »Onkel«. Laura hatte versucht, aus den Buchstaben dieser beiden Worte neue Begriffe zu bilden. Ich las: »Tebrehr«, »Erbtreh«, »Trebreh« und »Lekon«, »Kelon« – doch nichts ergab einen Sinn. Dann neben Onkel Herbert ein Pfeil zum Namen Beate. Wildes Gekritzel, ohne Sinn zwar, aber Laura hatte offenbar versucht, dem dubiosen Onkel Herbert auf die Spur zu kommen, und ihn in Verbindung zu Beate, ihrer kleinen Patientin, gesetzt.

Na also, ich lag doch nicht ganz falsch mit meinen Vermutungen! Ich riß das Deckblatt mit den Kritzeleien ab, faltete es hastig und steckte es ein.

Irgendwo mußte auch Lauras Akte über Beate sein! Zu jedem Fall existiert eine Akte, das war in solchen Einrichtungen so. Naider würde sie mir nicht geben wollen oder können. Er machte sich noch immer in der Kaffeeküche zu schaffen. Die Zeit müßte reichen!

Ich suchte den Schreibtisch ab. Da – eine gelbe Mappe. Mitten auf dem Schreibtisch. Wie für mich bereitgelegt! Bingo! Darauf stand: *Beate Bartusch*. Ich hatte keine Zeit reinzuschauen, denn ich hörte Naider über den Flur kommen. Was sollte ich tun?

»Der Kaffee kommt«, kündigte er an. »Wollen Sie Milch oder lieber Zucker?«

»Beides bitte!« brüllte ich ihm entgegen. Er drehte sich zum Glück um, und ich stopfte die gelbe Mappe mit Müh und Not in meine Tasche. Hastig verstreute ich die anderen Akten wieder über den Schreibtisch. Leider war keine von ihnen gelb. Ein Blinder würde bemerken, daß der Schreibtisch jetzt anders aussah als vor wenigen Augenblicken.

Mein Herz klopfte vor Aufregung. Naider kam mit dem Tablett und dem Kaffee. Er goß mir einen Topf voll, drückte ordentlich Milch aus der verkrusteten Dose ins Schwarze und tauchte noch zwei Stück Zucker unter. »So richtig?« fragte er und reichte mir den Becher.

Ich strahlte ihn an. Ich hasse Kaffee mit Zucker, denn Zucker drückt den Blutzuckerspiegel in die Höhe. Dadurch wird ein großes Hungergefühl ausgelöst. Und gegen Hungergefühle pflege ich nur das Eine zu tun: Ich esse.

Ich mußte bald raus hier. Das Kaffeetrinken kam mir unglaublich lang vor, Smalltalk war angesagt. Ich fragte ihn nach seinem Werdegang. Er hatte das beste Examen seines Jahrgangs abgelegt, hatte irgendwo einen Lehrauftrag, ging gern in Museen, surfte auf irgendeinem Wasser, und seinen außergewöhnlichen Vornamen hatte er einem Onkel zu verdanken, der katholischer Priester war. Ich hörte zu, nickte, sagte »ah« und manchmal »oh« und dachte voller Panik an die geklaute Akte in meiner Tasche.

»Agnus ist lateinisch und heißt Lamm«, glaubte er mir erklären zu müssen. Weiß ich, Mann, ich habe auch schon mal gebetet! »Laura nannte mich manchmal Lämmchen ...« gestand er und wurde rot.

»Wie nett«, strahlte ich. »Ich liebe Lämmer auch. Lammrücken auf provencalische Art – mit viel Thymian und schwarzen Oliven, ein Gedicht, sage ich Ihnen!«

Er schien entzückt, doch noch etwas Weibliches an mir

entdeckt zu haben. »Oh, Sie kochen gern? Vielleicht könnten wir mal gemeinsam ... kochen, meine ich?« Dabei schaute er mich an wie ein Schiffbrüchiger, der in der Ferne eine Insel vermutet. Meine aufkeimende Sympathie für ihn erstarb. So siehst du aus, dachte ich, ich heiße zwar Maria, aber mit Nachnamen nicht Caritas. Wenn Lämmchen auf den Arm wollte, dann bitte nicht auf meinen. Außerdem mußte ich hier raus, bevor er merkte, daß ich die Akte Bartusch geklaut hatte.

»Der letzte Lammrücken ist mir leider verschmort ... Ich muß jetzt aber wirklich gehen ...« Ich stand auf. »Vielen Dank für Ihre Hilfe, Herr Naider. Und wenn Ihnen noch etwas einfällt, dann melden Sie sich doch mal bei mir.«

Ich reichte ihm die Hand, und er hielt sie fest. »Sagen Sie doch Agnus zu mir!« forderte er mannhaft und schaute mir direkt in die Augen. Seine spitze Nase berührte mich fast, sein Kinn bebte. Die Stimme zitterte, seine Finger gruben sich in meine Handinnenfläche.

»Aber gerne sage ich Agnus zu Ihnen«, flötete ich. Die gelbe Akte verbrannte mir durch das Leder fast die Hand. »Auf Wiedersehen ...«

Ich ging in Richtung Tür. Mein Nacken kribbelte, denn ich wußte, daß er mir nachsah. Was war nur mit mir? Sah ich nun schon überall Gespenster, vermutete überall Mörder und Sexualtäter?! Der Mann war harmlos, das stand fest.

»Wir sehen uns bestimmt bald wieder!« rief er mir hinterher. Diese Ankündigung erfreute mich weit weniger, als er es wohl vermutete.

Ein abgewiesener Liebhaber?

Zu Hause klingelte das Telefon. Es war Peter Jansen. »Der Obduktionsbefund liegt vor«, sagte er wie immer knapp und präzise. »Keine Vergewaltigung, Tod durch Ersticken. Etwa zwei Promille Blutalkoholgehalt.«

»Wie ist sie erstickt?«

»Der Mörder hat ihr die Arme festgehalten und ihr ein Kissen aufs Gesicht gedrückt. Sie war durch den vielen Alkohol zu benommen, um sich richtig wehren zu können, glaubt die Kripo.«

»Und warum die vorgetäuschte Vergewaltigung?«

»Man weiß es nicht genau. Die Staatsanwaltschaft geht trotzdem von einem Triebtäter aus, der vielleicht nicht in der Lage war ... Du verstehst schon.«

Ich verstand schon. »Hat die Polizei eine Spur?«

»Viele Spuren, aber es ist keine heiße dabei. Wie das in solchen Fällen so ist. Hinweise aus der Bevölkerung, Zeugen müssen überprüft werden und so weiter. Du kennst die Ausreden, die gemacht werden, wenn die konkrete Spur fehlt.«

»Und was macht ihr draus?«

»Nur eine kurze Notiz, ohne Einzelheiten.«

»Ich danke dir. Ich kann es immer noch nicht so richtig fassen«, sagte ich.

Er machte eine Pause. »Machst du Fortschritte bei deinen Recherchen?«

»Ich bin erst am Anfang. Ich habe mich gerade mit Lauras Kollegen unterhalten.«

»Und? Hast du was rausbekommen?«

»Ich weiß noch nicht. Ich hab allerdings das Gefühl, daß diese Seelenklempner nicht sauber ticken.«

»Wieso?«

»Er war in Laura verliebt, und sie hat ihn abblitzen lassen.«

»Interessant! Die Polizei sucht einen abgewiesenen Verehrer!«

»Vergiß es! Dieser Naider ist harmlos. Außerdem scheint er es überwunden zu haben, denn er hat versucht, mich anzubaggern.«

»Und? Hatte er Erfolg?«

»Peter! Ich suche einen Mörder und keinen Liebhaber!«

»Ich dachte nur, du wolltest nicht bis zu deinem nächsten Urlaub in Brasilien warten.«

Ich lachte. »Für mich ist ein Mann kein Sexualobjekt, sondern die Sexualität ist ein Kennzeichen des Mannes. Außerdem kann ich warten, weil ich weiß, wer mich erwartet!«

»Ich verstehe. Sei trotzdem vorsichtig, Maria! Du neigst zu unbedachten Handlungen.«

»Keine Sorge. Noch habe ich alles im Griff. Ist ja auch noch nicht viel, was ich ermittelt habe.«

Er verabschiedete sich. Ich holte eine Flasche Wein aus dem Keller. Sie sollte mir helfen, die neuen Eindrücke zu verarbeiten. Der Korken ploppte aus dem Flaschenhals. Der Alkohol paßte nicht in meinen Diät-Plan, genausowenig wie Zucker im Kaffee. Es war mir egal. Ich goß mir ein und sagte: »Auf dich, Laura!« Ich trank und holte die gelbe Akte.

Ist »Onkel Herbert« auch der Mörder?

Laura hatte den Fall »Beate Bartusch« in langen Gesprächen mit dem Kind ermittelt und in allen schrecklichen Einzelheiten in der Akte dokumentiert. Es war die Geschichte eines jahrelangen Verbrechens, das fast niemandem aufgefallen war. Ich las:

Mit sieben Jahren wird Beate von den Eltern — auch der Mutter — auf sexuelle Dienstleistungen trainiert. Ihr Vater macht Fotos und bietet sie in einschlägigen Magazinen an, mit sich selbst als Darsteller. Das Geschäft scheint zu blühen. Ein Jahr später wird Beate als »sexhungrige Lolita« angeboten. Die »Kunden« kommen danach ins Haus. Vater Bartusch steigt von Fotoserien auf Video-Filme um. In den letzten Monaten hat Beate einen festen »Freier«, einen Mann namens »Onkel Herbert«, der den Eltern eine monatliche Pauschale zahlt. Dieser »Onkel« entjungfert das Mädchen.

Beates Lehrerin schließlich gab der Polizei und dem Jugendamt den richtigen Tip. Ihr war aufgefallen, daß die Achtjährige über ein ungewöhnliches Repertoire von Ausdrücken aus dem Sexual-Bereich verfügte. »Schwanz« und »ficken« waren noch die harmloseren Begriffe, die das Mädchen beherrschte.

Beim Schwimmunterricht fallen dem Sportlehrer Verletzungen an den Oberschenkeln des Kindes auf. Die Polizei ermittelt. Die Eltern werden vernommen. Sie leugnen. Da Beate gegenüber der Polizei ebenfalls keine Angaben macht, droht die Sache im Sand zu verlaufen.

Bei der Beschlagnahme von Filmen in einem Bierstädter Porno-Laden jedoch — einige Wochen später — wird Beate als Hauptdarstellerin dieser Machwerke erkannt, der ermittelnde Beamte des Sittendezernates ist zufällig derselbe, der Beate vernommen hat. Außerdem findet die Polizei Fotoserien, auf denen Beate Anal- und Oralverkehr mit »Kunden« ausführen muß.

Das Mädchen wird nun endlich vom Jugendamt der Stadt in einem Heim untergebracht und gynäkologisch untersucht. Der Arzt stellt vernarbte und frische Risse im Genitalbereich und Hämatome an den Oberschenkeln fest. Die Eltern bekommen das Sorgerecht durch das Vormundschaftsgericht entzogen.

Laura wurde als Vormund eingesetzt. Sie hatte das Kind immer wieder im Heim besucht, entnahm ich den Besuchs-Protokollen, die in der Akte lagen. Auch zwei Tage vor ihrer Ermordung war sie noch zu diesem Kinderheim mit dem Namen »Haus Sonnenschein« gefahren. Die Protokollnotiz dieses letzten Besuches bestand leider nur aus hastig hingeworfenen Worten, die Laura mit der Hand geschrieben hatte. Die anderen Berichte waren fein säuberlich abgetippt. Aus ihnen ging hervor, daß Laura das Kind immer wieder nach »Onkel Herbert« ausgefragt hatte. Sie hatte wie eine Polizistin ermittelt und nicht wie eine Psychologin. So, als ob sie einen konkreten Verdacht gehabt hätte, wer dieser Mann sein könnte. Ich kramte das Lolita-Heft hervor und verglich die Angaben, die »Onkel Herbert« über sich selbst in der Anzeige gemacht hatte, mit den Schilderungen des Mädchens.

Er lebte in Bierstadt oder in der Nähe, war etwa 50 Jahre alt, gepflegt und offenbar wohlhabend. Beruflich angespannt — so hatte er formuliert.

Sein Anfahrtsweg zum »Tatort« schien nicht lang zu sein, denn häufig kündigte er seinen Besuch telefonisch an und war wenig später da, um über das Kind herzufallen.

Beate schilderte ihn als »groß«, was nicht zutreffen mußte, denn für Kinder sind Erwachsene immer groß. Er hatte einen dunklen Bart, der auch angeklebt sein konnte. Er hatte das Kind mehrmals geschlagen, es dann aber wieder mit Geschenken überhäuft und von ewiger Liebe gesprochen.

Interessant war, daß »Onkel Herbert« einmal im Jahr mehrere Wochen nicht auftauchte. Er machte nämlich Urlaub, und zwar in Asien. Beate hatte von einem Mädchen namens »Rosi aus Manila« berichtet.

Ich blätterte weiter. Da lagen Zeichnungen, die Beate mit bunten Stiften gemalt hatte, die für Therapeuten bestimmt sehr aufschlußreich waren, mir aber auf den ersten Blick wenig sagten. Mir fiel nur auf, daß das Kind grelles Rot und tiefes Schwarz bevorzugte.

Das waren die Informationen. Eigentlich ganz einfach. Ich mußte nur einen gepflegten Herrn mittleren Alters, mit oder ohne Bart, vermutlich Unternehmer, finden, der wenig Zeit hatte, dafür aber bereit war, für sein außergewöhnliches »Hobby« viel Geld auszugeben. Dieser Mann würde mir dann sicherlich seinen Reisepaß zeigen, und ich würde viele schöne Stempel finden für Ein- und Ausreisen in die und aus den Philippinen. Dann würde er mir zum krönenden Abschluß meiner Ermittlungen gestehen, daß ihm meine Freundin Laura auf der Spur war und er sie deshalb umgebracht hatte.

Ich war zu müde, um weiterzudenken. Onkel Herbert zu finden, das würde sich auf jeden Fall lohnen. Auch wenn sich herausstellen würde, daß er nicht Lauras Mörder war ... Einen honorigen Bierstädter Bürger zu entlarven, der im Verborgenen Kindern ihre unbeschwerte Kindheit stahl und sie für ihr ganzes Leben zeichnete ... eine interessante Aufgabe, auch unter dem Gesichtspunkt einer journalistischen Verwertung.

Ich hatte vermutlich zwei Fälle am Hals. Den Mord und die Kinderschändung. Ich mußte da weitermachen, wo Laura aufgehört hatte: Bei Beate und ihren Eltern. Vielleicht sollte ich mich auf die Anzeige im Lolita-Magazin melden, getarnt als Mutter einer kleinen Tochter? Wenn ich nicht allzu ungeschickt wäre, würde »Onkel Herbert« bestimmt Kontakt zu mir aufnehmen. Er suchte doch wahrscheinlich neue Opfer, jetzt, wo Beate im Kinderheim steckte! Ich trank noch ein Glas Wein, grapschte nach meinem Kuli und überlegte, welche Sprüche solche Kerle antörnen könnten. Ziemlich jung mußte das Kind sein, möglichst unberührt, zart und dunkelhaarig wie Beate, deren Foto in der Akte war.

Ich blätterte im Lolita-Magazin, um mir einige sprachliche Anregungen zu holen. Es war sehr schwierig, denn der Antworttext mußte dem Täter Sicherheit vermitteln, mußte Vertrauen einflößen, durfte nicht zu primitiv sein.

Ich leerte das nächste Glas und schrieb:

Sehr geehrter Inserent!

Ich bin eine tolerante Mutter mit einem achtjährigem Lolita-Früchtchen, das noch nicht gepflückt worden ist. Wir beide suchen einen wirklich gepflegten, großzügigen Herrn. Nicht nur für gelegentliche Besuche. Meine Tochter ist willig und läßt sich gern fotografieren. Wir erwarten eine großzügige monatliche Unterstützung. Wenn Sie Interesse haben, dann schreiben Sie unter Kennwort »Angelika« postlagernd Hauptpost Bierstadt.

Gleich morgen würde ich den Brief abschicken.

Eine Überraschung am frühen Morgen und ein gutes Frühstück

Das Telefon! Lämmchen holte mich in aller Frühe aus den Träumen. »Die Polizei war hier«, tönte er in mein verschlafenes Ohr.

Ich hatte Mühe, die Geister der Nacht aus meinem Kopf zu verjagen. »Ja und? Damit mußten Sie doch rechnen, oder?« gähnte ich.

»Die wollten wissen, in welcher Beziehung ich zu Laura stand.«

»Und? Was haben Sie gesagt?« Ich war kurz angebunden, denn ich haßte es, vor dem Frühstück mit komplizierten Menschen zu reden.

»Ich habe erst mal nichts gesagt, auf Ihren Rat hin.«

Ich hörte wohl nicht recht! »Welchen Rat? Ich habe Ihnen keinen gegeben!«

Er war eingeschnappt. »Ich hatte nach unserem Gespräch neulich das Gefühl, daß die Polizei einen abgewiesenen Verehrer sucht. Und daß ich lieber den Mund halten sollte!«

Ich schüttelte im Geiste den Kopf über soviel Ungeschick. Ich sah ihn direkt vor mir, wie er mit seinen blaßgrünen Augen durch das Kassengestell geguckt hatte, um erfahrenen Polizisten einen dicken Bären aufzubinden.

»Klar, die suchen einen abgewiesenen Verehrer. Ja und? Sie sind doch einer, oder? Warum haben Sie den Beamten nicht die Wahrheit gesagt? Die kriegen das sowieso heraus, und dann sind Sie der Dumme!«

Pause. Dann sagte er kleinlaut: »Ja, das war dumm von mir.«

Mitleid floß in mein Herz. »Na ja, es wird schon nicht so schlimm werden. Wenn die nochmal nachfragen, spielen Sie die Sache einfach herunter! Was wollte die Polizei sonst noch wissen?«

»Sie wollte Lauras letzte Fälle überprüfen. Doch Lauras letzte Akte ist verschwunden. Die mit dem Fall Beate Bartusch. Zuerst hat die Engler mich danach gefragt, und dann wollte die Polizei sie haben. Aber sie ist weg, nicht mehr zu finden ... zumindest ist sie nicht im Büro.«

Ach du lieber Himmel! Mein Blick fiel auf meinen Schreibtisch. Dort lag die Akte und gab zum Glück keinen Ton von sich. »Und, wo könnte sie sein?«

»Eigentlich hätte sie auf Lauras Schreibtisch liegen müssen, da habe ich sie noch gestern gesehen.«

Jetzt war ich dran mit einer Kunstpause. »Vielleicht hat diese Frau Engler sie doch genommen«, sagte ich lahm, »wer ist das überhaupt?« Natürlich wußte ich, wer diese Engler war, die dritte Kraft in der Beratungsstelle.

Er fiel auf mein Ablenkungsmanöver rein. »Frau Engler ist bei uns für die Beratung vergewaltigter Frauen zuständig.«

»Und warum wollte sie die Akte mit Lauras letztem Fall haben? Haben Sie sie gefragt? Warum hat die sich dafür interessiert?«

»Keine Ahnung. Sie war auf jeden Fall wütend und hat mir unterstellt, daß ich die Akte hätte. Sie war ziemlich aufgelöst, weil sie nicht zu finden war.«

Merkwürdig, dachte ich, plötzlich interessieren sich alle für den »Fall Bartusch«.

»Und – was ist jetzt? Ist die Polizei wieder weg?«

»Nein. Zur Zeit wird Frau Engler noch vernommen. Schon seit einer Stunde.«

»Was? Die Polizei ist noch da, und Sie rufen hier an? Haben Sie denen gesagt, daß ich gestern da war und daß ich Fragen gestellt habe?«

»Nein, es hat mich niemand danach gefragt, ob Sie da waren.«

Ich schlug im Geiste drei Kreuze. Wenigstens in dieser Sache hatte er sich halbwegs intelligent benommen. »Warum haben Sie mich eigentlich angerufen?«

»Ich dachte, daß Sie über alles informiert werden wollen«, sagte er beflissen, »und ich finde es schön, daß wir mal miteinander geredet haben ... Vielleicht könnten wir gemeinsam, ich dachte, ich meine ... abends mal essen gehen!«

Stotter, stotter. Ich atmete tief durch. Ach, Lämmchen! Solche Männer wie du mögen selbstbewußte Frauen, ich weiß. Aber ihr habt einen unerträglichen Nachteil: Ihr geht nie wieder weg!

»Lieber Agnus«, stellte ich klar, »ich habe noch nicht mal gefrühstückt, und Sie sprechen vom Abendessen. Außerdem mache ich gerade Diät und ernähre mich von Möhren, Sellerie und Buttermilch. Und, wenn ich ehrlich bin, habe ich nicht die geringste Lust, mit Ihnen essen zu gehen. Nehmen Sie's nicht persönlich, aber so sind die Fakten!«

Er schwieg, um zu verdauen. »Ich habe Sie verstanden«, meinte er schließlich, »auch Sie wollen mit mir nichts zu tun haben. Genau wie Laura. Aber – ich nehme es Ihnen nicht übel. Laura und Sie sind von einer Sorte.« Es klang gehässig.

»Haben Sie sich nicht so«, blaffte ich ihn an, denn mir riß der Geduldsfaden. »Ich will endlich frühstücken, auf Wiederhören!«

»Gut, wie Sie wollen. Stand übrigens was Interessantes in der Akte Beate Bartusch, die Sie gestern mitgenommen haben?«

Ich schluckte. Und leugnete: »Was soll diese Unterstellung?«

»Sie müssen die Akte mitgenommen haben. Als ich in die Kaffeeküche ging, lag sie noch auf dem Schreibtisch, als ich zurückkam, war sie weg. Wer also kann sie geklaut haben?«

»Agnus, lassen Sie solche Anschuldigungen. Mir ist es egal, was Sie glauben. Ich habe keine Akte, damit Sie es wissen. Und, um mich aufs Kreuz zu legen, da müssen Sie früher aufstehen.« Wütend knallte ich den Hörer auf. Er gehörte zu den Typen, die ich leicht unterschätzte. Adieu, warmes Bett. Die Akte mußte weg.

Ich zog mich an, verschob das Frühstück, fuhr los und deponierte die gelbe Akte in meinem Bankschließfach. Da lag sie erst mal sicher. Unterschlagung von Beweismaterial – so oder so ähnlich könnte das Delikt heißen, das ich begangen hatte.

Eigentlich war es eher Mundraub, fand ich, denn wie sollten der Mord an Laura und die Verbrechen eines Bierstädter Kinderschänders jemals aufgedeckt werden, wenn nicht jemand mit unorthodoxen Mitteln arbeiten würde – so wie ich.

Ich entschädigte mich für diesen unangenehmen Morgen mit einem fürstlichen Frühstück mit Croissants, Kakao mit Sahne, Parma-Schinken und Melone, Rührei mit Bacon und einer frischen Mango.

Verbrechen aus Leidenschaft

Eine Stunde später meldete ich mich in der Redaktion. Alle waren schon kräftig bei der Arbeit, Stimmen klangen durcheinander, Telefone klingelten und irgendwer hämmerte wie verrückt in einem Affentempo auf der Schreibmaschine herum. Der Kaffeeautomat stöhnte, und die Sekretärin krähte mit ihrer hellen Stimme: »Der Kaffee ist fertig!« Ich nahm mir einen Becher voll und ging in Jansens Büro.

»Hallo Peter, was gibt es Neues?«

»Hast du schon gehört? Sie haben einen Verdächtigen festgenommen!«

»Wer?«

»Die Polizei natürlich. Sie war diesmal schneller als die rasende Reporterin des 'Bierstädter Tageblattes'.«

Er schien etwas verstimmt zu sein.

Ich ließ mich nicht beeindrucken. »Nun, das ging aber schnell. Und – wer ist der Glückliche?«

Ich kannte den Namen, noch bevor Peter Jansen ihn aussprach. »Ein Kollege deiner Freundin. Agnus Naider. Sie hat ihn nicht erhört. Da ist er ausgeflippt. Typische Eifersuchtskiste.«

Hatten sie Lämmchen also doch noch drangekriegt! Geschah ihm recht. Wenn er mich jetzt wegen der Akte bei der Polizei anschwärzen würde, glaubte ihm sowieso niemand. Ich feixte innerlich, weil das gelbe Teil schön eingeschlossen in meiner Bank ruhte.

»So, so, Agnus Naider. Heute früh habe ich noch mit ihm gesprochen. Hat er denn kein Alibi für den Mordabend?«

»Das hättest du alles erfahren können, wenn du die Pressekonferenz der Staatsanwaltschaft besucht hättest. Aber du warst leider nicht in deiner Wohnung.«

»Ich war mal kurz frühstücken. Also, was ist mit dem Alibi?«

»Er hat eins, aber es ist wackelig. Angeblich hat er an dem Abend einen Vortrag gehalten, außerhalb von Bierstadt. Doch der Vortrag sei nicht so lang gewesen, daß er nicht hätte zurückfahren können. Zeitlich wäre es also möglich gewesen. Die Polizei hat ihn nach ihrem Besuch in der Beratungsstelle sofort kassiert. Er ist wohl auch so ein Seelenklempner wie deine Freundin, Psychologe oder Pychotherapeut.«

Jansen sprach die Berufsbezeichnungen mit erkennbarem Ekel in der Stimme aus.

»Die ticken ja sowieso alle nicht ganz richtig«, krähte der Volontär in einer Art vorauseilenden Gehorsams durchs Büro. Er hatte nämlich nach anderthalb Jahren Ausbildung schon mitbekommen, daß Journalisten zu allen Menschen mit geregelter, akademisch abgeschlossener Ausbildung ein gespanntes Verhältnis haben. Und da wollte er nicht abseits stehen.

»Die haben den Falschen erwischt«, sagte ich. »Agnus Naider ist es nicht gewesen. Typisch Bullen! Schnappen sich den ersten Besten! Der Mann heißt nicht nur Agnus, sondern er ist auch so harmlos, wie er heißt.«

»Wieso?« wollte die Nachwuchskraft wissen.

Wir ignorierten ihn. »Laura nannte ihn Lämmchen, für so harmlos hielt sie ihn. Der kann keiner Fliege was zuleide tun.«

»Harmlos? Eine Zeugin hat der Polizei berichtet, daß dein harmloses Lämmchen deine Freundin im Büro fast vergewaltigt und verprügelt hat.«

Das mußte diese Frau Engler gewesen sein, die sich so heftig für Lauras Akte interessiert hatte. »Quatsch! Die Frau lügt. Laura hätte mir sowas erzählt.«

»Warum sollte sie? Die Zeugin ist zufällig ins Zimmer gekommen und hat noch eine nette kleine Morddrohung mitgekriegt. Sowas wie: 'Wenn du nicht mit mir ... dann mit niemandem mehr'. Verbrechen aus enttäuschter Leidenschaft – glaubt die Polizei. Vielleicht kommt er mit Totschlag davon, wenn er Glück hat. Dein Lämmchen ist wohl eher ein Wolf im Schafspelz.«

Ich schüttelte ungläubig den Kopf. Nein, so einfach konnte die Sache nicht sein.

»Ich sage dir, Peter, der ist bald wieder draußen. Die werden ihm noch nicht mal nachweisen können, in der Mordnacht in Lauras Haus gewesen zu sein. War er übrigens auch nicht, sonst hätte ich ihn bestimmt gesehen.«

Ich überlegte, ob es stimmte, was ich gerade gesagt hatte. Alle Gäste hatte ich zwar nicht mehr in Erinnerung, aber ... Nein, er war nicht eingeladen und auch nicht da gewesen.

Ich hatte eine neue Idee. »Habt ihr eine Kamera für mich? Eine ganz einfache für Schnappschüsse?«

Jansen blickte ungläubig. »Du willst also weitermachen?«

»Na klar. Glaub mir Peter, die haben den Falschen. Hast du so ein Fotografierding?«

»Du kannst meine idiotensichere aus dem Auto haben, die kannst sogar du bedienen«, bot er an.

»Genau das Richtige. Das ist doch die, wo man nur draufzudrücken braucht?«

»Nicht ganz. Du mußt noch einen Film einlegen und die Schutzklappe vor dem Objektiv entfernen.«

»Scherzkeks. Gib mir deinen Autoschlüssel, ich hol sie mir raus.«

»Nicht nötig.« Er winkte den Volontär heran. »Holen Sie bitte die Kamera aus meinem Auto, dann erkläre ich Ihnen auch den Unterschied zwischen Agnus und Anus.«

Das Nachwuchstalent spurtete. Ja, diese jungen Leute von heute, immer zuvorkommend, immer wißbegierig und bildungshungrig und Tag und Nacht auf der Suche nach neuen brandheißen Erfahrungen. Der Journalismus der Zukunft wird vor Kreativität, Esprit und Einsatzfreude nur so sprühen.

Fototermin im »Pinocchio«

Frau Engler, die Kronzeugin gegen Lämmchen und Lauras Kollegin, war eine mittelgroße Person, schlank, mit halblangem, nußbraunem Haar. Um hübsch genannt zu werden, fehlten ihr entspannte Gesichtszüge. Neben den Nasenflügeln und um die Mundwinkel hatte sie tiefe Falten. Sie wirkte verhärmt-freudlos.

Ihre Kleidung war korrekt, wenn auch von der gängigen Mode ein ganzes Jahrzehnt entfernt. Keine unsympathische Frau, aber jemand, den das Leben gebeutelt zu haben schien.

Ich hatte ihr abends vor der Beratungsstelle aufgelauert, sie kannte mich nicht. Sie besaß vermutlich kein Auto, denn sie ging schnurstracks über die Fußgängerzone, einem bestimmten Ziel entgegen. Sie schaute mehrfach auf die Uhr, so, wie es nervöse Menschen tun, um sich zu beruhigen.

Sie betrat schließlich ein italienisches Restaurant der Spitzenklasse, das mir von früheren Recherchen bekannt war.

Ich mußte unbedingt sehen, mit wem sie sich treffen wollte. Ich ging ebenfalls hinein, sie ließ sich gerade vom Kellner aus der Jacke helfen. Ich steuerte auf den Geschäftsführer zu. »Luigi, bitte«, zog ich ihn beiseite, »ich brauche einen Platz mit guter Aussicht auf diesen Tisch, an dem die Dame gerade Platz genommen hat. Kannst du das für mich arrangieren?«

»Aber gerne, Signora Maria!«

Er konnte mich gut leiden, was ich im wesentlichen meinem Namen zuschrieb: Mein Vorname war der der Jungfrau Maria und mein Nachname der des am meisten gefeierten italienischen Hochprozenters, der jeden italienischen Mann ohne Leberzirrhose ins Schwärmen brachte. Ich hatte ihn durch meine sehr kurze Ehe mit einem florentinischen Pizza-Bäcker erhalten, den ich kurz nach dem Abitur geheiratet hatte.

Ich durfte auf einer Empore Platz nehmen, von der ich von schräg oben auf Frau Engler blicken konnte. Die Kamera hatte ich griffbereit auf dem Tisch liegen. Wenn ich Glück hätte, würde das Licht ausreichen, denn das »Pinocchio« hatte nicht die dunkle eichene Gemütlichkeit der meisten anderen Bierstädter Restaurants.

Luigi fragte mich nach meinen Wünschen. »Etwas Knoblauchbrot reicht«, sagte ich, »und könntest du am Tisch der Dame noch eine Lichtquelle anwerfen?«

»Willst du den Spot links oben? Reicht er für ein Foto?« Er hatte gemerkt, was ich vorhatte.

»Luigi, du bist ein Schlitzohr. Mach das Licht ruhig an, ob es was hilft, weiß ich nicht, aber schaden kann's auch nicht.«

Der Spot tauchte Frau Engler in schönes helles Licht. Ihr schien es egal zu sein, daß die Halogen-Lampe ihre Haut noch gelber und ihre Falten noch tiefer erscheinen ließ. Ich hätte die Lampe weggedreht, wenn ich mich mit einem Mann zu einem Essen zu zweit getroffen hätte.

Denn es zwar zweifellos ein Mann, der sich da an ihren Tisch setzte. Mitte 40, hager und gut gekleidet. Volles, zurückgekämmtes mittelblondes Haar mit Grau durchsetzt, eine randlose Brille, die dunkel getönt war, so daß seine Augen nur andeutungsweise zu sehen waren. Eine durchweg – wie sagt man – stattliche Erscheinung. Ich hatte den Mann nie zuvor gesehen.

Er winkte den Kellner heran und orderte einen Martini mit Eis. Frau Engler ließ sich ein Mineralwasser kommen. Danach schauten beide in die Speisekarte.

Sie entschieden sich schnell, bestellten, und der Mann begann mit einer Unterhaltung. Seine Mimik war lebhaft. Er nahm die Hand der Frau und küßte sie. Wie ungewöhnlich!

Sie sprachen aufgeregt und leise miteinander. Zu leise, als daß ich etwas hätte hören können. Zwischendurch nahm der Mann immer wieder – beschwichtigend und gleichzeitig bittend – die Hand der Engler und redete auf sie ein. Sie wandte den Kopf mehrmals ab, schüttelte ihn, schaute ihn zweifelnd an. Was wurde da besprochen zwischen den beiden?

Leider hatte ich nicht genügend lange Ohren, aber immerhin eine Kamera. Ich mußte herausbekommen, wer dieser distinguierte Herr mittleren Alters war. Und dazu brauchte ich ein Foto von ihm. Ich nahm die Klappe vom

Objektiv, blickte durch den Sucher und drückte ab. Der eingebaute Motor gab ein surrendes Geräusch von sich. Niemand achtete auf mich, nur Luigi riskierte einen Blick nach oben.

Klick, surr, Klick, surr. Das müßte reichen. Die beiden hatten nichts bemerkt. Ich schlich die Treppe hinunter und sah, wie der Mann Frau Engler einen Umschlag zusteckte. Wie in einem Agentenfilm! Und ich war mittendrin!

Aber jetzt nichts wie weg! Hoffentlich war alles im Kasten und die Kamera so idiotensicher, wie es mir Jansen versprochen hatte. Mein Komplize erwartete mich. »Alles klar, Maria?« Luigi war neugierig.

»Hat ganz gut hingehauen. Kennst du den Mann, der da bei ihr sitzt?«

»Nie gesehen. War noch nie hier. Ist er Verbrecher?«

»Kann sein, ich habe keine Ahnung. Konntest du hören, was die beiden gesprochen haben?«

»Bißchen leise gesprochen. Mann war aber sehr böse.«

Ich gab Luigi einen Kuß auf die Wange. »Ich danke dir, du alter Mafia-König.«

Er strahlte. »War Knoblauchbrot gut?«

»Köstlich, wie immer. Die Leute, die an mir vorbeigehen, werden glauben, ich sei eine bulgarische Straßenbahnschaffnerin.«

»Bleibst du nicht zum Essen, Maria?«

»Um Gottes willen! Ich muß dringend abnehmen!«

Er grinste und riskierte einen Blick. »Ist nicht nötig!«

»Vielleicht irgendwann am Abend. Jetzt muß ich weg! Wenn die beiden«, ich blickte zum Tisch, »noch etwas Außergewöhnliches tun, rufst du mich dann bitte an?«

»Claro!«

Lauras Prinz liebt Märchen

Es war einer der ersten Frühlingstage im Jahr vor etwa vier Monaten gewesen. Laura und ich hatten zusammen gekocht, gegessen und uns danach durch eine Talk-Show im Fernsehen gequält, in der die beiden Moderatorinnen mehr zu erzählen hatten als ihre Gäste.

Als der Kasten aus war, überraschte mich Laura mit einem Geständnis: »Ich habe einen Mann kennengelernt!«

Das war nichts Neues, doch die Dramatik in ihrer Stimme deutete auf Ungewöhnliches. Ich fragte: »Wer ist es?«

»Du kennst ihn nicht, und du sollst ihn auch nicht kennenlernen!«

Hoppla, dachte ich, was ist in die Frau gefahren? Ich lachte und frotzelte: »Ist er der Bruder des Glöckners von Notre-Dame oder der nette Orang-Utan aus dem Tierpark?«

»Deine drittklassigen Scherze langweilen mich!« Sie war eingeschnappt.

»Nun sag schon«, drängelte ich, »von mir erfährt niemand ein Wort! Ich werde selbst unter der Folter schweigen!«

»Du und schweigen? Aber gut, er ist verheiratet und hat zwei Kinder!«

»Ach du lieber Himmel! Ein Ehemann! Laura, das gibt Ärger, wenn das rauskommt. Hatten wir uns nicht vorgenommen, die Finger von Ehekrüppeln zu lassen?«

Sie war wenig beeindruckt. »Ach, weißt du, ich bin langsam in dem Alter, in dem nur noch die Verheirateten zu mir passen. Wenn zu Glück hast, triffst du mal einen Geschiedenen. Und Männer, die mit Mitte vierzig noch ledig sind, mit denen stimmt was nicht!«

»Ich kenne da auch andere Beispiele«, korrigierte ich, »aber grundsätzlich hast du recht. Bist du wenigstens verliebt in ihn?«

Sie nickte.

»Und er? Liebt er dich auch?«

Sie zögerte. Dann sagte sie: »Ich nehme es an.«

»Seit wann kennst du ihn?«

»Seit vier Wochen.«

»Wie ist er im Bett? Ausbaufähig oder Karo einfach?«

»Maria – du bist eine verdammte Zynikerin!«

»Sentimentale Menschen beschimpfen Realisten gern als Zyniker!«

»Es gibt auch Männer, die nicht als erstes mit einer Frau ins Bett steigen wollen!«

»Was du nicht sagst? Wenn sich ein Mann für mich interessiert und ich bin nicht nach vier Wochen mit ihm im Bett, erlischt mein Interesse schlagartig. Und seins vermutlich auch.«

»Dann hast du – im Gegensatz zu mir – immer die falschen Männer getroffen.«

»Vielleicht. Aber Spaß hat es trotzdem gemacht. Ich dachte immer, daß Sex auch dazu gehört.«

»Klar – aber ich genieße es, daß er anders ist. Irgendwann ergibt sich das schon von allein.«

»Und was macht ihr den ganzen Tag – außer euch gegenseitig anzuhimmeln?«

»Wir besuchen Kunstausstellungen, fahren ins Grüne, unterhalten uns, lesen Bücher.«

»Sogar sprechen und lesen kann er! Nun sag schon, wo hast du dieses Wundertier getroffen, und wer ist es?«

»Ich lernte ihn auf einer Fortbildungsveranstaltung kennen. Er hielt einen Vortrag über psychologische Märchendeutung – ein spannendes Thema. An diesem Abend ging es um die Bedeutung der Mutter in den Märchen.«

»Wie spannend! Die Sache mit Schneewittchen, der bösen Königin und den glühenden Kohlen? Ist dein Märchenprinz ein Berufskollege von dir?«

»Sei doch nicht so verdammt ironisch!«

»Ironie ist eine hochentwickelte Kunstform! Ich habe lange üben müssen!«

»Ich weiß, Maria. Aber ich mag ihn wirklich! Er ist Arzt. Aber kein Psychologe, sondern Chirurg. Psychologie ist sein Hobby.«

Schließlich hatte mir Laura doch noch den Namen des Mannes verraten: Prof. Dr. Christian Ellenbogen. Ich hatte ihn aber nie kennengelernt.

Unsere Beziehung war danach etwas abgekühlt. Laura brauchte Zeit für ihren Freund. Erst als die Sache vorbei war, griff ich wieder ein und half ihr über ihre Leidenszeit hinweg. Ich hatte versucht, die Gründe für die Trennung herauszubekommen. Doch Laura schwieg. Es war, als versuchte ich einen Dialog mit einem Schnellzug, der in die entgegengesetzte Richtung fuhr.

Ein Heuchler mit Heiligenschein

Die Fotos, die ich im »Pinocchio« geschossen hatte, waren besser als erwartet. Der Fotograf hatte den Ausschnitt mit dem Paar vergrößert. Das Gesicht des Mannes war prima zu erkennen.

»Kennst du den?« fragte ich Peter Jansen, und der sagte spontan: »Natürlich! Das ist der Chefarzt der Zentralklinik, Ellenbogen heißt der.«

»Was? Das war Lauras Märchenprinz!« Ich war von den Socken.

»Wieso Lauras Märchenprinz? Und wer ist die Frau am Tisch?«

»Frau Engler, Lauras Kollegin. Das ist die, die den armen Naider in U-Haft gebracht hat. Und Ellenbogen war Lauras letzte Liebschaft!«

»Das geht ja ganz schön durcheinander«, bemerkte Jansen, »und warum trifft sich dieser Ellenbogen mit der Engler?«

»Wenn ich das wüßte«, seufzte ich, »dann wäre ich ein ganzes Stück weiter!«

Jansen konnte es nicht fassen. »Aber der Kerl ist schwer verheiratet und hat Kinder. Ein echter Saubermann!«

»Na und, was heißt das schon? Du bist auch verheiratet und hast sogar drei Kinder. Hält dich das vom Fremdgehen ab?«

Er wurde ärgerlich. »Mensch, Maria! Das ist doch was anderes. Der hier ist aktiv in seiner katholischen Gemeinde, geht jeden Sonntag in die Kirche, unterstützt Künstler und soziale Gruppen. Seine Frau ist in irgendwelchen christlichen Wohlfahrtsverbänden engagiert und so weiter. Sogar eine Wallfahrt nach Lourdes hat der mal gemacht, damit es seinen Patienten besser geht. Der betet sogar, bevor er sich die Haare kämmt!«

»Ein Heuchler eben. Wie viele Männer. Peter, laß uns überlegen! Warum trifft sich dieser Mann mit Lauras Kollegin? Warum hat sich die Engler für Lauras letzten Fall interessiert? Warum wollte sie von Naider unbedingt die Akte haben?«

»Welche Akte?«

Ich erzählte ihm von der verschwundenen Akte mit Lauras letztem Fall. Dem Fall der kleinen Beate Bartusch, die monatelang von einem unbekannten Mann namens »Onkel Herbert« mißbraucht worden war. Nur daß ich die Akte geklaut hatte und sie sich in meinem Schließfach befand, ließ ich erst mal weg. Peter Jansen brauchte auch nicht alles zu wissen, zumindest noch nicht.

»Irgendwie gibt es eine Verbindung zwischen Laura, Beate Bartusch, Agnus Naider, Frau Engler und diesem Bet-Bruder. Aber welche? Wo ist der gemeinsame Anknüpfungspunkt? Welche Rolle spielt 'Onkel Herbert'? Und was hat das alles mit Lauras Tod zu tun?«

Peter Jansen überlegte. »Alles hängt mit dieser Beratungsstelle zusammen. Und der Arbeit, die dort gemacht wird. Alle Verdächtigen kennen sich. Laura muß etwas gewußt haben. Und dieses Wissen war tödlich für sie!«

»Vielleicht geht es um Erpressung! Was hat Ellenbogen der Engler in dem Lokal gegeben? Was war in dem Umschlag? Geld?«

»Irgendwie ist diese Story bombig«, meinte Jansen und strahlte, »ein richtiger Kriminalfall. Und die Polizei hat mal wieder keine Ahnung. Schnappt sich diesen Dünnbrettbohrer! Was willst du als nächstes machen, du Spürnase?«

»Zunächst werde ich mir diesen gottesfürchtigen Professor mal näher ansehen«, sagte ich, »als Journalistin dürfte das wohl kaum ein Problem für mich sein. Sein Hobby ist die psychologische Märchendeutung — so hat mir Laura erzählt. Darüber könnte ich ja mal einen Artikel schreiben. Oder ich knöpfe mir sein soziales Engagement vor! Hehre Lichtgestalt drängt den Mühselig und Beladenen ihre guten Taten auf. Solchen Typen gefällt es doch, wenn sie von der Presse einen Heiligenschein verpaßt bekommen!«

Jansen lachte. »Nimm lieber die Sache mit den Märchen. Sowas macht sich gut in der Wochenendausgabe. Ganz weit hinten, auf den Seiten für die Schöngeister. Schreib doch mal eine lange, nachdenkliche Geschichte, die niemand bis zu Ende durchhält.«

»Na gut. Ich könnte ihn ja mal fragen, was Rotkäppchen wirklich im Korb hatte, den es zur Großmutter bringen wollte. Kuchen und Wein – ob das wohl alles war? Und welche Rolle spielt der böse Wolf? Hat er sich an Rotkäppchen vergriffen?«

Wir lachten und blödelten weiter. »Und frag ihn mal, was Schneewittchen in Wahrheit mit den sieben Zwergen getrieben hat«, fuhr Jansen fort, »wahrscheinlich war die Kleine etwas nymphoman veranlagt. Und paß nur auf, daß er nicht glaubt, du seist die böse Hexe in Hänsel und Gretel, die ihn verspeisen will.«

Ich winkte ab. »Ich glaube, der Mann wäre ein Grund, lebenslange Diät einzulegen. Ich kann Heuchler nicht ausstehen.« Dann ging ich an meinen Schreibtisch und wählte die Telefonnummer der Zentralklinik. Bat devot um einen Termin beim Herrn Professor. Die Sekretärin meldete sich fünf Minuten später. Am anderen Morgen gegen elf sollte ich im Vorzimmer erscheinen.

Ein Märchenprinz mit vielen Flecken

Ich wurde vorgelassen. Bewaffnet mit Block und Kugelschreiber betrat ich das Zimmer des Chefarztes, die wißbegierige Journalistin mimend. Für solche Tarn- und Täuschungsrunden hatte ich sogar die passende Garderobe: das kleine dunkelblaue Kostüm mit dem kurzen Jäckchen, darunter ein weißes Hemdblüschen, die roten Haare artig im Nacken zu einem Pferdeschwanz zusammengerafft und durch eine Chanel-Schleife gebändigt. Solche Herren standen auf konservativ und brav. Er ließ seinen Blick wohlwollend über mich gleiten, als ich in sein Zimmer trat.

»Vielen Dank, daß Sie für mich Zeit haben, Herr Professor. Aber in unserer neuen Serie 'Bierstädter Profile' darf Ihr Porträt natürlich nicht fehlen.«

Er drückte meine Hand. Hielt sie eine Weile. Nicht zu lange, daß ich es hätte mißverstehen können.

»Setzen Sie sich doch bitte. Ich habe uns etwas Kaffee bestellt.«

Ich schaute ihn an. Er war der Mann aus dem »Pinocchio«. Aber er sah bedeutend besser aus, war entspannt und locker. Ganz darauf bedacht, auf eine Medienfrau einen guten Eindruck zu machen. Er trug eine Goldrandbrille, diesmal mit ungetönten Gläsern, ich konnte seine Augen erkennen. Blaßblau und hellwach, kalt. Unvorstellbar, daß er mit diesen Augen Laura angeschaut hatte.

Ich begann meine Show abzuziehen. »Darf ich Sie zunächst etwas zu Ihrer Person fragen, Herr Professor?«

Er nickte und lehnte sich in seinem Ledersessel zurück. Sehr überlegen, sehr sicher, kalt bis in die Nervenspitzen. Ich konnte kaum glauben, daß er im »Pinocchio« nervös und aufgeregt gewesen war.

Mein Blick fiel auf ein goldgerahmtes Foto auf seinem Schreibtisch. »Ihre Familie?« fragte ich und nahm das Bild zu mir heran. Er schaute mich überrascht an. Auf dem Foto waren zwei kleine Mädchen. »Wie heißen die beiden denn, Herr Professor?«

»Lassen Sie doch den Professor weg, meine Liebe. Violetta und Mascha – es sind Zwillinge. Elf Jahre alt. Sehr hübsch und sehr intelligent. Sie sind unsere ganze Freude.«

Der Vaterstolz machte ihn fast sympathisch. Wenigstens seine Kinder schien er zu lieben.

Die Sekretärin klopfte an und brachte den Kaffee. Ich hatte Zeit, mir das Büro anzusehen. Es war gediegen und nicht zu modern eingerichtet. An den Wänden Fotodrucke von alten russischen Ikonen. Über dem Türeingang ein Kruzifix.

Ich rührte artig meinen Kaffee um und stellte die üblichen Fragen nach Kindheit, Jugend, Schulzeit, Studium.

Er antwortete kurz und präzise, streute hier und da einige humorvolle Bemerkungen ein. Sein Papa war Küster gewesen und hatte sonntags die Glocken zur Heiligen Messe geläutet, die Mutter dem Pfarrer den Haushalt geführt, Klein-Christians Begabung war früh entdeckt worden. Die Eltern und der Geistliche hatten ihn nach Kräften gefördert. Seine Stimme war nicht unangenehm, hatte eine wohlklingende Tiefe. Ich bemerkte, wie ich mich entspannte und mein wacher Geist langsam eingelullt wurde. Ich begriff plötzlich, warum Laura ihn gemocht hatte. Er war anders als die Männer, die sie bisher gekannt hatte, denn er hatte sich nicht wie sie durch Abendschulen, Fernkurse und Qualifizierungsmaßnahmen quälen müssen. Hatte seine Zeit nicht in Wohngemeinschaften und bei politischen Diskussionen vergeudet, sondern zielstrebig an seiner Karriere gearbeitet. Laura war dem jovialen Charme eines bildungsbürgerlichen Karrieristen erlegen!

Es langte. Das Vorgeplänkel war lang genug. Er war in leutseliger Stimmung, war ins Schwätzen geraten, fühlte sich sicher. Ich konnte beginnen. »Ich habe gehört, Sie haben ein interessantes Hobby?«

Er schaute ungehalten, weil ich seinen Redefluß unterbrochen hatte. »Hobby? Ach ja, ich habe viele Hobbies, welches meinen Sie?«

»Psychologische Märchendeutung. Interpretationen von Tabus, das Aufzeigen von Verdrängungsprozessen. Ich stelle mir eine solche Arbeit sehr spannend vor. Den Märchen auf den Grund zu gehen, um zu ganz neuen Aussagen zu gelangen. Wirklich interessant. Wie schaffen Sie das nur bei Ihrem anstrengenden und wichtigen Beruf?«

Schmeichel, schmeichel. Das kommt bei Interviews immer gut an, lockert die Zungen, macht unvorsichtig. Besonders Männer fahren darauf ab.

»Sie kennen meine Passion? Wer hat Ihnen davon erzählt?« Er lächelte mich an und war hocherfreut.

»Eine Bekannte, die Sie mal bei einem dieser Vorträge gehört hat. Laura Gutweil, eine Psychologin aus der 'Städtischen Beratungsstelle für Menschen in Not'. Sie müßten sie doch eigentlich kennen?«

Seine entspannte Haltung änderte sich, er zog sich mit beiden Armen aus dem Sessel hoch und setzte sich gerade hin. Er reagierte schnell auf die veränderte Situation und meinen geänderten Frageton.

Ich ließ ihn nicht aus den Augen, er mich allerdings auch nicht.

Die blaßblauen Pupillen zogen sich zusammen, die Halsschlagader pulsierte. Von Null auf 180 in zwei Sekunden! Keine schlechte Leistung. Es konnte losgehen!

»Frau Gutweil?« Er zögerte etwas zu lange. Ganz unprofessionell, Herr Professor, dachte ich.

Dann erhellten sich seine Gesichtszüge und spielten Erinnerung vor. »Ja, ich kannte mal eine Frau Gutweil. Ist das nicht die Frau ... Ja sicher: Ich habe in der Zeitung von ihrem Schicksal gelesen. Furchtbar! Ganz schrecklich.«

Er machte eine Pause. Dann meinte er: »Aber – der Täter ist ja wohl inzwischen gefaßt worden. Verbrechen aus verschmähter Liebe. Auch das gibt es in den Volksmärchen, über die wir gerade sprechen wollten: Abweisung, gekränkte Ehre – ein Sinnbild, das sich in allen Kulturen wiederfindet. Und das Ergebnis ist in den Märchen und Sagen meist genauso grausam wie in der Realität.«

»Den mutmaßlichen Täter kennen Sie doch auch, oder?«

Er schüttelte den Kopf und schaute grübelnd. Wieder unprofessionell, Herr Professor. Warum nicht einfach »ja« sagen? Menschen mit ähnlichen Interessen in einer Stadt wie der unseren kennen sich immer.

»Nein, ich glaube nicht, daß ich den Verdächtigen kenne. Zumindest kann ich mir sein Gesicht im Moment nicht vorstellen.«

»Er heißt Agnus Naider. Er arbeitet ebenfalls in der Beratungsstelle. Und dann gibt es noch eine dritte Mitarbeiterin dort, eine Frau Engler. Sagt Ihnen der Name auch nichts?«

Er tat so, als würde er überlegen. »Auch der Name sagt mir eigentlich nichts. Aber, was hat die Beratungsstelle eigentlich mit Ihrem Porträt über mich zu tun? Warum fragen Sie das alles?«

»Weil ich mal hören wollte, wie geschickt Sie lügen können, Herr Professor. Ich war mit Frau Gutweil eng befreundet, und sie hat mir alles über sich und über Sie erzählt. Sie hatten eine Affäre miteinander – und das ist noch gar nicht so lange her. Zumindest nicht so lange, daß sich die Polizei dafür nicht interessieren würde.«

Er schaute mich an wie ein kompliziertes Geschwür, das er gern mit seinem Skalpell entfernt hätte. Seine joviale Freundlichkeit war verschwunden. »Sie sind also keine Journalistin, sondern eine Erpresserin?«

»Aber nein. Ich bin wirklich Reporterin. Aber ich war mit Laura bekannt und suche ihren Mörder. Warum geben Sie Ihre Beziehung zu ihr nicht zu?«

Sein lauernder Blick verschwand. Er legte stattdessen etwas Schmerzliches in seine Züge. »Ich bitte Sie! Ich bin verheiratet und in Bierstadt ein bekannter Mann! Außerdem war der Kontakt zu Frau Gutweil nur kurzzeitig. Wir haben beide eingesehen, daß es zu kompliziert war.«

Er spielte den ertappten Liebhaber, der längst bereut hatte und geläutert war. Ich wartete.

»Werden Sie in Ihrer Zeitung etwas darüber berichten? Wenn Sie das tun, dann stürzen Sie nicht nur mich, sondern auch meine Familie ins Unglück!«

Er appellierte an meine Anständigkeit. Nicht ungeschickt. Eigentlich hatte ich angenommen, daß er mir drohen würde. Ich hatte keine Lust mehr, die Luft war raus. Der Mann war kein Mörder, sondern nur jemand, der seine Frau hintergangen hatte. Der um seine Existenz als katholische Lichtgestalt fürchtete.

Ich zog das Foto aus der Tasche, auf dem er und Frau Engler abgelichtet waren. »Und was ist das? Was haben Sie Frau Engler in dem Umschlag zugesteckt?«

Seine Antwort kam prompt: »Sie wußte von Frau Gutweil und hat mich erpreßt. Ich habe ihr Geld gegeben.«

»Wieviel?«

»5000 Mark.«

»Warum sind Sie nicht zur Polizei gegangen?«

»Damit die mich in Verbindung zu dem Mord bringen?«

»Sie sind ein mieser Heuchler!«

Er nahm das »Kompliment« gelassen hin. »Was werden Sie tun?« Seine Stimme zitterte.

»Nichts werde ich tun. Ihre privaten Affären interessieren mich nicht. Laura hat Sie mal sehr gemocht. Vielleicht sogar geliebt. Wußten Sie das?«

Er nickte und schlug den Blick nach unten. Sehr gekonnt. Aber alles andere als ehrlich.

Warmer Riesling im Bermuda-Dreieck

Nach einem Spaziergang durch die Bierstädter Fußgängerzone setzte ich mich in ein Restaurant. Hier hatte ich mich mit Peter Jansen verabredet. Ich mußte unbedingt mit jemandem reden, denn ich hatte mich in dem Bermuda-Dreieck »Laura-Ellenbogen-Onkel Herbert« verfranst.

Ich bestellte eine Gemüseplatte nach Art des Hauses ohne die wässrigen Holland-Tomaten. Und ohne diese rosa Salatsoße, sondern mit einer leichten Vinaigrette. Die Kellnerin war nur unter Drohungen zu bewegen, mir diesen Sonderwunsch zu erfüllen. Zur Strafe servierte sie mir den Elsässer Riesling badwarm. Ich ließ mir vier Eiswürfel kommen und den Geschäftsführer.

Peter Jansen kam pünktlich und hatte eine Neuigkeit parat: Der Haftrichter hatte Agnus Naider aus der Untersuchungshaft entlassen, weil die Staatsanwaltschaft keine Beweise dafür vorlegen konnte, daß Lämmchen in der Mordnacht in Lauras Haus gewesen war.

»Hab ich doch gleich gesagt. Und was passiert jetzt?« wollte ich von Jansen wissen.

»Die Ermittler stehen wieder am Anfang. Es existiert

keine heiße Spur. Die wissen noch nicht mal, ob der Mörder unter den Gästen war oder ins Haus eingedrungen ist.«

Wir schwiegen. Ratlosigkeit machte sich breit. Jede Menge kalter Spuren, die vor sich hin fröstelten. Viel weiter als die Polizei war ich auch noch nicht. Meine stille Hoffnung war Ellenbogen gewesen, doch der hatte sich nur als heuchlerischer Spießer entpuppt.

Jansen fragte nach Ellenbogen, und ich sagte lustlos: »Ein Schuß in den Ofen!«

»Und der Treff zwischen ihm und der Engler?«

»Kleine Erpressung. 5000 Mäuse dafür, daß sie der Polizei nichts über Laura erzählt. Das ist leider alles!«

»Hast du das überprüft?«

»Nein, aber es klingt doch plausibel, oder?«

»Nicht unbedingt. Laura hat etwas rausgekriegt. Sie wird deshalb ermordet. Laura hat mit Engler zusammengearbeitet.«

»Du meinst, daß Ellenbogen ihr das Geld für etwas anderes gegeben hat?«

Jansen nickte. »Hör mal, Maria: Diese verschwundene Akte! Vielleicht hat die Engler sie doch und erpreßt ihn!«

»Nein, das paßt nicht. Sie hat sie doch von Naider haben wollen.«

»Dann ist Naider der Erpresser, er hat die Akte!«

Ich mußte es ihm jetzt erzählen. »Ich habe die Akte geklaut. Bei meinem Besuch in Lauras Büro. Sie lag auf dem Tisch, und ich hab zugegriffen!«

»Bist du verrückt geworden?« Peter Jansen war geschockt. »Maria, wir sind doch kein Revolver-Blatt. Wenn die Polizei das spitz kriegt, kriegst du ein Verfahren an den Hals und der Verlag vielleicht auch. Wie konntest du sowas Blödes machen?«

»Reg dich nicht auf, ich hab die Mappe in Sicherheit gebracht.«

»Stand wenigstens etwas Wichtiges drin?«

»Der Fall Beate Bartusch. Alle bekannten Angaben über diesen 'Onkel Herbert'. Gesprächsprotokolle und Zeichnungen. 'Onkel Herbert' ist die Schlüsselfigur zu dem Fall. Mord und Kindesmißbrauch hängen zusammen. Ich muß mit Naider reden – auch darüber, was ihn die Polizei gefragt hat. Und ich muß mir die Engler vorknöpfen!«

»Je mehr wir wissen, um so komplizierter wird alles«, stöhnte Jansen, »du stellst die falschen Fragen den richtigen Leuten oder umgekehrt, klaust Beweismaterial, bringst unsere Zeitung in einen schlechten Ruf, und heraus kommt dabei nichts! Überhaupt nichts! Wie schaffst du das nur immer?«

»Du weißt doch, Peter, eine Frau im Journalismus muß doppelt so gut sein wie ein Mann. Zum Glück ist das nicht schwer!«

Wir aßen in Ruhe zu Mittag und ich betrachtete Jansen verstohlen. Je länger er in dem Job war, desto ängstlicher wurde er. Auch er hatte mal davon geträumt, sein Watergate aufzudecken. Sich fest vorgenommen, ein Buch zu schreiben und die Weltliteratur zu bereichern. Heute saß er lieber am Computer und klatschte die vorhandenen Artikel zu einem halbwegs gelungenen Layout zusammen.

Nur noch selten brach es aus ihm heraus, dieses tief verschüttete Bedürfnis, als Journalist den Reichen und Mächtigen auf die Finger hauen zu wollen. Als vierte Gewalt im Staat eine hehre Kontrollaufgabe auszuüben. Und die Intensität dieses Bedürfnisses stieg mit der Menge des genossenen badischen Weines an.

Aber – ich konnte mich auf ihn verlassen, wenn's drauf ankam. Für seine Mitarbeiter, vorausgesetzt er mochte sie, ging er durchs Feuer. Ich hoffte, er würde die Story bis zum Ende durchstehen und sie schließlich mitverantworten.

Die Erpresserin ist nur ein Nervenbündel

Ich fühlte mich wie ein Zettelkasten, in dem Hunderte von unsortierten Papierfetzen herumlungerten. Das Chaos schrie nach Ordnung.

Der nächste Weg führte mich schnurstracks in die Beratungsstelle. Agnus Naider war nicht da. Frau Engler hielt die Stellung. Bettina hieß sie mit Vornamen – es stand draußen auf einem Schild neben der Tür.

»Hallo.« Ich trat durch die geöffnete Tür. Zum Glück hatte sie keinen Besuch. »Ich heiße Maria Grappa, bin Journalistin und arbeite für das 'Bierstädter Tageblatt'. Ich war mit Ihrer Kollegin Frau Gutweil befreundet, und ich arbeitete mit ihr zusammen an einer Reportage über die Beratungsstelle und die Arbeit mit mißbrauchten Kindern. Ich dachte mir, daß ich die Arbeit jetzt mit Ihnen fortsetzen könnte?«

Ihr Gesicht war verschlossen, die Kleidung leicht verrutscht, und ihre nervösen Hände malträtierten die Schreibtischunterlage, die schon ganz zerfetzt war. Langsam krochen an ihrem Hals hektische Flecken hinauf.

»Ich bin für mißbrauchte Kinder nicht zuständig, sondern ich betreue vergewaltigte Frauen. Die Arbeit mit den Kindern macht vorübergehend Herr Naider«, stammelte sie.

»Auch ein schönes Arbeitsfeld, die vergewaltigten Frauen«, plapperte ich ungehemmt drauflos. »Trotzdem eine Frage, Frau Engler. Sagt Ihnen der Name 'Onkel Herbert' etwas?«

Ich wartete. Sie zeigte keinerlei Reaktion, abgesehen von ihrer allgemeinen Nervosität.

»Ich verstehe Sie nicht«, krächzte sie schließlich, »wer soll das sein, Onkel Harald?«

»Nicht Harald, Frau Engler, Herbert heißt er, und er mag kleine Mädchen. Laura war sehr daran interessiert, seine wahre Identität herauszukriegen, wie sie mir sagte. Denn dieser Herbert lebt hier bei uns.«

»Ich weiß darüber nichts.«

»Ich dachte, Sie hätten mit Frau Gutweil mal über dieses Thema gesprochen, denn immerhin waren sie beide ja Kolleginnen, die Tür an Tür saßen.«

»Ich habe mit Frau Gutweil eigentlich wenig Kontakt gehabt.« Sie hatte sich wieder gefangen. »Über unsere Arbeit haben wir nicht miteinander gesprochen. Bei dem Arbeitsdruck, der auf uns allen lastet, bleibt einfach keine Zeit mehr für ausführliche Dienstbesprechungen.«

»Ich habe noch eine Frage: Sagt Ihnen der Name Ellenbogen etwas? Prof. Dr. Christian Ellenbogen?«

Sie schluckte. Dann nickte sie. »Natürlich. Er ist Vorsitzender des Trägervereins 'Forschungs- und Informationszentrum für Kindheit und Sexualität'.«

Das hatte mir der Professor bislang verschwiegen. Dieser Verein hatte auch die Vortragsveranstaltung organisiert, auf der Naider in der Mordnacht seinen Vortrag gehalten hatte!

»So ein komplizierter Name. Wo hat der Verein seinen Sitz?«

Sie zögerte. »Nun ja, der Verein hat seinen Sitz hier bei uns in Bierstadt, das Infozentrum selbst liegt im Teutoburger Wald in der Nähe von Bielefeld.«

»Und in welcher Weise arbeitet Ihre Beratungsstelle mit dem Info-Zentrum zusammen?«

»Der Verein veranstaltet Fortbildungsveranstaltungen für Sozialarbeiter oder Psychologen, er hält uns durch Vorträge auf dem neusten wissenschaftlichen Stand. Er hilft uns aber auch bei der Betreuung von Mißbrauchsopfern, finanziell meine ich. Dort, wo keine öffentlichen Mittel zur Verfügung stehen, tritt der Verein auf. Ob dies nun Therapie-Puppen zur Behandlung von mißbrauchten Kindern sind, die angeschafft werden, oder Hilfe bei der Therapie der Täter.«

»Was? Die Täter werden auch therapiert?«

»Ja, das gehört zur modernen Psychologie dazu. Natürlich beginnt die Therapie erst, nachdem die Männer ihre Strafen verbüßt haben. Es gibt eine Täter-Selbsthilfegruppe der Pädophilen und eine von Männern, die Gewalt gegen Frauen ausgeübt haben.«

»Ich verstehe. Und – wie läuft die Therapie der Täter so im allgemeinen ab? Ist sie erfolgreich?«

»Nicht so, wie wir es uns wünschen. Einige werden rückfällig.«

»Wer bezahlt denn das alles?«

»Der Trägerverein, der auch das Institut im Teutoburger Wald finanziert. Wir sind gemeinnützig und finanzieren uns über Spenden. Und wir bekommen jede Menge Bußgelder oder Geldstrafen aus Gerichtsverfahren.«

»Wieso sagen Sie 'wir'? Sind Sie Mitglied?«

»Ja. Schon seit Jahren. Was ist dagegen einzuwenden?«

»Nichts. Ich meine es doch gar nicht böse«, beruhigte ich sie, »ich finde Ihr soziales Engagement vorbildlich. Auch daß Professor Ellenbogen sich neben seiner vielen Arbeit im Krankenhaus noch so engagiert, das ist ganz wunderbar. Kennen Sie ihn näher, was ist er für ein Mann?«

Ich wußte, daß sie lügen würde, bevor sie es tat.

»Ich habe wenig Kontakt zu ihm. Wir sehen uns manchmal auf Vereinssitzungen.«

»Wußten Sie, daß er und Laura Gutweil eng befreundet waren?«

»Was? War das so? Nein, das habe ich nicht gewußt!«

Es klang so, als sagte sie die Wahrheit. War sie also doch keine Erpresserin? Ich verstand überhaupt nichts mehr.

»Wann haben Sie Herrn Ellenbogen zuletzt gesehen?«

»Das ist schon Monate her«, log sie, »mindestens drei oder vier Monate!«

Ich hatte nicht den Mut, ihr das Foto zu zeigen oder ihr von den Beschuldigungen Ellenbogens gegen sie zu erzählen. Die Frau hatte eine Menge durchgemacht, und sie war – so schien es mir – noch nicht am Ende ihres Weges angekommen.

Nur keine weinenden Männer!

Seit Tagen wartete ich auf Post von »Onkel Herbert«. Doch niemand hatte sich unter dem Kennwort »Angelika« bei der Bierstädter Hauptpost gemeldet. Entweder war »Onkel Herbert« vorsichtig geworden, oder mein Brief hatte seinen Geschmack nicht getroffen. Agnus Naider war weniger zurückhaltend. Eines Nachmittags saß er nämlich vor meiner Haustür. Ich hasse unangemeldete Besucher.

»Entschuldigen Sie«, versuchte er mir den Wind aus den Segeln zu nehmen, »ich hätte Sie gern vorher angerufen, aber ich wußte nicht, wie ich Sie erreichen konnte ...«

»Was wollen Sie?« fuhr ich ihn barsch an. Meine Laune ging gegen Null.

»Ich muß mit jemandem reden!« bekannte er, vergaß aber zu sagen, warum er sich ausgerechnet mich ausgesucht hatte.

»Hören Sie, ich habe meine Eltern vor Jahren enttäuscht, weil ich keine Kindergartentante werden wollte. Können Sie sich vorstellen, warum?«

Er guckte begriffsstutzig, der intellektuelle Anspruch war zu gewaltig. Ich musterte ihn. Etwas schmuddelig sah er aus. Der Zwei-Tage-Bart gab seinem Gesicht eine männlichere Kontur. Sein Hemd war so schreiend bunt, daß es jeden Straßenräuber in die Flucht geschlagen hätte.

»Ich eigne mich nicht als Schuttabladeplatz für Ihre Probleme«, sagte ich grob, »ich habe selbst genug von der Sorte!«

Er wirkte betroffen. Plötzlich tat er mir leid, und ich kam mir vor, als hätte ich einen Rollstuhlfahrer die Treppe hinuntergestoßen. Er konnte schließlich nichts dafür, daß ich ungeduldig, überarbeitet, gereizt und launisch war.

»Also kommen Sie mit hoch«, brummte ich, und er trottete hinter mir die Treppen hoch. Beflissen riß er die Tür zum Aufzug auf. Wir gingen hinein, und ich drückte auf die Nummer fünf. Während der Fahrt nach oben hatte ich plötzlich ein flaues Gefühl im Magen. Hoffentlich bleibt der Lift nicht stecken, dachte ich, ich bin nicht gern mit Fremden eingesperrt in einer kleinen Zelle. Doch die Technik funktionierte. Wir schwebten in die fünfte Etage.

Drinnen wies ich ihm mein schwarzes Ledersofa zu. »Kaffee oder lieber einen Grappa?«

Er flezte sich in die Kissen. Seine Laune schien sich zu bessern, denn er hatte sein Ziel erreicht: Er hatte Gesellschaft. Ich öffnete die Balkontür und prüfte die Nässe in den Blumentöpfen. Heute abend würde ich sie gießen müssen.

»Und? Kaffee oder Schnaps?« Ich bemerkte, daß er mich anstarrte. Sein Blick glitt von meinem Hals bis zu meinen nackten Beinen. Ich hatte einen kurzen Rock an, denn der Tag war sonnig und heiß. Mich schauderte.

»Einen Kaffee bitte!« antwortete er. Die Situation war wieder entspannt.

»Über was wollten Sie mit mir reden, Agnus?«

Tränen traten in seine Augen. Nur nicht weinen, bat ich innerlich. Ich kann keinen Mann weinen sehen, dann denke ich immer an Rotz, Ohnmacht und Notarzt.

Er schniefte und schaute mit feuchten Augen zu mir hoch. Sein Kassengestell rutschte dabei auf die Nasenspitze. »Ich habe Laura geliebt und sie nie angefaßt. Dafür war sie mir zu schade.«

Aha, das war es. Er wollte über Laura reden. Auch gut, ich hatte nichts gegen das Thema.

»Frau Engler lügt, wenn sie sagt, daß ich Laura bedroht hätte.«

»Sie lügt also. Aber warum tut sie das?«

»Neid, Eifersucht. Was weiß ich? Die krankhafte Phantasie einer frustrierten Frau.«

»Wußten Sie eigentlich, wer Lauras letzter Liebhaber war?«

Er blickte mich starr an. »Ich weiß es und Sie wissen es auch«, er sprach plötzlich, als sei seine Zunge zu groß für seinen Mund, »der Mann hatte sie nicht verdient.«

»Sie hat ihn sich ausgesucht. Waren Sie eifersüchtig auf ihn?«

»Natürlich.« Trotz kam in seine Stimme. Vielleicht sogar Haß. Gehörte er zu denen, die anderen Männern die Frau nicht gönnten, die sie niemals bekommen würden?

»Aber mit ihm gesprochen haben Sie nicht darüber, oder?«

Er schüttelte den Kopf und schlürfte den Kaffee. Nein, er war zu feige, um sich mit Ellenbogen anzulegen, dachte ich. Und dabei war der Name »Ellenbogen« noch nicht einmal gefallen. »Reden wir eigentlich von demselben Mann?« fragte ich. Er schob seine Brille auf den Nasenrücken und blinzelte mich an. »Ich rede von Ellenbogen, Sie auch?«

Ich nickte.

»Halten Sie ihn für Lauras Mörder?« Er war plötzlich ganz Ohr, hatte seine unerträgliche Weinerlichkeit abgelegt und guckte wachsam.

»Vielleicht ist er's, vielleicht aber auch nicht. Vielleicht ist es einer der Gäste gewesen oder ein Fremder. Woher soll ich das wissen? Bin ich die Polizei?«

»Ich weiß, daß Sie den Mörder auch suchen. Wie wollen Sie vorgehen?«

»Zuerst brauche ich das Motiv. Sicher ist, daß es mit Lauras Arbeit zu tun hat. Laura muß auf eine heiße Spur zu diesem Kinderschänder gestoßen sein. Aber mal eine andere Frage! Frau Engler kennt Ellenbogen, ich habe die beiden beim Essen beobachtet. Wußten Sie das?«

»Ja, ich weiß das. Frau Engler ist sehr aktiv in dem Trägerverein. Rennt zu jedem Vortrag hin, den Ellenbogen in Bierstadt und Umgebung hält.«

»Interessant. Die Frau, die versucht, Sie in Mordverdacht zu bringen! Vielleicht um Ellenbogen zu schützen. Ich muß den Kerl mal eine Weile beschatten. Wer weiß, was da noch alles raus kommt. Es wird ihn nervös machen, wenn er mich in seiner Nähe weiß. Wenn sich Verdächtige verfolgt fühlen, machen sie meist Fehler.«

»Das ist ja regelrechter Psychoterror«, begriff Lämmchen, »und ganz schön gemein!«

»Das ist nicht nur gemein, das ist schweinisch«, bestätigte ich, »aber es haut meistens hin. Ich lehne jede Art der körperlichen Gewalt ab – ich bin ja schließlich ein zivilisierter Kulturmensch, der eine Erziehung im Sinne der christlichen Soziallehre genossen hat. Ich setze mehr auf psychische Gewalt. Sie ist außerdem eine größere intellektuelle Herausforderung für mich!«

»Wenn Sie Ellenbogen beobachten wollen, dann können wir heute abend damit anfangen«, meinte Lämmchen lächelnd mit heiteren Augen. Ihm gefiel das Spiel, das ich spielen wollte.

»Wieso heute abend, und wieso sprechen Sie im Plural?«

»Heute abend hält der Professor einen Vortrag im Kongreßsaal vor Kindergartenpersonal. 'Das Märchen von der Prinzessin Mausehaut oder die eindimensionale rationalisierende Erziehungshaltung', so der genaue Titel. Und 'wir' habe ich gesagt, weil ich sowieso dahin gegangen wäre. Und nun gehen wir zu zweit hin!«

»Wie heißt das Märchen? Eine Prinzessin, die eine Maus haut?«

»Die Prinzessin schlüpft in eine Mausehaut – psychologisch ein sehr interessantes Thema. Eine junge Frau, ein Kind noch, die sich nur im Schutz einer grauen Mausehaut mit der realen Umwelt auseinandersetzen kann. So ähnlich lautet die moderne Interpretation dieses Märchens der Gebrüder Grimm.«

»Wahnsinnig spannend. Und ich dachte immer, daß Märchen pure Unterhaltung seien.«

»Sind sie auch. Aber sie sind auch Abbilder menschlichen Fühlens, menschlicher Sehnsüchte und menschlicher Konflikte. Sie glauben gar nicht, wieviel unterdrückte sexuelle Wünsche sich in den harmlosen Märchen widerspiegeln!«

»Davon hab ich auch schon gehört. Hänsel soll der Hexe aus seinem Käfig nicht ein abgenagtes Hühnerknöchelchen herausgestreckt haben, sondern was Anderes. Und der Wolf hat Rotkäppchen nicht wegen Kuchen und Wein verfolgt ... Sind doch alles alte Hüte! Wen interessiert denn sowas noch?«

»Die Kindergartentanten. Fortbildung heißt das, und es gibt öffentliche Gelder dafür. Gehen wir heute abend zur Mausehaut?«

Ich nickte. Immerhin ein Anfang. Auch wenn er dabei sein würde, dieses unausstehliche Lämmchen, das sich inzwischen auf meinem Sofa lümmelte, als sei es hier zu Hause! Er hatte sich vom Schock seiner plötzlichen Gefangennahme ausgesprochen schnell erholt.

Auftritt in Ollis Imbiß – alles ölig

Bevor wir uns Ellenbogens »Mausehaut« näherten, gingen wir essen. Mein Magen hatte stundenlang vor sich hingeknurrt, die fünf hartgekochten Eier, Bestandteil meiner gerade begonnenen Mayo-Diät, hatten meine Magensäfte zu ungeahnten Aktivitäten veranlaßt. Mir war nach was Deftigem.

Naider schleppte mich in einen nahegelegenen Schnellimbiß, den er kannte und dessen kulinarische Sensationen er über alles lobte. Dort sollte es für wenig Geld Unmengen auf die Gabel geben.

Ich ließ mich überreden. Jedoch packte mich sofort die Reue, als ich das pappige Brötchen sah, auf dem meine Finger unauslöschliche Dellen hinterließen. Zwischen den Papphälften befand sich totes Rind, kleingehackt, eingewickelt in ein schlappes Blatt Kopfsalat. Der Klecks Ketchup ersetzte den Kleber. Naider hatte Ähnliches auf dem Pappteller. Ich legte meine Mahlzeit hin und schaute ihm beim Essen zu. Ungerührt und mit gutem Appetit schaufelte er sich eine Unmenge gerösteter Zwiebeln rein, denen Lebensmittelfarbe das passende Outfit verpaßt hatte. Er grunzte zufrieden und strahlte. Der Mensch hat doch noch gewisse Gemeinsamkeiten mit dem Tier. Naider biß mit Wollust in die kleingehackte Kuh und zerrte an einer langen Zwiebelschnur, die in die Bulette einbetoniert war. Er zog, und sie wurde immer länger.

Schließlich hatte er es geschafft – die Schnur war draußen und klebte an seinem Kinn fest. Er rollte seine Zungenspitze drumherum und versenkte sie – umwickelt von der Zwiebelschnur – wieder im Mund. Sein Sieg über die Tücken der Mahlzeit ließ ihn zufrieden auflachen. Ein Mann mit Erfolg!

Mir war der Appetit vergangen. Vielleicht gab es doch noch was Genießbares in dem Schuppen, der sich bescheiden »Ollis-Gourmet-Imbiß« nannte. Ich ging zur

Theke, leicht schwankend, denn die Nummer mit der langen Zwiebel saß mir noch immer in den Knochen. Ein kräftiger junger Mann, der Schwierigkeiten hatte, seinen Bauch in der Hose zu halten, warf Buletten in die Luft und hoffte, daß sie wieder den Weg zurück in die große Eisenpfanne fanden.

Ich pirschte mich heran. »Junger Mann«, sprach ich ihn an. Er drehte sich um, und ich sah, daß er ein winziges Papphütchen auf der Vorderstirn befestigt hatte, richtig keck sah das Ganze aus.

»Haben Sie auch etwas Frisches hier, etwas, was nicht irgendwann mal in Öl gelegen hat? Ungekocht, ungebraten – so etwa diese Richtung?«

»Bei uns ist immer alles frisch!« behauptete er in einem leicht drohenden Ton.

»Ach, tatsächlich?« gab ich zurück und schnupperte. In meine Nase zog der Duft von altem Öl, in dem sich Generationen von Fischstäbchen und Pommes »Hallo« gesagt hatten.

Er hatte mein mißbilligendes Schnuppern bemerkt und provozierte mich: »Wenn Ihnen hier was nicht paßt, dann verschwinden Sie!«

»Das geht leider nicht, denn ich bin im Dienst. Ich schreibe für eine internationale Gourmet-Zeitschrift und bin zur Zeit als Testesserin unterwegs«, verriet ich ihm und setzte ein verstohlenes Lächeln auf, »sehen Sie diesen jungen Mann da drüben, mit dem ich gekommen bin? Er ist mein Vorkoster. Wenn er Ihren Hamburger überlebt, werden Ihnen die drei Totenköpfe mit den gekreuzten Knochen zuerkannt.«

Er überlegte. Schließlich entschied er sich dafür, mir nicht zu glauben. »Wenn Sie mich weiter verarschen, dann schmeiße ich Sie höchstpersönlich raus«, entgegnete er böse und nahm das kecke Hütchen vorsichtshalber von der Stirn. Dann pumpte er seinen massigen Oberkörper mit Luft auf, aber er war so schon groß und kräftig genug. Der Hosenknopf unter der Wampe ächzte.

Ich wandte mich mal kurz zu Lämmchen um, ob ich von

ihm gegebenenfalls tätige Hilfe erwarten konnte, doch er mümmelte ungerührt die letzten Reste der weichen Pappe und nuckelte an dem Strohhalm, der in dem Plagiat eines koffeinhaltigen Massenproduktes versenkt war. »Sie sollten Ihre Kunden besser behandeln«, riet ich dem Frikadellen-Fritzen. »Wenn Sie sich in Ihrem Beruf als Buletten-Werfer nicht verwirklichen können, werden Sie doch Universitätsprofessor!«

»Raus hier!« brüllte er und machte Anstalten, über den Tresen zu hüpfen.

»Laß gut sein, Olli«, krähte Lämmchen hinter mir, »die Dame ist gute alte Hausmannskost nicht gewöhnt. Mach die Rechnung fertig!«

Die Aussicht auf fünf Mark achtzig legte sich beruhigend auf Ollis hitziges Temperament. Er nahm Naider die Kohle ab und wir verließen das ungastliche Etablissement.

Zum Glück schlenderten wir an einer ordentlichen Würstchenbude vorbei. Ich erstand eine Thüringer, schön schwarz-braun mit viel Senf, und verdrückte sie im Gehen. Sie schmeckte genial.

»Sehr aufschlußreich, Ihr Auftritt in Ollis Imbiß«, therapierte Naider.

»Ach ja?«

»Sie wollen immer im Mittelpunkt stehen und haben viel Spaß an Streit.«

Jetzt hatte er mir's aber gegeben! »Quatsch, keine Spur. Ich hasse diese Gummi-Brötchen und Frikadellen, deren Inhalt nicht mehr zu identifizieren ist. Und dann dieser fette Typ!«

»Latenter Männerhaß und ungebremste Selbstdarstellungssucht«, diagnostizierte er, »hatten Sie eine glückliche Kindheit?«

»Heute ist keine Sitzung beim Psychologen Dr. Dr. Agnus Naider«, gab ich bekannt, »machen Sie ganz schnell Schluß mit dieser Nummer. Ich habe meine frühkindlichen Anal- und Oralphasen souverän bewältigt, wurde nicht geschlagen, als ich mit meiner eigenen Babykacke die Wohnzimmertapete bemalt habe. Und was

Männer anbetrifft: Ich habe mich leider nie dazu aufraffen können, sie zu hassen, Und das hat meine Karriere als Feministin erheblich beeinträchtigt.«

»Aber Sie hassen Hamburger«, entdeckte er mit professioneller Einfühlungsgabe.

»Ist das ein Grund, mich auf die Couch zu legen?«

»Nein, denn dieses Defizit wird wieder ausgeglichen durch den ungewöhnlich lustvollen Konsum versalzener und fast verkohlter Thüringer Bratwürste!« räumte er ein.

Wir blödelten weiter. Und wenn er sich dabei nicht die ganze Zeit in den Zähnen gepuhlt hätte, um eingeklemmte Stücke toten Rinds rauszufummeln, hätte ich ihn fast sympathisch gefunden.

Was in Märchen alles drinsteckt

Der mittelgroße Saal im Bierstädter Kongreßzentrum, einem ehrgeizigen übergroßen Wirtschaftsförderungsprojekt, faßte etwa 200 Menschen. Parkett-Fußboden und gepolsterte Bestuhlung, indirektes Licht, gute Beschallung. Der Saal war immerhin halb gefüllt mit meist weiblichen Zuhörern. Noch tuschelten und lachten sie, wie Frauen meistens kichern, wenn sie im Rudel auftreten. Die hier freuten sich auf ihre Fortbildungsmaßnahme. Auf einer kleinen Empore aus mobilen Teilen war ein Stehpult aufgebaut, ein geschickt angebrachter Halogen-Spot würde den Referenten in wenigen Minuten mit gleißendem Licht umhüllen. Am Empfang hatten schmale Handzettel gelegen, die eigens vom Veranstalter, der Bildungsgemeinschaft »Kultur ist Leben«, gedruckt worden waren. Ellenbogens Vita wurde darin als »außergewöhnlich brillant« und »sozial engagiert« beschrieben, als »im Geiste der christlichen Soziallehre handelnd«. *Dieser Mann ist nicht nur Katholik,* so hieß es da, *sondern er lebt uns das Christentum vor.* Unter dem Foto des Doktors stand: *Einer der besten Köpfe in unserer Stadt.* Es war der gelungene Schuß eines Profi-Fotografen: Der Hintergrund verschwommen in mittlerem Grau, der Kopf des Professors im Halbprofil. Der Mund lächelte, doch die Augen waren kalt. Das Haar sorgfältig zurückgelegt, die beginnenden Geheimratsecken mit Retusche aufgefüllt. Die schmalgestreifte Fliege versuchte leidlich, dem Foto noch einen modernistischen Pfiff zu geben. Ein nettes Bild alles in allem, würde gut auf einen Steckbrief passen, dachte ich.

Ich mußte verrückt sein, mich auf einen Kampf mit ihm einzulassen. Dieser Mann ein Mörder? Wer, verdammt noch mal, würde mir glauben? Wenn er ein Penner oder ein Langzeitarbeitsloser gewesen wäre oder ein Asylbewerber, das hätte die Chose vereinfacht. Sie allerdings auch langweiliger gemacht. Der Mensch wächst schließlich mit seinen Aufgaben, beruhigte ich mich, lieber diese promovierte Lichtgestalt zu Fall bringen als jemanden, der sowieso nie eine Chance im Leben gehabt hatte.

Meine Stimmung schwankte zwischen Angst und Trotz. Mir wurde flau im Magen, die Thüringer meldete sich zurück.

Die devote Erwartungshaltung der kichernden Kindergartentanten und die schwere gediegene Düsternis im Saal brachten mich psychisch in eine unschöne Lage.

Es half alles nichts, ich mußte da durch. Laura war tot, und hier gab es die heiße Spur für mich. Die einzige Spur. Halbgott oder Arschloch – vor dem Gesetz, vor Gott und vor dem Journalismus waren alle gleich.

Ich mußte nur noch eben kurz und kräftig meinen Killerinstinkt mobilisieren. Doppelzüngiger Wichser, schimpfte ich mir innerlich vor, faltet die Hände in Sankt Sowieso und drückt Laura ein Kissen ins Gesicht. Mimt den liebenden Familienvater und geht fremd. Beichtet wahrscheinlich anschließend noch und macht dann weiter. Bescheißt seine Frau und den Pfarrgemeinderat, von dem lieben Gott ganz zu schweigen, aber der sieht ja sowieso alles. Deckt wahrscheinlich sogar diesen Kinderschänder Onkel Herbert, sonst hätte er die Engler nicht erpreßt, damit sie ihm die Akte Bartusch klaut.

Es genügte. Mir wurde heiß vor Wut und kalt vor Entschlossenheit.

»Wir sitzen zu weit hinten, wir setzen uns in die erste Reihe«, befahl ich Lämmchen, der gerade eifrig den Prospekt studierte. Er hatte von meinem inneren Kampf nichts mitbekommen. »Ganz nach vorne?« hakte er erschrocken nach.

»Na klar, wenn wir schon hier sind, soll der Kerl uns auch sehen, sonst hätten wir uns den Zauber sparen können. Also ran!«

»Können Sie nicht alleine gehen?« fragte er ängstlich.

»Sie sind mir vielleicht eine Hilfe!« blaffte ich ihn an. Ich wartete, doch er machte keine Anstalten, seinen Hintern vom Stuhl zu lupfen.

»Ist auch recht, Sie Feigling. Wohl Angst um die netten kleinen Nebenverdienste, die der Herr Professor ab und zu mal verschafft, was?«

Ich wartete seinen Protest nicht ab, sondern ging nach vorn. Gerade hatte ich mich zehn Meter den Mittelgang hinunter bewegt, als Ellenbogen hinter dem Vorhang hervortrat und ans Rednerpult schritt. Ich verdarb ihm seinen Auftritt, denn er verharrte eine kleine Weile, als er mich sah, und ging dann erst weiter. Ich fixierte ihn scharf und kam mir verdammt cool vor. Trotzdem war ich froh, als ich die erste Reihe erreichte. Ich setzte mich hastig und wurde in die Anonymität des abgedunkelten Raumes getaucht. Ich atmete tief durch. Es war schon merkwürdig, das Weiß im Auge des Feindes gesehen zu haben.

Es war eine andere Situation für mich als bei dem Interview. Wir beide spielten nicht unsere gewohnten Rollen, hinter denen wir uns verschanzen konnten. Er war heute abend nicht der Chefarzt, der seine Leute springen ließ, und ich war nicht die Pressetante mit Block und Bleistift. Keiner von uns wußte, was heute abend passieren würde. Er war unsicher, und ich mußte zusehen, daß ich die Oberhand behielt.

Noch würde er meine Observation für einen Zufall halten, vielleicht auch noch beim zweiten und dritten Mal. Doch dann würde er sich gegen sein ungutes Gefühl nicht mehr wehren können. Er würde sich verfolgt fühlen und versuchen, diese Verfolgung zu beenden. Und dabei würde er Fehler machen.

»Märchen sind ein Spiegelbild der menschlichen Gesellschaft«, hörte ich ihn sagen, »der Gesellschaft, wie sie früher war, aber auch, wie sie heute ist. Märchen sind kein Kinderkram, sondern sie beschreiben reale Sehnsüchte, Probleme, Gefühle und Tabus. Sie beschreiben das Verhältnis der Menschen zueinander, zeigen Machtverhältnisse auf, sind so originell und konkret, wie nur das wirkliche Leben sein kann. Doch auch die Krankheiten der Gesellschaft werden hier dokumentiert: Machtmißbrauch, sexuelle Perversitäten, Unterdrückung, Gewalt und Grausamkeit. Dies alles ist in den Märchen enthalten. Dies alles wird geschildert in einer kreativen, konkreten und bildhaften Sprache, deren Metaphern man entschlüsseln muß. Dies kann man lernen, auch Sie können es lernen. Und ich werde Ihnen zeigen, wie es geht.«

Nicht übel, dieser Einstieg. Der Mann konnte reden, das stand fest. Er hatte das Publikum in kurzer Zeit gefesselt. Die Frau mit der Bronchitis neben mir vergaß vor Verzückung das Husten. Der Mann war eine explosive Mischung aus bürgerlichem Karrieretyp, bigottem Saubermann und zynischem Intellektuellen! Tagsüber Dr. Jekyll, nach Sonnenuntergang Mr. Hyde. Auch ein beliebtes Thema von Märchen und Sagen. Der Mensch mit den zwei Gesichtern. Während meiner Analyse hörte ich seine Stimme im Hintergrund. Er wußte, wie er die Worte zu setzen hatte. Es würde nicht leicht mit ihm werden, das war mir klar. So kühl, wie er seinen Auftritt bei diesen Kindergartenmädels inszeniert hatte, noch kühler würde er versuchen, sich meinen dreisten Nachstellungen zu entziehen.

»Heute möchte ich mit Ihnen über ein besonders hübsches Märchen sprechen. Das Märchen von der 'Prinzessin Mausehaut' von den Gebrüdern Grimm. Keine Angst, es geht nicht um ein Mädchen, das Mäuse haut, sondern um ein interessantes Verhältnis zwischen Vater und Tochter.«

Die Kindergärtnerinnen kicherten. Mein Gott, dieser dämliche Gag war mir auch schon eingefallen. Das war unter seinem Niveau. Ellenbogen wartete lächelnd den Applaus ab, und dabei suchten seine Augen unruhig die erste Reihe ab. Er sah mich, und ich schaute ihn unverwandt an.

Dann erzählte er das Märchen: »Ein König hatte drei Töchter, und eines Tages wollte er wissen, welche ihn am liebsten hätte, und er fragte sie. Die älteste antwortete, sie habe ihn lieber als das ganze Königreich, die zweite, als alle Edelsteine und Perlen, und die dritte, sie habe ihn lieber als Salz.

Der König war erbost, weil sie ihre Liebe zu ihm mit einer solch geringen Sache verglich. Er befahl einem Diener, sie in den Wald zu führen und sie zu töten. Doch der Diener brachte dies nicht fertig, er ließ das Mädchen laufen. Zuvor bat sie ihn, ihr ein Kleid aus Mausehaut zu machen, er gehorchte, sie wickelte sich darin ein und ging fort. Sie geriet an den Hof eines benachbarten Königs, gab sich als Mann aus und trat in seine Dienste. Er behandelte sie schlecht und warf ihr die Stiefel an den Kopf. Dann fanden andere Diener einen kostbaren Ring, den Mausehaut verloren hatte. Sie brachten ihn vor den König mit der Behauptung, daß er ihn gestohlen haben müsse.

Mausehaut konnte und wollte sich nicht länger verbergen und wickelte sich aus der Mausehaut. Ihre goldenen Haare quollen hervor, sie war so schön, daß der König sie zur Frau nahm.

Zur Hochzeit wurde auch der Vater der Mausehaut eingeladen, der seine Tochter nicht erkannte. Beim Hochzeitsmahl wunderte er sich, daß alle Speisen ungenießbar waren, weil ihnen das Salz fehlte. 'Ich will lieber nicht leben, als solche Speisen essen', rief der Vater aus. Die Tochter gab sich zu erkennen. Jetzt verstand der König, und er bat sie um Verzeihung.«

Ellenbogen machte eine Pause und blickte ins Publikum, das ihm gebannt gelauscht hatte. Hatte ja auch einen bestimmten altertümlichen Reiz, diese Vater-Tochter-Beziehung. Ich war gespannt, wie er die Geschichte interpretieren würde. Mir kam die Story wie ein gescheiterter sexueller Mißbrauch vor.

»Der König ist nicht in der Lage, auf emotionale Angebote auch gefühlsmäßig zu reagieren, sondern agiert eindimensional sachlich«, hörte ich den Professor sagen, »die Tochter wird aus ihrer Kindhaltung abrupt herausgezwungen und muß einen eigenständigen autonomen Reifungsprozeß wählen, der sie – mit schmerzlichen Erfahrungen zwar – aus der abhängigen Haltung löst.«

Das Publikum nutzte die Kunstpause, um die üblichen Schnaufer und Huster abzulassen. Ich spürte, wie sein Blick an mir hängen blieb und drückte mich ungewollt tiefer in den Stuhl.

»Daß die Prinzessin das Kleid einer Maus wählt – dieses leise huschende, unauffällige Tier – ist eine Metapher für Angstempfinden, für ein mangelndes Bekenntnis zum eigenen Körper, es bedeutet auch Angst vor dem Frauwerden. Erst die Enttarnung durch den jungen König lehrt die Prinzessin, ihre weibliche Identität zu akzeptieren. Dies wiederum gibt ihr Mut, sich dem Vater zu offenbaren, seinen Kontakt wieder zu suchen.«

»Wunderbar«, flüsterte die Asthmatikerin neben mir, »ganz wunderbar, dieser Mann. Finden Sie nicht auch?«

Ich bemerkte, daß ich gemeint war, und säuselte zurück: »Mir ist die Interpretation nicht feministisch genug, in dem Märchen steckt doch jede Menge Sex. Und zwar zutiefst frauenfeindlicher Sex!«

Sie schaute mich pikiert an und gab den Dialog-Versuch auf. Aus der Zuhörerschaft wurden noch ein paar Fragen gestellt, die der Referent beantwortete, doch lange dauerte das Ganze nicht mehr. Die ersten Kindergärtnerinnen gingen schon. Ellenbogen spürte, daß das Interesse erlahmt war, verabschiedete sich und erntete einen donnernden Applaus. Die Show war zu Ende. Ich stand auf und guckte nach Lämmchen. Er war nicht da. Ich fand ihn im Foyer, wo er mit Frau Engler sprach, wie ich verblüfft feststellte.

»So trifft man sich wieder!« plapperte ich drauflos und stellte mich neben die beiden.

»Was machen Sie denn hier?« meinte die Engler und bekam wieder diesen hektischen Hals mit den roten Flecken.

»Ich versuche mir ein Bild von Herrn Ellenbogen zu machen. Er soll Mann des Jahres des 'Bierstädter Tageblattes' werden. Deshalb beobachte ich ihn.«

»Weiß er das denn?« fragte sie.

»Nein, aber Sie können es ihm ja sagen, Sie kennen ihn doch so gut«, lächelte ich sie an.

»Ich kenne ihn nur flüchtig, das habe ich Ihnen schon mal gesagt!« fauchte sie mich an. Lämmchen stand dabei und guckte nur.

»Ich weiß, Sie haben ihn vor drei Monaten das letzte Mal gesehen. Hier, schauen Sie mal!« Ich reichte ihr einige der Fotos aus dem »Pinocchio«.

Die Aktion kam an. Sie erbleichte, als sie sich und Ellenbogen in trauter Zweisamkeit beim Italiener sitzen sah.

»Das ist noch keine Woche her!« erklärte ich ihr.

»Na und? Bin ich verpflichtet, Ihnen überhaupt eine Frage zu beantworten, Sie Journalistin?«

Sie sprach meine hehre Berufsbezeichnung mit Ekel in der Stimme aus. So, als würde ich mein Leben damit fristen, Kindern den Hintern abzuwischen.

Sie warf die Fotos auf den Boden. Dann drehte sie sich herum und tippelte auf hohen Absätzen durch die Tür.

»Wie können Sie mit der Frau nur reden?« wollte ich von Agnus wissen. »Immerhin haben Sie ihr die paar Tage in Untersuchungshaft zu verdanken!«

»Frau Engler hat mich angesprochen«, entschuldigte er sich, »immerhin müssen wir ja weiter zusammenarbeiten, und da ist eine offene Aussprache immer besser.« Die Zeichen standen auf laue Verbrüderung.

Ich bückte mich, um die Fotos aufzuheben. Lämmchen krabbelte ebenfalls nach ihnen.

»Guten Abend«, sagte eine Stimme über uns, »was sind das für Bilder?«

Ich hatte meinen Feind im Rücken nicht kommen hören.

Ich reichte Ellenbogen die Abzüge. Er schaute sie sich an, und in seinem Gesicht arbeiteten die Muskeln.

»Verfolgen Sie mich?« fragte er mit einer gefährlichen Ruhe. Er warf mir einen Blick zu, als sei ich ein komplizierter Blinddarmdurchbruch.

»Würde sich das denn lohnen? Sie zu verfolgen?«

Er hatte keine Lust, auf meine Frage zu antworten. Er reichte mir die Fotos zurück und erwiderte: »Ich glaube, Sie machen einen großen Fehler, verehrte Frau Grappa! Sie haben sich den falschen Verdächtigen rausgesucht. Ich war im übrigen bei der Polizei und habe eine Aussage gemacht.«

Das war neu! »Ach ja, und welche?«

»Daß ich kurz – sehr kurz – mit Frau Gutweil befreundet war.«

»Und? Was hat die Polizei gesagt?«

»Sie hat mein Alibi überprüft. An dem Abend hatte ich Dienst in der Klinik.«

»Wie praktisch! Und Ihre Häubchenträgerinnen haben das bestätigt?«

»Ich habe keine Ahnung! Vermutlich wird es so sein, denn die Polizei hat mir mitgeteilt, daß sie mich in der Sache nicht mehr belästigen wird.«

Der Mann versteht zu kämpfen, dachte ich, und seine Waffen waren noch um Klassen besser als meine.

»Ihre Märcheninterpretation«, gab ich Ellenbogen noch mit auf den Weg, »war übrigens ausgesprochen schlapp. Jeder halbwegs intelligente Mensch begreift, daß der König mit seiner Tochter ins Bett wollte, diese nein sagte, er sie dafür bestrafen wollte, und sie sich durch das Schlüpfen in die Mausehaut häßlich machte, damit der geile Bock die Finger von ihr läßt. Vereitelter Inzest und sexueller Mißbrauch! Das ist die Geschichte.«

Ellenbogen zuckte nicht mit der Wimper, dafür aber mit den Schultern. Er drehte sich um und ging.

Ich ließ Lämmchen allein zurück und ging zu Fuß nach Hause.

Die Bierstädter Goldene Meile war fast leer. Nur ein

paar Penner schliefen vor den gläsernen Türen der Konsumpaläste. »Haste ma 'ne Maak«, lallte mich einer an.

»Nein; du?« gab ich zurück und beschleunigte meine Schritte, damit ich nicht noch was aufs Maul bekäme. Ich dachte über den Tag nach. In dem Zettelkasten in meinem Kopf herrschte weiterhin heilloses Durcheinander. Ich hatte die Sache noch lange nicht im Griff.

»Onkel Herbert« holt die Post

Der Mann, der die Hauptpost in Bierstadt betrat, benahm sich so unauffällig wie ein schlecht sitzendes Toupet. Er war klein und ging mit kleinen Schritten. Die Kleidung war eine Mischung aus orientalischem Basar und Altkleidersammlung der Pfadfinderjugend. Um seinen enormen Bauch hatte er eine schwarze Schärpe geschlungen. Die Hosenbeine flatterten um seine drallen Waden. Das Haar war schütter und gefärbt, dafür lang und zuckerwattig. Es handelte sich zweifellos um eine Parade-Exemplar der Gattung »Mann«!

Doch nicht diese Erkenntnis allein fesselte meine Aufmerksamkeit. Er trippelte auf den Postlager-Schalter zu und stellte sich hinten an. Ab und zu schaute er sich um. Ich vertiefte mich schleunigst in das neue Postleitzahlenbuch und lernte die Nummern auswendig.

Stundenlang hatte ich im Postamt auf Folterstühlen aus Draht gesessen, so daß die Haut meines Hinterteils das Rhombenmuster eines Schweinerollbratens angenommen hatte. Sollte diese Tortur doch noch belohnt werden? War der kleine Dicke »Onkel Herbert«? Ich erhob mich und reihte mich unauffällig in die Schlange ein.

»Ich möchte die Briefe mit dem Kennwort 'Onkel Herbert' aus dem Postlagerfach abholen!« forderte der Mann. Der Postbeamte warf einen prüfenden Blick auf seinen Kunden. Dann griff er ins Fach, zog wenige Umschläge heraus und reichte sie dem Mann. Der steckte sie umständlich unter die schwarze Schärpe und trippelte in Richtung Ausgang.

Ich hinterher. Nein, dieser bunte Vogel konnte nicht »Onkel Herbert« sein, der gepflegte Bierstädter Unternehmer! Der hat bestimmt seinen Gärtner oder Masseur geschickt, dachte ich. Wir waren inzwischen auf der Straße. Die Ampel vor der Post zeigte »rot«, und der Dicke blieb stehen. Ich postierte mich in seinem Rücken. Sah, wie er sich mit kleinen kräftigen Händen das Haar zurechtstauchte. Er hatte Farbflecken an den Fingern und abgekaute Nägel.

Plötzlich gab es Unruhe. Zwei Männer legten dem Dicken die Hände auf die Schultern. Ich hörte aufgeregte Stimmen. Die Ampel zeigte noch immer rot. Der dicke Kleine rannte plötzlich mit gar nicht mehr so kleinen Trippelschritten auf die Straße und vermied geschickt den Verkehrsunfalltod. Ich sah nur noch seine flatternden Hosenbeine. Autos bremsten und hupten ärgerlich. Der Dicke war weg. Untergetaucht im Gewühl der Fußgänger. Die beiden Männer standen da und guckten.

»Hallo«, sagte ich und hatte meinen Presseausweis in der Hand, »Maria Grappa vom 'Tageblatt'. Was haben Sie denn da gerade wieder versaut?«

»Rufen Sie unsere Pressestelle im Präsidium an«, antwortete einer, »wir geben keine Auskünfte. Und schon gar nicht auf offener Straße!« Der Ärger über die mißlungene Festnahme und meine Anfrage ließ seine Polizistenstimme fast nett klingen.

»Dann noch einen schönen Tag!« wünschte ich den beiden. Ich überlegte. Hatten die Bullen doch spitz gekriegt, daß über das Postlagerfach Kinderporno-Kontakte abgewickelt werden. Leider hatten die beiden die Sache vermasselt. Onkel Herbert würde künftig kein Kunde mehr bei der Post sein, dachte ich. Er würde sich was Neues überlegen müssen.

Besuch im Porno-Studio

Den Besuch bei Beate Bartuschs Eltern, die im Norden von Bierstadt wohnten, hatte ich immer wieder hinausgezögert. Was konnte ich mit Leuten reden, die ihr eigenes Kind mißbraucht und anschließend jahrelang weiterverkauft hatten, damit irgendwelche perversen Schweine sich daran abreagieren konnten? Würden sie sich schuldig fühlen? Reue zeigen? Ich hatte keinen blassen Dunst.

Die Straße, in der Bartuschs wohnten, befand sich hinter dem Bierstädter Bahnhof in einer Gegend, die von der Stadtsanierung bislang vergessen worden war. Das Haus lag in Sichtweite einer stillgelegten Kokerei, deren mächtiger Holzturm sogar Industriedenkmal werden sollte. Vermutlich weil der Abriß zu kostspielig war. Der Turm überragte alles, die Mietskasernen lagen geduckt um ihn herum. Geschwärzte Fassaden durch die jahrzehntelangen Rußwolken, eine Straße so finster wie die andere – Achenbachstraße hieß eine von ihnen und Vöglerweg eine andere.

Der erste Name hatte wohl was mit dem Minister zu tun, nach dem eine Zeche in der Nachbarstadt benannt war, und Albert Vögler war ein reaktionärer Stahlboß gewesen, der Adolf Hitler an die Macht gebracht hatte. Ich hatte vor einigen Jahren das Leben und die Untaten von diesem Vögler recherchiert und in einer Artikelserie verarbeitet, denn es gab nicht nur diesen Vöglerweg in unserem rot regierten Bierstadt, sondern auch ein Albert-Vögler-Haus im Besitz des Westfälischen Industrieclubs.

Ich lachte auf, als ich an die Story zurückdachte. Antifaschisten hatten den Industriebrüdern nach meiner Artikelserie richtig schön Feuer unterm Hintern gemacht und vor dem Vögler-Haus ein paar Stellwände aufgestellt. Heute hieß der Marmorkasten nur noch »Haus des Westfälischen Industrieclubs«. War ja auch ein schöner Name, der wenigstens keinen Zweifel daran ließ, daß sich in ihm Geld und Macht die Hand gaben.

Die Bartuschs wohnten in der Duisberg-Straße. Das war auch so ein Strolch gewesen. Als Gründer der IG Farben und Chef der Bayer-Werke hatte Duisberg Nervengas an Zwangsarbeitern getestet und darüber einen launigen Briefwechsel mit Herrn Hindenburg geführt. Die Soldaten im Ersten Weltkrieg dürften wesentlich weniger Spaß an dem neuen Industrieprodukt gehabt haben als die beiden Herren.

Ich hatte das Haus erreicht. Im Vorgarten kränkelten Geranien, und eine schlaffe Sonnenblume wurde von einem grob geschnitzten Stock aufrecht gehalten. Die drei Treppen zur Haustür waren heruntergebrochen und mit Mörtel ausgebessert worden. Hoffentlich ist keiner da, flehte ich innerlich. Ich schellte.

Doch niemand hörte mein Flehen, und es kam jemand zur Tür geschlurft. »Wer's en da?« gellte es mir entgegen.

»Maria Grappa vom 'Bierstädter Tageblatt'«, gellte ich beherzt zurück und setzte noch nach, »ich bin wegen Ihrer Tochter Beate hier.«

»Beate is' nich' da«, kam es merklich leiser zwischen den Türspalten hindurch.

»Ich weiß, sie lebt im Heim. Ich will ja auch mit Ihnen reden.«

»Wir ham nix zu sagen ...«

»Ach ja? Da bin ich aber anderer Meinung. Also, lassen Sie mich nun rein oder nicht?«

»Hau'n Sie ab«, sagte die Stimme, die nicht als männlich oder weiblich zu identifizieren war.

»Nein«, beharrte ich. »Ich bleibe. Wir können uns auch gern durch die Tür unterhalten, dann können Ihre Nachbarn gleich mithören. Wann ist die Beate von ihrem Vater zum ersten Mal vergewaltigt worden?«

Den letzten Satz hatte ich mit erhobener Stimme gesprochen, so, als wolle ich auf dem Bierstädter Wochenmarkt ein ganz besonders günstiges Angebot anpreisen.

Jetzt ging die Tür ziemlich schnell auf. Die Stimme gehörte einer Frau in einem graurosa gesteppten Morgenmantel. »Ich bin noch nich' angezogen«, murmelte sie.

»Das stört mich überhaupt nicht«, meinte ich großzügig und drückte die Tür weiter auf. Das also war Beates Mutter, die Frau, die zugesehen hatte, wie ihr eigenes Kind verkauft worden war wie ein Stück Fleisch auf dem Sklavenmarkt.

Doch ihr Anblick machte mich nicht wütend, sondern eher betroffen. Ein zerstörtes Gesicht, ein verbrauchter Körper. Eine schlaffe Brust klaffte aus dem notdürftig zusammengehaltenen Steppmantel, die nackten Füße steckten in breiten Latschen. Die Haare waren durch die ausgiebige Bekanntschaft mit Wasserstoffsuperoxyd strohig und fahl geworden. Im rechten Mundwinkel qualmte eine Zigarette vor sich hin.

»Na sehen Sie, es geht doch, Frau Bartusch«, sagte ich gutgelaunt und ging an ihr vorbei in die Wohnküche. In der Pfanne lag eine Bratwurst, die bei kleiner Hitze den letzten Schliff bekam. Frau Bartusch hatte gerade Kartoffeln geschält und war von mir bei dieser Verrichtung gestört worden.

Nichts in der Wohnung deutete darauf hin, welche Tragödie sich hier in den letzten Jahren abgespielt hatte. Besuche fremder Männer, die nach einiger Zeit zufrieden wieder gegangen waren, nachdem sie den Eltern ein paar Geldscheine in die Hand gedrückt hatten. Das arme Mädchen auf dem Kinderbett, hilflos und ohne Schutz den Taten dieser Schweine ausgeliefert, während die Mutter in der Küche ein deftiges Abendessen vorbereitete.

Ich schaute mich um. Natürlich war dies keine Luxuswohnung, aber auch keine Absteige. Die Gardinen hatten ein fröhliches Blumenmuster, die Fliesen in der Küche waren sauber, und es gab sogar eine Spülmaschine. An der Wand hing die Jahresgabe eines Bierstädter Autohauses, ein bunter Kalender mit den neuesten BMW-Modellen.

»Tschuldigung, is' nich' aufgeräumt«, begann Frau Bartusch die Konversation.

»Ich guck nicht so genau hin«, beruhigte ich sie und legte einen Unterrock beiseite, der sich auf einem Küchenhocker lümmelte. Ich setzte mich.

»Woll'n Sie 'n Kaffee?«

»Nicht nötig, Frau Bartusch. Ist Ihr Mann nicht da?« Die Erwähnung ihres Angetrauten schien ihre Laune nicht zu bessern.

»Der is' beim Doktor.«

»Ach, ist er krank? Was hat er denn?«

»Asthma, hustet sich kaputt.«

»Ich möchte Sie was zu Beate fragen ...«

Sie nickte. »Ham Sie ja eben schon gesagt.«

»Wie fing das an mit Ihrem Mann und der Beate?«

Sie schwieg.

»Hat Ihr Mann einen Beruf?«

»Früher ja. Doch dann kam das Asthma.«

»Und da war er den ganzen Tag zu Hause?«

Sie nickte und zog hastig an ihrem Glimmstengel. Dann wandte sie sich wieder ab und nahm ihr Kartoffelschälen wieder auf. Ich sah nur noch ihren Rücken und hörte das kratzende Geräusch des Messers.

»Und Sie? Sie waren doch auch da! Haben Sie nichts gemerkt?«

»Er sachte, die Kleine wollte es auch.«

»Und Sie haben das geglaubt?«

»Hab ich. Die Kleine konnte alles von ihm haben.«

»Haben Sie nie was dagegen gemacht? Hat Beate nicht geweint?«

»Sie hat geflennt, aber nur am Anfang. Als die anderen Männer dann kamen und Geld gaben, hat die Kleine auch gewollt, wegen der Geschenke.«

»Frau Bartusch, Sie lügen. Warum haben Sie das zugelassen? So ein kleines Mädchen! Mit acht Jahren zur Nutte gemacht ... durch die eigenen Eltern. Sie selbst, Frau Bartusch, sind auf den Filmen mit drauf, wie Sie der Kleinen sagen, was sie tun soll und wie sie es machen soll. Warum hassen Sie Ihre Tochter so?«

Sie zuckte die Schultern. »Lassen Sie mich in Ruhe. Sie können glauben, was Sie wollen!«

Es hatte keinen Sinn. Die Frau nahm die Kartoffeln und spülte sie unter fließendem Wasser ab. Was hatte ich erwartet? Eine reuige Mutter, die – in Sack und Asche gehüllt – ihre Schuld beweint? Ich war ganz schön naiv!

Als sich Frau Bartusch wieder umdrehte, sah ich, daß ihr Tränen die Wangen herunterliefen. Sie ging schnell zu der Ginflasche, die auf der Fensterbank stand, goß sich mit zitternden Händen ein und stürzte alles auf einmal hinunter.

Ich wartete eine Weile und fragte dann: »Kann ich Beates Zimmer sehen?«

Sie sagte nichts und schlurfte auf den Flur. Ich nahm dies als Aufforderung, ihr zu folgen. Sie öffnete die Tür zu einem kleinen Raum. Ein Teil sah aus wie ein normales Zimmer für Kinder in diesem Alter, mit Klebebildchen, Stofftieren und Puppen. In der Mitte allerdings stand ein großes Doppelbett. Ich schüttelte mich. Dies war also die Kulisse für die Streifen aus dem heimischen Videofilmstudio!

Ich sah plötzlich Bilder vor mir. Sah das kleine Mädchen mit den Puppen spielen und sich anschließend mit geöffneten Schenkeln auf das Bett legen, während ein schnaufender Kerl schon in der Ecke stand, um sich auf das Kind zu stürzen.

Vater Bartusch achtete auf genügend Licht und den korrekten Bildausschnitt, denn der Kunde durfte höchstens von hinten zu sehen sein, um nicht erkannt zu werden. Aber jede Reaktion der Tochter war erwünscht, denn das würde den Preis des Filmes in die Höhe schrauben.

»Kennen Sie diesen Mann?« fragte ich und zeigte Frau Bartusch das Foto von Ellenbogen, das in dem Vortragsprospekt abgebildet war.

»Ist das vielleicht dieser 'Onkel Herbert', der Sie so oft besucht hat?«

»Nie gesehen!« behauptete sie nach einem kurzen Blick auf das Bild.

Ich hatte nicht das Gefühl, daß sie log. Entweder war seine Tarnung perfekt, oder sie hatte sich besser im Griff, als ich dachte.

»Wenn es der nicht ist, wer ist es dann? Wie sieht er aus? Wie heißt er? Nun sagen Sie schon!« Ich hatte sie hart am Arm gepackt, doch auf Druck reagierte sie schon überhaupt nicht. Sie schwieg verstockt und schlug meine Hand von ihrem Arm weg.

»Lassen Sie mich! Ich weiß nicht, wer es ist! Alles, was

ich weiß, hab ich den Bullen gesagt. Und jetzt Schluß! Mein Mann kommt gleich nach Hause, der wird Ihnen was erzählen!«

»Und an Ihre Tochter denken Sie gar nicht? Was soll aus Beate werden?«

Keine Reaktion. Ich gab es auf, wollte raus aus dieser Atmosphäre. Es hatte keinen Sinn mehr. Bartuschs waren durch ihre Taten aus der menschlichen Gesellschaft ausgesondert worden, und dieses Band fesselte die Eheleute aneinander und machte sie stark gegen Angriffe von außen.

»Ich muß gehen, vielen Dank, daß Sie mich hereingelassen haben.«

Auf dem Flur drehte ich mich nochmal zu Frau Bartusch um. Mir war etwas eingefallen.

»Ich werde Beate demnächst besuchen«, sagte ich, »hat sie vielleicht ein Spielzeug, das sie besonders liebt? Das ich ihr mitnehmen kann?«

Frau Bartusch überlegte und ging in Beates Zimmer. Sie kam mit einer Puppe zurück. Lange blonde, oft gekämmte Kunsthaare, eine kleine goldene Krone aus Pappe, die schon etwas zusammengedrückt war. Sie trug ein langes weißes Kleidchen mit Goldlitze.

»Ihre Lieblingspuppe«, erklärte Frau Bartusch und reichte sie mir schüchtern. »Und sagen Sie ihr Grüße von der Mama!« Ihr Lächeln zitterte. Es war, als ob noch nicht alle Gefühle in ihr abgestorben wären.

»Wie heißt denn die Puppe?«

»Die Kleine sagte immer 'Prinzessin Mausehaut' zu ihr ...«

Mir stockte der Atem. »Prinzessin Mausehaut? Wer hat sie ihr geschenkt?«

Ihr Blick wurde wachsam. »Die hab ich ihr geschenkt, zu Weihnachten«, log sie.

»Tatsächlich? Na gut, ich werde ihr die Prinzessin bringen und sie von ihrer Mama grüßen.«

Die Tür fiel hinter mir ins Schloß. Ich ging durch den Vorgarten zu meinem Auto, das etwas abseits geparkt stand. Auf der Straße sah ich, wie ein nagelneuer BMW an mir vorbeifuhr und vor dem Haus der Bartuschs hielt.

Ich verbarg die »Mausehaut« unter meiner Jacke und drehte mich unauffällig um. Ein Mann verließ den Wagen. Er schloß ihn ab, strich verliebt über den mittelblauen Metallic-Lack und ging durch den Vorgarten in Richtung Haustür. Mindestens zweimal hustete er auf der kurzen Strecke. Es hörte sich nach trockenem Asthma an.

Vater Bartusch war von dem Arztbesuch in seine Hütte zurückgekehrt. Am Steuer einer nagelneuen, teuren Limousine, die bestimmt an die 60 000 Schleifen gekostet hatte.

Der Schuß geht nicht ins Auge!

Eine schweigsame Familie, ein kranker arbeitsloser Mann, ein nagelneuer BMW und eine Puppe, die ausgerechnet den ungewöhnlichen Namen »Mausehaut« trug!

Ellenbogen war doch »Onkel Herbert«, er finanzierte die Eltern seines Opfers, damit sie schwiegen. Der dicke Mann auf der Post war ein Handlanger, der die gefährlichen Wege für den Professor erledigte.

Mir war es gelungen, einige lose Fäden in meinem Rechercheteppich miteinander zu verbinden. Doch zwischen Vermutungen und Beweisen lagen Welten. Und die trennten die Fiktion von der Realität. Nun hatte ich einen Kinderschänder, aber noch keinen Mörder. Es schien mein berufliches Schicksal zu sein, daß ich bei meinen heißen Stories nicht immer das fand, was ich ursprünglich gesucht hatte.

Ich hatte Peter Jansen zum Essen eingeladen, denn ich mußte ihn auf dem laufenden halten und das nicht nur, weil es so abgemacht worden war. Ellenbogen hatte sicherlich nicht vor, sich kampflos als Mörder und Kinderschänder entlarven zu lassen. Dafür war der Sturz vom Sockel des gefeierten prominenten Bürgers ins Perverse und Kriminelle zu tief. Er würde sich also wehren, und dann konnte es gefährlich werden.

Die Mayo-Diät hatte mich vier meiner brasilianischen Pfunde gekostet, so daß ich mal wieder richtig kochen und essen durfte. Der Hefeteig für den Zwiebelkuchen war gerade zum dritten Mal gegangen, und ich konnte ihn auf dem Blech ausrollen. Dann die gebratenen Zwiebeln mit dem durchwachsenen angerösteten Speck drauf und alles noch mit der Bechamel-Soße mit Crême fraiche und geriebenem Pecorino bedecken. Ein oder zwei Zehen Knoblauch würden dem Ganzen noch das gewisse Etwas geben. Die beiden Flaschen Edelzwicker hatten inzwischen die richtige Kühle.

Ich puhlte gerade die Knofelzehen aus der papierenen Haut, als es schellte. Jansen kam sonst immer zu spät, heute war er zu früh. Schnell wusch ich die Knoblauchfinger und ging zur Tür. Ich drückte den Kopf für die untere Haustür und sagte in die Sprechanlage: »Fahr in den fünften und dann eine Treppe tiefer.« Niemand antwortete.

Merkwürdig. Ich drückte mich an die Wand. Wen hatte ich da eigentlich hereingelassen? Ich legte das Sicherheitsschloß vor und wartete. Mit klopfendem Herzen. Dann hörte ich die Fahrstuhltür schlurfen und schwer wieder zufallen: Mein Besucher mußte sich erst orientieren. Ich hörte Schritte auf der Treppe. Es war nicht Peter Jansen mit seinem federnden Gang, sondern jemand, der sich bemühte, leise zu gehen. Dann stand der Besucher vor der Tür.

Ich rührte mich nicht und schob meinen Kopf zum Türspion. Es war ein Mann, der dort stand. Er trug einen großen Hut in die Stirn gezogen, so daß ich seine Augen nicht erkennen konnte. Nur die Haare eines dunklen Bartes glaubte ich zu bemerken. Langsam zog ich den Kopf wieder zurück und drückte mich in die Ecke. Ich bemühte mich, keinen Laut von mir zu geben. Der Mann drückte auf die Klingel. Ich zuckte zusammen, so laut erschien sie mir. Ich rief: »Momentchen!«, nahm einen Schal und schob ihn von unten vor den Türspion. In diesem Augenblick knallte es, und eine Kugel fetzte durch die Tür in meine Garderobe. Vor Schreck stieß ich einen lauten Schrei aus.

Ich hörte die Schritte weglaufen. Jemand sprang in den Fahrstuhl. Ich rannte ans Fenster und stellte mich hinter die Jalousette. Wenn er raus kam, würde ich ihn sehen können.

Da war er. Nicht besonders groß. Er bemühte sich, langsam zu gehen. Sein Trenchcoat war nicht neueste Mode. Von seinem Gesicht konnte ich nichts erkennen. Er hustete zweimal. Trocken und kurz. Es hörte sich nach Asthma an.

Mit den Augen verfolgte ich ihn vom 5. Stock. Sein Auto hatte er leider nicht direkt vor meinem Haus geparkt. Aber ich war sicher, daß er einen BMW in Blaumetallic fuhr.

Ich freute mich, daß ich mein rechtes Auge noch hatte – und mein Leben. Ich inspizierte die Garderobe. Nur nichts anfassen, wegen der Polizei. Oder – sollte ich lieber nichts sagen? Damit mir keine dummen Fragen gestellt wurden?

Ich würde mit Jansen darüber sprechen. Verdammt, warum kam der immer zu spät?

Langsam kroch mein Schock aus dem Gehirn in den Magen. Meine Knie zitterten. Noch nie hatte jemand auf mich geschossen und schon gar nicht auf eine solch hinterhältige Art. Doch der Anschlag bewies, daß ich die richtige Nase hatte. Wenn es wirklich Porno-Bartusch war, der mich eben besucht hatte, dann war es bestimmt nicht seine eigene Idee gewesen. Er war zu mir geschickt worden.

Mit einem Blopp öffnete ich den Edelzwicker, holte mein schönstes und ältestes Kristallglas aus dem Schrank und goß ein. »Auf deine Gesundheit, Maria«, prostete ich mir zu, »auf ein gesundes langes Leben. Auf Prinzessin Mausehaut, die mich ein großes Stück weitergebracht hat.«

Ich trank und guckte in den Backofen. Die Oberfläche des Zwiebelkuchens könnte noch etwas brauner sein! Besonders der Käse hatte noch nicht die richtige Farbe.

Es klingelte wieder. Ich lief zum Fenster und sah von oben Jansens Auto vor dem Haus stehen. Ich drückte auf.

»Hallo Maria«, sagte er entgeistert, als er oben war, »was ist denn hier los?« Er blickte auf die zerschossene Tür. »Wer um Himmels willen war das?«

»Jemand mit einem durchdringenden Blick!« Dann erzählte ich ihm die Geschichte.

Er hörte schweigend zu und meinte schließlich: »Müssen wir den Anschlag auf dich nicht der Polizei melden?«

Ich schüttelte den Kopf und schob noch ein Stück Zwiebelkuchen in meinen Mund.

»Warum?« fragte ich kauend.«Da kommt doch nichts bei heraus. Oder glaubst du, die Bullen nehmen mir ab, daß Ellenbogen hinter allem steckt?«

»Das vermutlich nicht, aber Bartusch wäre dann weg vom Fenster! Dann kannst du seine Alte nochmal weichkochen!«

»Die ist nicht weichzukochen! Nicht solange das Geld von 'Onkel Herbert' fließt!«

»Aber irgendwann werden wir ohne die Polizei nicht mehr auskommen«, gab er zu bedenken, »sonst gibt's Ärger!«

»Kann sein. Irgendwann. Aber jetzt noch nicht. Es ist entschieden zu früh. Die Sache hat doch erst angefangen, und ich möchte mir nicht die Story kaputt machen lassen.«

»Und wenn die Story die ganz besondere Note bekommt, daß die mutige Reporterin sie nicht überlebt?«

»Ach wo«, der Edelzwicker hatte mich mutig gemacht, »mir passiert schon nichts. Außerdem glauben Ellenbogen und Bartusch ja erst mal, daß sie mich erledigt haben. Die Gesichter möchte ich sehen!« Ich lachte und nahm mir noch ein Glas.

»Trink langsam«, bat er, »sonst besucht dich heute nacht noch einer, und du kannst noch nicht mal weglaufen ...«

Wir schafften die beiden Flaschen spielend. Ich warf noch zwei Aspirin ein, damit ich wieder aufwachen würde und schwankte ins Bett. Der Tag hatte es in sich gehabt.

Jansen strich über mein Haar, als ich im Bett lag und er ins Nebenzimmer zog.

»Gute Nacht, Schwester! Heute nacht passe ich auf«, sagte er, »hier habe ich einen Eimer neben dein Bett gestellt. Für den Fall, daß du kotzen mußt!«

Das letzte, was ich an diesem Abend mitbekam, war sein Telefonat mit seiner Frau. Ich hörte was von »Recherche« und »wichtige Geschichte« und »heute nacht passiert es«.

Mir war es scheißegal. Ich klappte die Augen zu, zog mir die Decke unters Kinn. Bevor ich völlig hinüber war, hatte ich noch eine Vision. Ich lag an einem weißen Sandstrand faul in der Sonne, hatte ein Tablett mit leckeren Häppchen und eine Auswahl kühler Drinks vor mir. Appetitliche Herren flanierten durch den Sand, und der appetitlichste von ihnen cremte meinen Rücken mit Sonnenmilch Lichtschutzfaktor 8 ein.

Ich lachte auf. Dafür, daß gerade jemand versucht hatte, mir in den Kopf zu schießen, war ich überraschend cool. Bei fast einem Liter Wein kein Wunder.

Eine kalte Dusche und neue Pläne

Am Morgen sagte mir der Blick in den Spiegel, daß Frauen in meinem Alter – also zwischen 30 und 40 – langsam anfangen sollten, auf ihre Gesundheit zu achten. Die Augen halb zu, im Mund einen widerlichen Geschmack. Eine Schande, sich so gehen zu lassen! Zur Strafe wurde kalt geduscht.

Vereist bis in die Zehenspitzen, setzte ich mich an den Kaffeetisch. Es war eingedeckt, und es lagen frische Brötchen drauf. Peter Jansen hatte den Alkohol besser im Griff, weil er im Training war.

»Na, wie war die Nacht?« fragte er skeptisch.

»Beschissen. Warum hast du überall das Licht angemacht?« nörgelte ich.

»Kein Licht, das ist der Lorenz, der vom Himmel lacht. Ich begrüße dich zu einem schönen, hellen Spätsommertag. Kaffee, die Dame?«

Ich nickte. Mein Gehirn prallte gegen die Hirnschale. Ich hielt den Kopf danach ruhig und bewegte nur noch die Kaumuskeln.

»Ich habe nachgedacht«, gab er bekannt.

Mir wurde langsam besser, der Kaffee brachte meine Lebensgeister zurück. Eine Droge mit der anderen zu bekämpfen, das klappte fast immer. Schade, daß ich nicht rauchte. Alkohol, Koffein und Nikotin – das wäre es gewesen.

»Und – worüber hast du nachgedacht?«

»In der Wochenendausgabe schreibst du eine knallharte Reportage über das Schicksal von Beate Bartusch. Schilderst alles so, wie es war. Den Besuch bei den Eltern, die Filme und die Spuren zu 'Onkel Herbert', dem Kinderschänder.«

»Was soll das bringen?«

»Unruhe. Jeder in Bierstadt wird sich fragen, wer dieser 'Onkel Herbert' ist. Die Polizei bekommt dann auch wieder Interesse an dem Fall, wenn der Druck der Presse und der Öffentlichkeit hinzukommt. Und ich mache dann auf der selben Seite ein Interview mit dem Hauptkommissar, der bei der Bierstädter Kripo für die Kinderpornografie zuständig ist.«

»Dann muß ich das Kind aber noch besuchen!«

»Genau! Das wird dann noch authentischer. Meinst du, du schaffst das bis zum Samstag?«

»Wenn mir Naider die Besuchserlaubnis gibt.«

Der Gedanke gefiel mir. Immer besser. Doch – der Kick fehlte noch.

»Wie wäre es denn, Peter, wenn wir auf der selben Seite noch ein Foto von Ellenbogen einklinken? Mit einem kleinen Hinweis auf die hervorragende Arbeit des 'Infozentrums für Kindheit und Sexualität'? Ganz unschuldig und zufällig?«

»Könnte klappen. Das bringt ihn zur Weißglut«, gab Jansen zu, »die Idee ist brillant. Nur er allein versteht, was es zu bedeuten hat. Die anderen merken nichts. Und er kann sich noch nicht einmal darüber beschweren. Das ist gut! Genau so machen wir es.«

»Okay. Hoffentliich komme ich an das Kind heran. Hauptsache, die Kleine ist nicht so gestört, daß mein Auftauchen ihr Angst macht!«

Mein körperlicher Zustand befand sich inzwischen wieder im Normalbereich. Ich schminkte mich sorgfältig, während Peter Jansen den Abwasch erledigte. Er konnte es besser als ich.

Mauern um »Haus Sonnenschein«

Agnus Naider zierte sich zwar, rückte aber dann doch die Besuchsgenehmigung heraus, rief sogar noch bei der Leiterin des Kinderheims an und kündigte mein Kommen an. Natürlich nicht als Journalistin, sondern als Kollegin. Im Gepäck hatte ich die Puppe mit dem Namen »Prinzessin Mausehaut«, Peter Jansens kleinen Fotoapparat und mein Diktiergerät.

Der Besuch bei dem Kind erschien mir noch schwieriger als der bei den Eltern. Die waren Täter, das Kind ihr Opfer. Wie sollte ich mit dem Mädchen dieses schreckliche Thema besprechen? Einfach drauflos oder um fünfzehn Ekken? Ich hatte keine Ahnung, nahm mir vor, mich auf meine Intuition zu verlassen.

Leider hatte ich so gut wie keine Erfahrung mit Kindern, bei den Kindern der Kollegen und Bekannten war ich als eingefleischter »Kinderschreck« verschrien. Zu Unrecht übrigens. Ich mag Kinder sehr gern, sie müssen nur leise sein, mir aufs Wort folgen und nach einem angemessenen Zeitraum wieder verschwinden. Und der liegt etwa bei zehn Minuten.

Ich machte meinem Auto Feuer unterm Hintern. Der Japaner war Stadtverkehr gewohnt, und jetzt konnte ich ihn mal richtig durchtreten. Autobahn Richtung Sauerland, bei Lüdenscheid ab und immer gerade aus. Durch ein paar Sauerländer Käffer, an einer alten Eisengießerei und einer Forellenzucht vorbei, dann links ohne Ende durch die Karpaten. Irgendwo sollte dann rechts ein dezenter Hinweis in Form eines Schildes sein: »Haus Sonnenschein«. Die Sonne schien tatsächlich aus Leibeskräften, das Wetter war viel zu schön, um sich mit diesen widerlichen Themen zu beschäftigen. Durch das geöffnete Autofenster roch ich Sommeräpfel und Heu. Ich hätte lieber in einem der vorbeirauschenden Landgasthöfe ein ausgiebiges Mittagessen eingenommen und es mit einem Schokoladeneisbecher mit viel Sahne gekrönt. Doch das Leben war heute gnadenlos zu mir.

Da war das Hinweisschild! Ein enger Feldweg führte zu einem dreistöckigen, weiß getünchten Gebäude, das von einer großen Mauer umgeben war. Damit niemand abhauen oder damit niemand einsteigen konnte? Ich wußte es nicht. Auf den Stacheldraht hatte man verzichtet, und Selbstschußanlagen waren auf den ersten Blick nicht zu erkennen. Wer dieses Haus mit »Sonnenschein« in Verbindung gebracht hatte, war ein Meister des Zynismus! Vor dem schmiedeeisernen Tor eine Sprechanlage mit Klingel. Ich drückte. Die Automatenstimme fragte mich: »Ja, bitte?«

»Grappa vom Jugendamt«, log ich. »Ich bin angemeldet.«

Nach einer Weile schob sich das Tor automatisch auf, und ich konnte hineinfahren. Ich folgte dem blauen P auf den dazugehörigen Platz und ging aufs Hauptportal zu. Der lockere Kies knirschte unter meinen Schritten. Ein gepflegter Garten mit viel Rasen und einigen Gewächsen, die ich von Friedhöfen kannte. Sie standen hochaufgerichtet wie die Soldaten. Der Rasen war perfekt grün und kurz gehalten und sah nicht so aus, als habe er jemals Bekanntschaft mit Kinderfüßen gemacht.

Die Direktorin von »Haus Sonnenschein« hieß Alraune Knittering. Doktor Knittering. Sie erwartete mich am Empfang.

»Guten Tag, Frau Grappa!« begrüßte sie mich freundlich. »Haben Sie den Weg gut gefunden? Sie waren doch noch nicht bei uns, wenn ich mich nicht irre?«

»Nein, ich war noch nie hier. Ich hospitiere gerade beim

Bierstädter Jugendamt und schreibe eine Doktorarbeit über Kindesmißbrauch.« Die Lügen kamen mir mühelos über die Lippen.

»Das habe ich schon von Herrn Naider gehört. Wer ist Ihr Doktorvater, vielleicht kenne ich ihn?«

Schluck. Ja, wer war denn nun mein Doktorvater?

»Prof. Dr. Dr. Peter Jansen von der Universität Heidelberg.« Ich hoffte inständig, daß es in Heidelberg überhaupt eine psychologische Fakultät gäbe.

»Nein, der Name sagt mir nichts. Aber ich habe ja auch in Hamburg studiert. Was interessiert Sie an der kleinen Beate Bartusch?«

Ich versuchte, Betroffenheit und fachliche Kompetenz zu heucheln. »Nun, dieses Mädchen muß durch den jahrelang andauernden sexuellen Mißbrauch psychische Fluchtwege realisiert haben, um zumindest einen Teil der eigenen Identität unversehrt zu erhalten. Das möchte ich ermitteln. In einer Reihe von anderen Fallstudien, die ich bereits abgeschlossen habe, gingen diese Fluchtwege weit hinein in den Bereich der psychoneurotischen Erkrankungen.« Ich hatte mich noch nie so geschwollen reden gehört und verstand kein Wort von meinem Geplapper.

Doch Frau Dr. Knittering fand meinen psychologischen Denkansatz völlig in Ordnung und sagte: »Wie interessant! Sie beschreiten ganz neue ungewöhnliche Wege! Ich hoffe, Sie schicken mir ein Exemplar Ihrer Dissertation, wenn Sie fertig sind. Wie lange werden Sie mit der Auswertung brauchen, Frau Kollegin?«

Bis Samstag, hätte ich fast gesagt, da kannst du meine Story im *Bierstädter Tageblatt* nachlesen!

»Ich muß noch viele Fallbeispiele auswerten, die Ergebnisse katalogisieren und vergleichende Analysen anfertigen. Professor Peter Jansen nimmt es sehr genau! Ich bin Ihnen ja so dankbar für Ihre Hilfe, denn nicht bei allen Kollegen, die praktisch arbeiten, gibt es dasselbe Verständnis für die Notwendigkeit der psychologischen Forschung.«

Sie lächelte geschmeichelt und zauselte an ihrem Chiffonschal. Das Lächeln stand ihr ausgesprochen gut. Ich hoffte, daß auch die ihr anvertrauten Kinder ab und zu damit »beschenkt« wurden. Als junge Frau war sie bestimmt mal hübsch gewesen in ihrer unnahbaren, etwas mageren Art. Ihr Parfum war so schwer, daß man sich dagegen lehnen konnte. Es duftete nach Maiglöckchen und chemischer Industrie.

Sie strahlte eine Kühle aus, die die Zimmertemperatur mindestens um ein Grad nach unten drückte. Bei diesem Wetter ja recht angenehm.

»Ich habe Beate darauf vorbereitet, daß sie Besuch bekommt. Kommen Sie!«

Sie führte mich in das Besucherzimmer, so stand auf einem Schild an der Tür, die sie öffnete. Ich trat hinter Frau Knittering ein. Ein langer Holztisch, ein altes schönes Möbel, davor unbequeme Stühle, deren Sitze mit verschlissenem Brokat bezogen waren. Am Tisch vor Kopf saß das kleine Mädchen und wartete. Völlig allein, wer weiß wie lange schon. Hingesetzt, um den Besuch einer Fremden zu erwarten. Ich fühlte den Blick des Kindes auf mir.

»Hätten Sie das Kind nicht in seinem Zimmer lassen können, bis ich da war?« fragte ich etwas schärfer.

»Das Kind hat kein Zimmer, es wohnt mit 29 anderen Kindern in einem Saal«, gab sie verstimmt zurück, »außerdem ist es so üblich, daß hier der Besuch empfangen wird. Die Kinder wissen das und haben sich daran gewöhnt.«

Ihr Ton klang nach Kasernenhof und morgendlichem Appell.

»Hallo, Beate«, rief ich freundlich in den Raum und ging auf das kleine Mädchen zu. Ich hatte Angst, etwas falsch zu machen.

Frau Dr. Knittering machte noch keine Anstalten zu verschwinden. Hau ab, du Gefängniswärterin, fauchte ich innerlich.

»Ich lasse Sie beide jetzt allein«, meinte sie dann aber doch, »überfordern Sie das Kind nicht. Beate ist schließlich erst zehn Jahre alt und hat Schlimmes erlebt!«

Ich hörte die Tür zufallen. »Hast du lange auf mich gewartet?« fragte ich.

»Es geht«, antwortete sie und musterte mich. Ich musterte zurück. Ein hübsches Mädchen. Dunkles Haar, ein spitzes Näschen, eine überraschend gesunde Gesichtsfarbe und kräftige Augenbrauen. Die Augen blickten offen und klar, vielleicht etwas abwesend. Der zarte Körper steckte in einem rot-blau karierten Kleidchen mit hochgezogener Taille, die Beine steckten in leuchtend weißen Kniestrümpfen. Sie baumelte mit den Beinen, wie es Kinder tun, die lieber rennen als sitzen.

»Wie heißen Sie?« fragte sie mich.

»Entschuldige, ich hätte dir das längst sagen sollen. Ich bin Frau Grappa. Ich bin zu dir gekommen, um mit dir zu reden. Du weißt, warum du hier in diesem Heim bist?«

»Natürlich«, sagte sie, »ich bin hier, weil mein Papa mit mir etwas Böses getan hat, was die Polizei nicht erlaubt. Er hat mich gefickt und andere alte Männer auch.«

Ach du lieber Schwan! Ich konnte gar nicht glauben, was ich eben gehört hatte. Die Kleine hatte die Vokabeln gelernt. Doch darüber zu reden, bedeutet für diese Kinder nicht, daß sie das Erlebte verarbeitet haben – irgendwo hatte ich das in Lauras Büchern gelesen.

»Bist du böse auf deinen Papa?«

Sie überlegte. »Ja, ich bin sehr böse auf ihn. Er ist schuld, daß ich hier bin.«

»Gefällt es dir nicht in dem Heim?«

Sie schüttelte den Kopf, und Tränen traten in ihre Augen. »Nein, ich will hier weg. Laura hat gesagt, daß ich neue Eltern bekomme. Warum kommt Laura nicht mehr? Sie hat mich immer besucht, und nun kommt sie nicht mehr!« Das Kind schluchzte.

Mein Gott, wie sollte ich ihr erklären, was passiert war? Sollte ich es überhaupt sagen? Ich war hilflos. Dann entschied ich mich dafür, das Kind nicht für dumm zu verkaufen. Beate hatte so viel üble Realitäten in ihrem zehnjährigen Leben mitbekommen, daß sie vielleicht reifer war als andere Kinder in ihrem Alter.

Leider hatte ich nicht die blasseste Ahnung, wie reif Zehnjährige normalerweise sind. Ich wollte es mit der Wahrheit versuchen.

»Möchtest du mal etwas näher zu mir kommen?« fragte ich. Sie stand tatsächlich auf und stellte sich vor mich.

»Na komm, setz dich mal auf meinen Schoß, auch wenn du mir schon fast zu groß bist ...«

Sie rutschte auf meine Schenkel und legte die Arme um meinen Hals. Ich strich ihr dunkles Haar zurück.

»Hör zu, Beate. Ich bin Lauras beste Freundin. Sie hat mir viel von dir erzählt. Laura kann dich nicht mehr besuchen, denn Laura ist tot. Jemand hat sie umgebracht, und die Polizei weiß nicht, wer es war.«

Ich machte eine Pause und beobachtete das Kind. Beate nahm die Information scheinbar ungerührt zur Kenntnis.

»Ich hatte mal eine kleine Katze«, erinnerte sie sich, »Papa hat sie solange am Hals gepackt, bis sie tot war. Ich habe sie dann in die Erde eingegraben. Ist Laura auch in die Erde eingegraben worden?«

Ich nickte. »Ja, Laura ist in der Erde. Zusammen mit vielen schönen Blumen, die ihre Freunde reingeworfen haben.«

»Kommst du mich jetzt immer besuchen?«

»Ich werde dich besuchen, ich verspreche es dir. Auch wenn ich nicht so oft kommen kann wie Laura. Ich werde auch eine neue Familie für dich suchen. So wie Laura es dir versprochen hat.« Lieber Himmel, was versprach ich dem Kind? Ich mußte verrückt geworden sein. Ich konnte mir doch nicht die Sorge um ein gestörtes Kind aufhalsen.

Sie nahm meine Versprechen ernst und wie selbstverständlich zur Kenntnis. »Wie heißt du noch mal?«

»Ich heiße Maria. Beate, darf ich dich noch was fragen?«

»Frag nur.«

»Dieser Onkel Herbert, der dich besucht hat und mit dem du ... diese Dinge machen mußtest. Weißt du noch, wie der ausgesehen hat?«

»Er war schon alt und hatte schwarze Haare und einen Bart ...«

»Und sonst? War er dick oder dünn? Groß oder klein?«

»Er war groß und nicht dick. Er hatte ein Kleeblatt auf dem Bauch.«

»Ein Kleeblatt?«

»Ein schwarzes Kleeblatt, das nicht abging. Auf dem Bauch.«

»Wo genau auf dem Bauch?«

»Hier.« Sie zeigte in die rechte Lendengegend.

»War das draufgeklebt?«

»Nein ... es war ein Zauberzeichen; das geht nicht ab, hat Onkel Herbert gesagt.«

»Sah es so ähnlich aus?« Ich deutete auf einen größeren Leberfleck auf meinem Oberarm. Sie nickte. »Onkel Herbert« hatte also ein Muttermal in Form eines Kleeblattes in unmittelbarer Nähe seines Tatwerkzeuges!

»Kannst du es aufmalen?«

Sie nickte ernst. Ich kramte einen Block und einen Bleistift aus der Tasche. Beate nahm den Stift, überlegte eine Weile und malte ein etwas schiefes vierblättriges Kleeblatt.

Ich zog das Foto von Ellenbogen aus der Tasche.

»Ist das Onkel Herbert? Sieht er so ähnlich aus?«

Das Kind betrachtete das Bild. Keine dunklen Haare und kein Bart. Beate schüttelte bestimmt den Kopf. »Nein, den Mann kenne ich nicht.«

Ich nahm ihr das Bild wieder ab, färbte mit einem dunklen Kugelschreiber die hellen Haare und malte dem Professor einen schwarzen Vollbart.

»Und jetzt? Sieht er jetzt aus wie Onkel Herbert?« Sie schüttelte stumm den Kopf. Ich mußte aufhören.

»Das Kleeblatt hast du aber gut hingekriegt. Malst du gerne?«

»Ja, aber die anderen Kinder klauen mir meine Buntstifte.«

»Das nächste Mal bringe ich dir welche mit, einverstanden?«

»Du kommst wirklich wieder?«

»Natürlich komme ich wieder, ich hab's dir doch versprochen. Wir sind doch jetzt Freundinnen. Hör mal zu, ich muß dir noch was sagen. Bevor ich hierher kam, habe ich deine Mutter besucht. Ich soll dich von ihr grüßen.«

Ich wartete die Reaktion ab. Ihre Miene blieb neutral. »Mama? Ist sie noch krank?«

»Wieso krank?«

»Sie säuft wie ein Loch, hat Papa immer gesagt. Laura sagte aber, daß Mama krank ist.«

»Deine Mama ist krank, weil sie ein bißchen zuviel trinkt. Willst du irgendwann mal wieder zurück zu deinen Eltern?«

»Nein. Ich will neue Eltern, du hast es mir doch versprochen. Wie lange dauert es?«

»Beate, das dauert noch etwas. Es soll ja auch eine nette Familie sein, die ein schönes Haus hat und gut zu dir ist.«

Ich kramte die »Prinzessin Mausehaut« aus der Tasche. »Hier! Damit das Warten nicht zu lange dauert. Ich habe dir deine 'Prinzessin Mausehaut' mitgebracht.« Ich hielt ihr die Puppe hin.

Ihr Blick wurde panisch. »Nein, ich will sie nicht«, schrie sie, »nimm sie weg, ich will sie nicht!« Sie sprang von meinem Schoß auf, als sei sie von einer Wespe gestochen worden und lief in Richtung Tür.

»Ist ja gut, Beate. Ich nehme sie wieder mit. Aber – warum willst du sie denn nicht?«

Ich bekam keine Antwort. »Hör zu, Beate. Es tut mir leid. Ich wollte dich nicht ärgern mit der doofen Puppe. Ich nehm sie wieder mit. Ist jetzt wieder alles gut?«

Sie nickte, kam wieder auf mich zu und schob ihre Hand in meine. Mir wurde ganz warm ums Herz. Plötzlich wußte ich, warum ich so viel Angst vor dem Besuch gehabt hatte. Ich hatte Angst davor, Verantwortung für einen Menschen zu übernehmen, der Hilfe braucht.

Nun war es passiert. Ich hatte zahlreiche Versprechungen gegeben und würde sie halten müssen. Wenn ich es nicht täte, würde ich eingereiht in die Galerie von Erwachsenen, die dieses kleine Mädchen enttäuscht hatten.

Buntglas gegen ungebetene Gäste

Das Muttermal war endlich ein Lichtblick in meinen Recherchen. Ich würde Professor Ellenbogen anrufen, einen Termin mit ihm machen, ihm die Hosen herunterziehen, anklagend auf das Kleeblatt deuten und ihn entlarven. Ganz einfach also.

Ich saß in meinem Auto. Es hatte angefangen zu regnen. Die Sicht war schlecht auf der Autobahn Richtung Bierstadt. Im Radio gröhlten die nervenden Top-Ten-Interpreten, der Rhythmus klopfte wie ein Hammer auf meinem Schädel herum.

Danach stellte ein ätzend gut gelaunter Radio-Moderator die Hörerfrage: »Vervollständigen Sie folgendes Wort: Lapperschlange!«

Als eine Anruferin »Plapperschlange« als Lösungswort anbot, stopfte ich Mozarts Hornkonzerte in den Recorder. Wenigstens leise und melodisch.

Ich überlegte, ob ich das Kleeblatt in meinem Bericht erwähnen sollte. Lieber nicht, ich wollte die kleine Beate nicht in Gefahr bringen. Die Polizei wußte von dem Merkmal nichts, denn in Lauras Akte hatte ich eine Kopie der polizeilichen Vernehmung gefunden. Kein Wort stand davon drin. Das Kleeblatt war mein Trumpf bei der Identifizierung des Täters!

Da war die Ausfahrt nach Bierstadt. Der Regen hatte aufgehört, und die Sonnenstrahlen machten den frühen Abend wieder freundlicher.

Ich würde heute abend noch mit meinem Artikel für die Samstagsausgabe beginnen. Jetzt, wo die Eindrücke noch frisch und gegenwärtig waren. Der Besuch bei Beate war besser gelaufen, als ich gedacht hatte.

Ich bog in meine Straße ein, fuhr den Wagen in die Garage und betrat den Fahrstuhl. Meine Nachbarin stieg im dritten Stock zu. »Hat der Mann Sie erreicht?« fragte sie.

»Welcher Mann? Ich war den ganzen Tag nicht da!«

»Ein gutaussehender großer Mann, helle Haare, fuhr einen Mercedes ...«

»Kenne ich nicht. Hat er seinen Namen gesagt?«

»Nein, er stand schon vor Ihrer Wohnungstür, als ich aus meiner Tür guckte. Er sagte, er sei ein Freund von Ihnen, wollte wissen, wann Sie wiederkämen.«

»Und? Was haben Sie gesagt?«

»Jeden Augenblick, hab ich gesagt. Aber warten wollte er nicht. Ist dann schnell verschwunden, in dem Mercedes, hab's vom Fenster aus gesehen.«

Gut, daß ich neben einer begnadeten Spionin wohnte.

»Was ist eigentlich mit Ihrer Tür? Da ist ja ein Loch genau oben am Türgucker!«

»Da hat jemand reingeschossen, der mich umbringen wollte.«

Sie lachte. »Frau Grappa, Sie erzählen immer Geschichten! Wenn ich das nun alles glauben würde. Und der Mann, der heute da war, war der Mörder, der's nochmal probieren wollte«, kicherte sie, »Sie sind vielleicht eine!«

»Frau Sander, Sie haben den kriminalistischen Scharfblick!«

Wir lachten beide. Ich sagte »Tschüs« und trat durch meine Wohnungstür. Der Mann mußte Ellenbogen gewesen sein, doch was konnte er von mir gewollt haben? Überprüfen, ob sein Killer mich erwischt hatte?

Frau Sander jedenfalls hatte ihm einen Strich durch die Rechnung gemacht. Es geht doch nichts über Nachbarn, denen nicht das Geringste entgeht.

Die nächsten drei Stunden hieb ich in die Tasten, mein Computer qualmte. Ich schrieb alles auf, was ich über Beate und ihr Leben wußte. Ich zitierte hemmungslos aus Lauras Akte, brachte »Onkel Herbert« ins Spiel und beschrieb ihn als gut betuchten Unternehmer aus Bierstadt, der im Verborgenen seinen perversen Neigungen frönt.

Ein Foto von Beate brachte ich nicht – ich hatte ja auch keins gemacht –, und ich nannte auch nicht ihren vollen Namen. Den Besuch bei Beates Mutter erwähnte ich allerdings, denn die Rolle der Eltern war wichtig. Mir gelang eine runde Sozialreportage über ein Kind, dem durch perverse und geldgierige Erwachsene die Kindheit gestohlen worden war.

Völlig ausgelaugt fiel ich ins Bett, nicht ohne vorher meine Wohnungstür zu verrammeln und ein paar leere Flaschen von innen davorzustellen. Leere Buntglas-Flaschen gab es in meiner Küche genug, denn ich war nicht nur passionierte Weintrinkerin, sondern auch hemmungslos bei der Getrenntmüllsammlung engagiert. Buntglas, Weißglas, Altpapier.

Das Telefon bugsierte ich schließlich in unmittelbarer Nähe meines Kopfkissens. Ich schlief erschöpft ein. In der Nacht passierte nicht das Geringste.

Drei Jungen und ein kleines Mädchen?

»Hier ist der Artikel!« sagte ich zehn Stunden später zu Peter Jansen und legte ihm das ausgedruckte Manuskript auf den Tisch. Er schob mir eine Tasse der Berufsdroge Kaffee herüber und deutete auf einen Stuhl. Dann las er. Zwischendurch kritzelte er mit einem Bleistift Bemerkungen an den Rand des Textes. Ich wartete. »Schreiben kannst du ja«, sagte er schließlich, »besonders die Schilderung deines Besuches bei dem Kind ist Klasse. Bist du mit ihrer Mutter nicht zu hart umgegangen?«

Ich schüttelte den Kopf. »Mein soziales Verständnis hört hier auf. Jahrelang hat sie geholfen, das Fleisch ihrer Tochter an den Meistbietenden zu verschachern, war sogar dabei, wenn sich die perversen Schweine auf sie gestürzt haben! Nein, irgendwann hätte sie eingreifen müssen!«

»Na gut, lassen wir es drin. Du hast ja auch die Namen nicht genannt. Aber – wir haben keine Bilder! Wie sollen wir den Text illustrieren?«

»Nimm irgendein Bild aus einem Buch zu dem Thema ... oder, nein warte! Ich habe eine bessere Idee. Beate hat während der Therapie mit Laura gemalt, die Originale sind in Lauras Akte. Die nehmen wir und drucken sie ab! Und dazu noch ein harmloses Beispiel aus einem Lolita-Magazin. Mit den berühmten schwarzen Balken vor den Gesichtern, was meinst du?«

»Die Zeichnungen aus der Akte? Dann weiß aber doch jeder, daß wir die Akte haben!«

»Das ist der Sinn der Sache. Ellenbogen weiß, daß wir etwas haben, das er unbedingt ergattern will. Und der Polizei gegenüber stellen wir uns doof. Zeugnisverweigerungsrecht, du kennst die Nummer. Die Akte ist uns anonym zugespielt worden. Wir kopieren alles und händigen sie dann der Polizei aus, weil wir den Behörden keine Steine in den Weg legen wollen. Auch die Presse ist ja schließlich bemüht, die Ermittlungen der Polizei tatkräftig zu unterstützen.«

»Ganz schön clever. So könnte der Diebstahl der Akte vertuscht werden, und deine Weste bleibt weiß. Könnte klappen. Aber mach eine solche Sache nicht noch mal, Maria, das mache ich nicht mehr mit.«

»Nein, tut mir auch alles leid. Ich klaue sonst nie, aber es kam plötzlich über mich. Schick den Volontär zu meinem Bankschließfach, da ist alles drin, ich geb ihm den Schlüssel und eine Vollmacht.«

Peter Jansen pfiff das Nachwuchstalent bei Fuß und erklärte ihm die Lage. Er zog los und kam sich wichtig vor, weil Peter Jansen etwas von »geheim« gesagt hatte. Telefonisch informierte ich den Banker, der über mein überzogenes Konto wachte.

Nun konnte ich meinen Großangriff auf Jansen starten. »Wieviel Kinder hast du noch mal?« fragte ich ihn wie nebenbei.

»Drei Jungs, 12 bis 15. Alle nach mir geschlagen.«

»Haben die ein verdammtes Glück! Wolltest du nie ein Mädchen haben?«

»Doch, aber es haute nicht hin. Meine Frau war ganz verrückt auf ein Mädchen. Fast hätte es geklappt, aber Gerda hatte eine Fehlgeburt. Die Kleine wäre jetzt 9. Aber warum interessierst du dich plötzlich für meine Familienverhältnisse? Willst du auf Babysitter umschulen?«

»Beate. Sie ist zehn, und das Jugendamt sucht eine Pflegefamilie für sie.«

»Du spinnst wohl, was sollen wir mit einem solchen

Kind? Das ist doch fürs Leben geprägt, hör bloß auf!« Er war entsetzt.

»So kann nur ein Mann sprechen«, bemerkte ich, »erst macht ihr solche Kinder kaputt, und dann verteufelt ihr sie auch noch ...«

»Mal langsam, Maria! Hab ich das Kind mißbraucht, oder was? Warum soll ich für irgendwelche perversen Schweine herhalten? Nur weil ich zufällig ein männliches Wesen bin? Nachdem dein Artikel erschienen ist, werden sich sowieso genug Familien melden. Warum also ausgerechnet ich?«

»Weil deine Frau Kinder mag. Und wenn sie's mit dir jahrelang aushält, dann ist das Mädchen für sie ein Klacks. Und, was die vielen Leute angeht, die sich spontan auf solche Geschichten melden, die kennen wir ja. Ob ein herrenloser Hund in der Presse vorgestellt wird, der ein neues Zuhause sucht, oder ein Kind, das ist für die meisten doch egal!«

Jansen knurrte. Ihm gefiel die Sache nicht. Noch nicht.
»Soll ich mit Gerda darüber reden?« bot ich an.

»Untersteh dich, verdammt noch mal«, schnauzte er, »das fehlte gerade noch! Sie wird mir sowieso in den Ohren liegen, wenn sie deinen Artikel gelesen hat, das kommt ganz von alleine.«

»Na also«, jubelte ich, »mehr wollte ich doch gar nicht. Nur, daß ihr mal darüber nachdenkt. Die Kleine ist wirklich ganz süß, und sie sieht deiner Frau sogar ein bißchen ähnlich. Dunkel und schmal. Ich hab mich sofort verliebt in sie ...«

»Dann kannst du sie ja nehmen!«

»Du weißt, daß man unverheirateten Frauen mit lockerem Lebenswandel kein Kind anvertraut! Da spielt kein Jugendamt mit. Aber – sie ist ganz reizend, glaube mir!«

»Dann muß sie ja wirklich lieb sein, wenn sogar du dein Herz für ein Kind entdeckst.«

»Eben. Eigentlich mag ich Kinder doch ganz gern. Auch wenn dein Jüngster mich seit seinem fünften Lebensjahr auf deine ausdrückliche Anweisung hin 'Hexe Kaukau' nennt, habe ich trotzdem eine Seele!«

Er lachte. Ich hatte ihn soweit.

»Du und Seele? Bist du da sicher? Ich jedenfalls würde darauf nicht wetten!«

Blaue Augen und trockener Husten

Jansen setzte sich an den Computer und entwarf ein vorläufiges Layout für die Samstagsseite. Ich hatte vor, noch mal Frau Bartusch zu besuchen, um ihr von der Reaktion ihrer Tochter auf die Puppe zu berichten. Vielleicht würde sie mir dann doch etwas mehr über Onkel Herbert erzählen.

Ihrem Mann allerdings wollte ich nicht unbedingt in die Arme laufen. Wenn er wirklich auf mich geschossen hatte, würde er es bestimmt noch mal versuchen. Und die Anwesenheit seiner Frau würde ihn dabei wohl kaum stören.

Der Volontär hatte meinen Japaner, ich leierte Jansen den Firmenwagen aus dem Kreuz. *Bierstädter Tageblatt* – so prangte in roter Schrift auf den Seiten. Nicht gerade ideal für verdeckte Ermittlungen.

»Gut, daß dein Artikel schon steht«, verabschiedete sich Jansen, »wenn jemand auf dich ballert, dann bekommt dein reifes Werk noch eine ganz besonders aktuelle Note. Stell dir die Überschrift vor: 'Tageblatt-Reporterin büßt heiße Story mit dem Tod' oder 'Drei Schüsse auf Tageblatt-Reporterin'! Die Auflage wäre in kurzer Zeit vergriffen.«

»Scheint fast so, als würdest du darauf hoffen«, brummte ich, »aber vergiß nicht, bislang hatte ich immer Dusel. Und das wird so bleiben.«

Ich packte den Beutel mit der Puppe, nahm für alle Fälle die Gaspistole mit und fuhr in die Duisbergstraße. Vater Bartusch schien nicht da zu sein, denn der nagelneue metallischblaue BMW war nicht zu sehen. Der Herr war wohl wieder unterwegs.

Nach längerem Klingeln öffnete Frau Bartusch. Ich erkannte sie kaum wieder. Sie hätte sowieso nie einen

Schönheitswettbewerb gewonnen, aber nun sah ihr Gesicht aus wie nach einer zünftigen Wirtshausschlägerei. Die Frau war fürchterlich verprügelt worden, und es bedurfte keines großen Rätselratens, wer hier zugelangt hatte.

»Hallo, Frau Bartusch, Sie sehen aber wirklich schlimm aus. Ihr Mann hat aber eine kräftige Handschrift. Ich hoffe, Sie haben sich revanchiert und ihm dafür ein bißchen Gift ins Essen getan ...«

Sie ließ mich ohne Widerspruch in ihre Hütte, als sei ich eine alte Bekannte. Ihr war wohl inzwischen alles egal. Die Wohnküche strahlte nach Meister Proper, im Radio töteten die Werbespots des Bierstädter Kommerzradios den letzten Nerv. Eine Moderatorin mit klebrig-süßer Stimme leitete vom Weichspüler geschickt zur Wetterkarte über.

»Ich soll Ihnen keine Grüße von Ihrer Tochter bestellen«, sagte ich zu Frau Bartusch, die sich in einen Stuhl hatte fallen lassen. »Und die dämliche Puppe wollte das Kind auch nicht haben. Wohl doch ein Geschenk von Onkel Herbert? Bevor er über sie hergefallen ist, oder?«

Die Zeit der Glacé-Handschuhe war vorbei. Ich reichte ihr die Puppe. Frau Bartusch nahm das blonde Plastikteil und legte es achtlos beiseite. Sie hatte andere Probleme, und die hatten mit Angst zu tun.

»Das nächste Mal bringt mich mein Mann um«, sagte sie und versuchte, die von Schlägen verquollenen Augen auf mich zu richten. »Das nächste Mal, wenn ich mit Ihnen rede ...«

»Das wollen wir doch erst mal sehen! Fraglich, ob er überhaupt noch Gelegenheit dazu haben wird. Der kommt sowieso in den Knast, und Sie kriegen vielleicht die Strafe zur Bewährung. Dann sind Sie ihn ein paar Jährchen los. Wo ist Ihr Mann eigentlich?«

»Hat 'nen Auftrag. Was, weiß ich nich'.«

»Hat er seine Pistole dabei?«

Sie schüttelte den Kopf und verzog dabei das Gesicht vor Schmerzen. Dann erinnerte sie sich an das Alkohol-Depot auf der Fensterbank, schlurfte mühsam hin und trank sich einen. »Die Pistole liegt inne Schublade.«

Sie hatte irgendwas mit den Zähnen, denn sie nuschelte. Ich ging zu einem Vertiko und zog die Schublade auf. Es stimmte, das Schießeisen lag drin. Ich nahm es und packte es in meine Tasche. Immerhin hatte ich die passenden Kugeln dazu in meiner Garderobe. Die Polizei würde das beweisen können!

Frau Bartusch interessierte sich nicht die Bohne für das, was ich tat. Ihr Gesicht war so schlaff, als habe man ein Ventil aufgeschraubt und die Luft abgelassen. Sie tat mir leid, aber ich mußte hart zu ihr sein, mußte jede nur mögliche Information aus ihr herausholen.

Ich verstand sie nicht: Sie lebte mit einem Mann zusammen, der sie verprügelte. Ihr Mann hatte sich an der Tochter vergangen, und sie hatte es mit angesehen. Und sie würde vor Gericht trotzdem jeden Meineid leisten, um ihn zu entlasten.

»Frau Bartusch, Ihre Lage wäre schon sehr viel besser, wenn Sie mir endlich sagen würden, wer dieser Kerl ist, dieser Onkel Herbert.«

»Ich weiß es doch nich' ...«

»Sie haben den Kerl doch gesehen! Immer und immer wieder!«

Sie schwieg. Vielleicht hatte sie wirklich keine Ahnung.

»Was ist mit Ihrem Mann? Weiß der es?«

Ich wartete. Sie nickte. Sagte aber kein Wort. »Frau Bartusch, ich will Ihnen mal glauben, daß Sie es nicht wissen. Aber Sie könnten mir helfen, es rauszukriegen. Schauen Sie sich das Bild doch noch mal an!«

Ich hielt ihr wieder das Foto von Ellenbogen, diesmal mit den nachgebesserten Haaren und dem Vollbart vor. »Nun machen Sie schon die Augen auf!«

Langsam tat sie wie geheißen. Es fiel ihr schwer, denn die Augäpfel waren blutunterlaufen. Wenn das hier vorbei war, würde ich sie zum Krankenhaus fahren, damit die sich dort ihr buntes Gesicht anschauen könnten.

»Er könnte's sein«, lallte sie und hielt sich den Kopf, »ja wirklich ... die schwatten Haare und der Bart, ja wirklich!«

Überzeugend klang das nicht. Hoffentlich sagte sie das nicht nur, weil sie mich loswerden wollte.

»Haben Sie von Ihrem Mann mal den Namen Ellenbogen gehört? Professor Ellenbogen?«

»Nä, wer soll'n das sein?«

»Das ist 'Onkel Herbert', glaube ich wenigstens. Sagen Sie, wer hat Ihrem Mann den schönen neuen Wagen geschenkt?«

»Er hat beim Pferderennen gewonnen. In Wambel ...«

»Herzlichen Glückwunsch! Das muß aber der absolute Außenseiter gewesen sein, oder?«

Fast hätte ich gelacht, so dumm waren die Ausreden, die mir serviert wurden.

Ich versuchte es weiter. »Frau Bartusch, Sie waren doch dabei, wenn 'Onkel Herbert' seine Hosen heruntergelassen hat. Hatte er ein Muttermal, etwa hier? In der Form eines Kleeblattes?« Ich deutete auf die Stelle, an der ich das Zeichen vermutete.

»Ja, so 'ne Art Kleeblatt. Ein Zauberzeichen, mit dem er die Kleine verhext, so hat er's ihr vorgelogen ...«

Das Telefon klingelte. Frau Bartusch rappelte sich hoch, konnte sich kaum auf den Füßen halten.

»Wer's en da?« lallte sie. »Für Sie!«

Sie reichte mir den Hörer. Es war Peter Jansen. »Hör zu, Maria, mach jetzt genau, was ich dir sage. Pack deine Sachen und verschwinde und komm hierher ...«

»Ist was passiert?«

»Dein Wagen ist nur noch Schrott; und der Volontär liegt im Krankenhaus. Jemand hat ihn auf dem Weg zu deiner Bank von der Straße gedrängt. Der Wagen hat sich überschlagen und ist auf einem Feld gelandet.«

»Ist er schlimm verletzt?«

»Nein, Prellungen und Gehirnerschütterung. Und ein Schock. Hau da endlich ab! Der andere Wagen soll ein blauer BMW gewesen sein ... und Bartusch taucht bestimmt gleich zu Hause auf. Tust du endlich, was ich sage? Ich habe keine Lust, dich auch noch in der Klinik zu besuchen!«

»Wo ist mein Japaner?«

»Vergiß ihn! Totalschaden! Und jetzt verschwinde da, aber ein bißchen plötzlich!«

Er knallte den Hörer auf. Schnell geschaltet, Jansen! Ich packte meine Sachen zusammen. Meine Gaspistole steckte ich in die Tasche meiner Leinenjacke.

»Wo hat Ihr Mann die Filme eigentlich hingebracht, damit sie verschickt werden konnten?« fragte ich Frau Bartusch.

»Nich' hier in Bierstadt, das war 'n Filmstudio im Teutoburger Wald.«

Na also, Beates Mutter zeigte sich langsam kooperativ. Schon wieder ein Stückchen für das Mosaik. Es lief hervorragend.

»Wenn Sie wollen, bringe ich Sie ins Krankenhaus. Sie müssen sich gründlich untersuchen lassen!« bot ich der Bartusch an, doch die wollte lieber auf ihren Mann warten. Und der stand in diesem Augenblick auch schon hinter uns.

Ein kleiner böser Kerl, etwa einssiebzig und mager. Er hustete trocken, als er mich sah. War überrascht, vermutete er mich doch im Straßengraben.

Wir starrten uns an. Mir fiel auf, daß seine kleine Tochter seine dichten Augenbrauen geerbt hatte.

Er kam auf mich zu und holte zu einem harten Schlag aus, der mich auf der Wange traf. Ich duckte mich und stürzte nach vorn in seine Richtung. Er fiel hin und versuchte, sich an der Gardine festzuhalten. Dann zielte ich mit meiner Gaspistole und drückte ab. Er bekam die Ladung voll mit. Statt abzuhauen wartete ich und merkte, daß meine Wange immer dicker wurde. Schmerzen hatte ich nicht, nur ein taubes Gefühl.

Ich richtete die Pistole weiterhin auf ihn. Er war dabei, sich hochzurappeln. Die Gardine mit dem fröhlichen Blumenmuster war keck um seine Schulter geschlungen. Fast hätte ich losgelacht, aber die Situation war noch immer gefährlich.

»Stehen Sie auf, Bartusch, los, ein bißchen dalli!«

Er sprang hoch und lief in Richtung Kommode. Doch in der Schublade lag es nicht mehr, sein Schießeisen.

»Pech gehabt«, sagte ich, »Ihre Knarre habe ich, und die

Polizei wird die passende Kugel auch von mir bekommen. Und Sie eine Anklage wegen versuchten Mordes. Und jetzt raus hier!« Ich deutete mit der Gaspistole in Richtung Tür. Frau Bartusch behielt ich für alle Fälle mal im Auge, doch die blieb ruhig.

»Sie bleiben hier, Frau Bartusch. Ich werde gleich wiederkommen und Sie in die Zentralklinik fahren.«

Ich ging mit Bartusch nach draußen. Er hustete fürchterlich, das Gas und der Schock hatten das auch äußerlich aus ihm gemacht, was er war: ein armes, krankes Würstchen. Bevor mich Mitleid ergreifen konnte, fiel mir noch ein, daß es in unserem Land gute Gefängniskrankenhäuser gibt. Die würden ihn schon wieder hinkriegen, damit er gesund seine Strafe absitzen könnte.

Wir gingen nach draußen. Vor dem Haus stand er, der Traum aller Versicherungsvertreter: der neue blaumetallicfarbene BMW. Liebevoll geputzt hatte er ihn, mit Rallyestreifen und sportlichen Felgen ausgestattet, als wär's sein eigen Fleisch und Blut.

Ich drückte Bartusch ein paar Meter von mir weg und sagt »Halt!« Er gehorchte. Ich ging um das Auto herum. An der rechten Stoßstange glaubte ich Spuren vom Lack meines Japaners zu erkennen. Mich packte die Wut. »Nochmal Mordversuch«, fuhr ich Bartusch an, »nur leider saß ich nicht im Wagen. Und jetzt raus damit: Wer hat Ihnen die Aufträge erteilt?«

Er schwieg verstockt. Seine Augen tränten von der Gasladung. Ich griff die Gaspistole am Lauf und schlug einmal kurz und kräftig auf die Windschutzscheibe seines bayerischen Lieblings. Tausende kleine Glaskristalle perlten ins Innere und blieben auf den samtenen anthrazitfarbenen Polstern liegen.

Bartusch stöhnte auf. »Fällt Ihnen immer noch nichts ein?« Ich hatte die Pistole wieder hochgenommen und auf sein Gesicht gerichtet. Er litt sehr, doch er schwieg weiter.

Ich bearbeitete die Motorhaube mit der Pistole, die Dellen machten den Metallic-Lack ganz schön häßlich.

Plötzlich fing Bartusch an zu schreien. Es klang nach

echtem Schmerz und kam ganz tief aus seiner Seele. Sogar das Husten vergaß er. Der Mann würde mir nichts mehr erzählen können. Ich drehte mich zur Haustür, Frau Bartusch stand im Türrahmen. Sie hatte die Szene mit Spannung beobachtet. Ich winkte sie zu dem Firmenwagen. Sie gehorchte und schlurfte los.

Noch immer zielte ich auf Bartusch, aber der stand bei seinem endgetesteten Liebling, legte die Hände beschwörend auf die Kratzspuren und jammerte vor sich hin. Wenn er jemals etwas in seinem Leben geliebt hatte, dann war es dieses Auto! Ich startete den Firmenwagen. Frau Bartusch jammerte vor Angst vor ihrem Mann.

»Nun halten Sie endlich die Klappe«, regte ich mich auf, denn meine Nerven waren auch nicht mehr die besten, »ich rufe gleich die Polizei an, die kassiert Ihren Alten, und Sie haben Ruhe!«

An der nächsten Telefonzelle hielt ich an und wählte die Nummer der Wache Nord. »Dort steht ein Verrückter in der Carl-Duisberg-Straße und streichelt sein Auto. Der Mann heißt Bartusch, und gegen ihn laufen Ermittlungen wegen Inzests, Anleitung zur Prostitution, Vergewaltigung und noch so ein paar nette Sachen. Außerdem habe ich bei ihm eine Pistole sichergestellt, die bei einem Anschlag benutzt worden ist. Eine der Kugeln aus der Knarre hängt bei mir im Schrank. Alles Nähere erzähle ich Ihnen später.« Ich nannte meinen Namen, und der Beamte versicherte mir, eine Streife vorbeischicken zu wollen, die sich den Mann mal angucken würde.

Dann setzte ich Frau Bartusch in der Unfall-Ambulanz der Zentralklinik von Chefarzt Prof. Dr. Ellenbogen ab. Als sie untersucht wurde, sagte ich zur Krankenschwester: »Die Frau dort ist eine liebe Verwandte Ihres Chefs, Dr. Ellenbogen. Auch wenn sie nicht so aussieht. Informieren Sie ihn doch bitte!«

Sie nickte beflissen und fragte, ob ich eine kühlende Salbe für meine Wange haben wollte. Ich tastete nach ihr und wollte.

Sekt beruhigt die Nerven

In der Redaktion begrüßte mich Peter Jansen wie eine verlorene Tochter. Ich erzählte meine Geschichte, schmückte sie noch etwas aus und ließ mich bewundern. Ein Gläschen trockener Sekt auf meine Heldentat beruhigte meine Nerven. Ich hörte Jansen telefonieren.

»In einer halben Stunde wird Hauptkommissar Friedel Zahlmann unserer Redaktion einen Besuch abstatten«, teilte mir Jansen dann mit, »er arbeitet beim Sittendezernat der Bierstädter Kripo und leitet die Ermittlungen im Fall Bartusch.«

»Muß das sein?« fragte ich. »Hättest du nicht noch etwas warten können?«

»Auf keinen Fall«, meinte Jansen bestimmt, »zwei Anschläge, einen auf dich und einen auf den Volontär ... das reicht ja wohl. Wir kommen in Teufels Küche, wenn wir alles für uns behalten.«

»Na gut«, sagte ich mit Einsicht. Ich kramte Bartuschs Waffe aus meiner Tasche und legte sie auf den Tisch. »Das ist die Tatwaffe, mit der er vermutlich auf mich geschossen hat. Ich habe sie sozusagen sichergestellt!«

»Und wenn es nicht die passende Knarre ist?«

»Dann ist sie es eben nicht. Auf jeden Fall hat er bestimmt keinen Waffenschein für das Ding. Aber mein Instinkt täuscht mich nicht. Ich habe den Mann vor meiner Tür husten gehört, es war Bartusch!«

Friedel Zahlmann war ein großer, ruhiger Mann mit Glatze und Bart. Er machte keinen Hehl daraus, daß er vorlaute Journalisten und andere Dilettanten, die in die Arbeit der Polizei pfuschten, nicht ausstehen konnte. Ich erzählte ihm die Geschichte und hielt mich – so gut es ging – an die Wahrheit. Er sagte nicht viel, er war gekommen, um was zu hören.

Doch ein paar Fragen hatten auch wir. »Wie weit sind Sie mit Ihren Ermittlungen gegen die Eltern Bartusch und ihre Kunden?«

»Es ist schon einiges zusammengekommen. Die Ermittlungen, die die Tochter des Ehepaares betreffen, sind so gut wie abgeschlossen. Unklar ist noch der Bereich der Kinderpornografie, also die Vermarktung von Fotos und Videos. Wir haben zwar die Filme beschlagnahmt, doch wir wissen noch nicht, wo sich das Studio befindet, in dem die Filme geschnitten, vertont und versandfertig gemacht werden. Wir haben keine Kundenkartei gefunden, und die gibt es irgendwo. Die muß es geben! Dieser Bartusch hat nicht nur seine Tochter auf dem Gewissen, sondern hat den Markt mit Filmen überschwemmt, auch mit vielen neuen Streifen aus der Dritten Welt, hauptsächlich aus Asien.«

»Bartusch war aktiv in großem Stil? Hat mit dem Dreckzeug gehandelt?« Das hätte ich der kleinen Ratte gar nicht zugetraut.

»Er ist nicht der Kopf des Porno-Rings«, räumte Kommissar Zahlmann ein, »aber er kennt die Leute und die Vertriebswege. Und hat selbst Filme gedreht und angeboten. Aber das ganz große Geld ist nicht an Bartuschs Händen hängengeblieben!«

»Wenn Sie das wissen, wieso ist Bartusch dann nicht im Knast?«

»Er ist haftunfähig. Starkes Asthma. Ein guter Anwalt hat ihn rausgeholt.«

»Wer hat den Anwalt bezahlt?«

»Ich will mal so sagen: der Lolita-Zirkel. Sie müssen sich das Ganze vorstellen wie eine kriminelle Vereinigung, mafiaähnlich strukturiert.«

»Wieviel Umsatz wird mit solchen Produkten gemacht?«

»Manche Händler sind dabei zu Millionären geworden. Die Nachfrage steigt und steigt ... Beweise zu finden, ist schwierig. Im Fall Bartusch wissen wir nicht, wo wir den Täter suchen sollen. Dieser Mann hat sich verkleidet, sein Äußeres total verändert. Wo also sollen wir diesen 'Onkel Herbert' suchen?«

Ich blickte Jansen an, der nickte zustimmend. »Ich habe

einen Verdacht, wer dieser Onkel Herbert ist«, sagte ich dann.

Zahlmann blickte überrascht auf. »Dann lassen Sie mal hören!«

Ich erzählte. Ließ fast nichts aus, erwähnte Lauras Arbeit und brachte ihren Tod mit der Suche nach »Onkel Herbert« in Verbindung.

Zahlmann schaute nicht so, als sei er durch meine Story beeindruckt. »Und? Welche Beweise haben Sie?«

»Seine Reaktion auf meinen Besuch in der Zentralklinik. Daß er hinter der Akte her war. Und die Sache mit der Mausehaut-Puppe, das kann kein Zufall sein. Außerdem weiß ich, daß er es war!« meinte ich trotzig.

»Das ist dünn, oder? Wenn die Eltern und das Kind ihn nicht identifizieren? Das reicht noch nicht mal dazu, ihn zu einer Vernehmung ins Polizeipräsidium zu bestellen.«

Zahlmann erhob sich. »Und jetzt hätte ich gern die Akte, die Frau Gutweil über Beate Bartusch angelegt hat. Wie Sie da dran gekommen sind, sagen Sie mir nicht, oder?«

Ich schüttelte den Kopf: »Zeugnisverweigerungsrecht für Journalisten. Aber – weil Sie es sind. Man hat sie uns anonym zugeschickt.«

Er glaubte kein Wort und meinte: »Ich verstehe. Wenn's wichtiger wäre, würde ich Sie in Beugehaft nehmen lassen und zwar solange, bis Sie plaudern.«

Wir sagten dazu nichts. Ich gab Zahlmann schweigend die Akte. Die Kopien lagen sicher in meinem Schreibtisch.

Der Kommissar erhob sich und steckte Bartuschs Schießeisen ein. »Immerhin etwas«, meinte er zufrieden und blickte auf die Waffe, »wenn die hier bei dem Anschlag auf Sie benutzt worden ist, dann kriegen wir Bartusch wenigstens dafür dran.«

»Ach ja? Ich dachte, der sei haftunfähig?«

»Wer so schön schießen kann und mit seinem Auto einen Unfall inszeniert, bei dem ein Mensch verletzt wird, der kann so krank nicht sein. Sein Anwalt dürfte es diesmal nicht schaffen.« Und im Umdrehen konnte er sich die

Bemerkung nicht verkneifen: »Ihnen den Rat zu geben, mit der Geschichte aufzuhören, erspare ich mir, weil er vergebens wäre. Aber rufen Sie mich wenigstens an, wenn was ist, ja?«

Peter Jansen und ich nickten synchron. Mit schweren und doch elastischen Schritten verließ Hauptkommissar Friedel Zahlmann die Redaktion.

Bierstadt vergißt schnell

Wir machten uns an das Tagesgeschäft. Die Fotos von Beates Zeichnungen aus Lauras Akte trockneten gerade. Ein Haus, ein Baum in Schwarz, gelbe Schäfchenwolken, ein Mädchen im roten Kleid, über dem ein vierblättriges Kleeblatt wie ein Damokles-Schwert schwebte. Als ich die Zeichnungen zum ersten Mal gesehen hatte, hatte ich das Kleeblatt für ein Glückssymbol gehalten. Inzwischen wußte ich es besser.

Der Artikel erschien. Bierstadt stand Kopf. Auch in den Tagen danach. Alle wollten das arme kleine Mädchen bei sich aufnehmen, Schulklassen sammelten Geld, und der Name »Onkel Herbert« wurde zum bestgehaßten Namen in unserer Stadt.

Bartusch war in Untersuchungshaft, und seiner Frau ging es besser. Doch reden wollte sie noch immer nicht, sie hatte Angst. Ellenbogen hatte sich übrigens in der Klinik nicht um seine »Verwandte« gekümmert, die ich ihm so nett ans Herz gelegt hatte. Und bei mir oder bei der Zeitung meldete er sich nicht. Auch, daß sein Foto neben der Überschrift *Wer ist Onkel Herbert?* eingeklinkt war, führte ihn nicht zu unüberlegten Handlungen.

Unter dem Foto hatte Peter Jansen ein überschwengliches Loblied auf das »Forschungs- und Informationszentrum für Kindheit und Sexualität« gesungen und die Verdienste seines Vorsitzenden herausgestellt. Aber – Ellenbogen machte keinen Fehler. Stellte sich tot.

Die Öffentlichkeit forderte Informationen von den Behörden ein. Der Polizeipräsident gab eine Pressekonferenz, auf der ein finster dreinschauender Friedel Zahlmann über die bisherigen Ermittlungen berichten mußte. Der zuständige Staatsanwalt erzählte etwas von einer Sonderkommission, die man bilden würde, um diesen »schmutzigen Kinderporno-Händlern« das Handwerk zu legen. Die Vorsitzende der Bierstädter Frauenunion, dem Frauenclub der CDU, vergaß für ein paar Tage ihren Kampf um das ungeborene Leben und erkannte auf einer Pressekonferenz, daß »Kinderschändung ein Problem ist, das uns alle angeht«.

Die Sozis wollten da nicht abseits stehen. Ihr Bundestagsabgeordneter stellte fest, daß »solche Kinder, die in ihrer Familie derartiges erleiden müssen, ihr Leben lang unfähig sind, ein Vertrauensverhältnis anderen Menschen gegenüber aufzubauen«.

Der Wirbel war groß, doch nach einer Woche flaute alles langsam wieder ab. Man hatte sich gekümmert, angeprangert und appelliert und ein paar klare Worte an die Adresse des Gesetzgebers gerichtet.

Die Politiker wandten sich sehr schnell wieder dem wichtigsten Teil ihrer Arbeit zu: der eigenen Machterhaltung.

Gefangen im Labyrinth der Ahnungen

Fast schien es, daß auch mein Elan am Ende war. Nun hatte ich drei Wochen lang gearbeitet, auf mich war geschossen worden, mein Auto war kaputt, und herausgekommen war ein Artikel, der zwei oder drei Tage lang im Mittelpunkt der Öffentlichkeit gestanden hatte. Aber wirklich passiert war nichts!

Die kleine Beate saß noch immer im Heim; ich hatte sie noch nicht mal besucht, sondern ihr nur Briefe geschrieben. Vielleicht würde ein Besuch bei dem Kind mir den Biß zurückgeben, den ich brauchen würde, dachte ich. Auch die Suche nach Lauras Mörder schien in einem Labyrinth zu enden, aus dem ich nicht entkommen konnte. Ich fühlte mich ausgepumpt, kraftlos und antriebsschwach. Ich rief bei Naider an, denn ich brauchte sein Okay für den Besuch in »Haus Sonnenschein«.

Ich hatte den Kontakt mit ihm gemieden. Er war für mich ein Teil dieser unseligen Affäre aus Lügen, Schmutz, Perversitäten und abgrundtiefen Heucheleien.

»Sie haben aber lange nichts mehr von sich hören lassen!« kam es prompt vorwurfsvoll durch die Telefonleitung.

»Keine Zeit, ich hatte viel Arbeit.«

»Ich weiß. Ich habe Ihren Artikel gelesen. Wirklich gut. Auch das Foto von Ellenbogen direkt neben der Überschrift. Klasse. Ist die Sache jetzt damit für Sie erledigt?«

Er hatte meinen wunden Punkt erwischt.

»Zuerst wußte ich nicht, wo ich anfangen sollte. Jetzt weiß ich nicht mehr, wo ich weitermachen soll. Die Polizei denkt nicht daran, gegen Ellenbogen etwas zu unternehmen, er kommt noch nicht mal auf die Liste der Verdächtigen. Vielleicht hat er ja wirklich nichts damit zu tun, vielleicht war ich von Anfang an auf der falschen Spur. Entweder ist er unschuldig oder verdammt gerissen!«

»Nein. Er ist schuldig, er ist nur schwer zu erwischen. Solche Leute sind Meister der Tarnung, doch sie machen auch Fehler! Außerdem – haben Sie den Mord an Laura vergessen?«

Nein, den hatte ich nicht vergessen. Aber gerade jetzt wollte ich nicht daran erinnert werden. Der Fall Laura und der Fall Beate waren wohl doch ein paar Nummern zu groß für mich. »Ich werde über alles nachdenken«, sagte ich, »zur Zeit ist die Sache völlig verfranst. Aber – ich möchte Beate besuchen, stellen Sie mir einen Besuchsschein aus?«

»Klar. Kann ich nicht mitfahren? Dann können wir darüber reden, wie wir weitermachen.«

Wir? Na ja, wenn er meinte. Vielleicht heiterte mich Naider mit seinem unnachahmlich schlappen Witz auf. Er schien das Vertrauen in mich zu besitzen, das ich verloren hatte.

Ich dachte an »Haus Sonnenschein«, an Wald und Feld, und plötzlich fiel mir die Sache mit dem Filmstudio und dem Pornoversand wieder ein. Im Teutoburger Wald, hatte Frau Bartusch gesagt. Dort würden die Streifen geschnitten, bearbeitet und vertrieben. Dort, wo das »Forschungs- und Informationszentrum für Kindheit und Sexualität« seinen Sitz hatte.

Zweimal Teutoburger Wald! Ein dummer Zufall? Nein, dort schien etwas nicht zu stimmen: Schön abgeschieden im Grünen, auf dem platten Land, weit ab von Polizei und Ermittlungsbehörden. Doch zunächst mußte ich mich um Beate kümmern. »Wäre es wohl möglich, Beate für ein paar Tage mit nach Bierstadt zu nehmen?«

Naider verstand nicht. »Keine Experimente mit dem Kind, das kann ich nicht zulassen!«

»Keine Angst. Ich möchte sie nur einer Familie vorstellen, hier in Bierstadt. Ein kleiner Kaffeeklatsch. Und schlafen kann die Kleine bei mir.«

»Gut, warum nicht. Dieses Heim geht ja jedem irgendwann auf den Geist. Wann wollen wir los?«

»Ich melde mich, morgen früh wahrscheinlich. Ich muß erst noch mit der Familie sprechen. Tschüs, Agnus. Ich rufe Sie an.«

»Tschüs, Maria. Ich melde uns schon mal bei Frau Dr. Knittering im 'Haus Sonnenschein' an.«

Hexe sucht Familienanschluß

Peter Jansen sagte eine Stunde später zu mir: »Ich wußte, daß du nicht locker läßt. Dann komm meinetwegen vorbei mit dem Kind, Samstag nachmittag. Aber – mach dir keine allzu großen Hoffnungen.«

»Ich wußte doch, daß du ein gutes Herz hast. Du wirst sehen, die Kleine ist ganz allerliebst, und deine drei Söhne werden sie auch mögen.«

»Die sind jetzt in dem Alter, wo sie alle Mädchen blöd finden. Aber es wird schon gehen. Gerda wird es schaffen. Sie ist einfach die Beste!«

»Und warum fällst du dann ab und zu mal auf so ein Pipi-Mädchen rein für eine Nacht?«

»Weiß nicht, aus Frust oder so. Oder weil ich mich als Mann bestätigt fühlen will. Sag du's mir doch, Maria, du hast doch für solche Fälle immer die ganz endgültigen Sprüche drauf!«

»Weil du ein Idiot und ein verdammter Macho bist. Und weil du dich langweilst und glaubst, daß ein richtiger Mann sowas machen muß! Oder Midlife-Crisis ... die soll ja bei Männern viel schlimmer sein, als bei uns Mädels ...«

Er lachte. »Es ist schon lange nichts mehr gewesen. Du hältst mich schließlich mit dieser verdammten Story ganz schön auf Trab! Aber – auch ich werde langsam ruhiger. Meine Söhne werden sich auf jeden Fall freuen, wenn die Hexe Kaukau mal wieder vorbeikommt. Aber vergiß nicht, auf dem Besen bei uns einzutrudeln, mit dem du in der Walpurgisnacht immer zum Blocksberg reitest.«

Ich ließ ihn in dem Glauben, einen tollen Scherz gemacht zu haben, und lachte schallend mit.

Beates erster Ausflug

Es war ein milder Herbsttag, und »Haus Sonnenschein« lag wirklich im Sonnenschein. Agnus Naider hatte mit Dr. Alraune Knittering etwas zu besprechen. Die beiden schlenderten den Kiesweg entlang und unterhielten sich lebhaft.

Schweigend ging Beate neben mir her, die Hand brav in meine gelegt. Sie hatte sich über meinen Besuch gefreut, hatte den unerfreulichen Vorfall mit der Puppe vergessen. Sie plapperte fröhlich drauflos, erzählte von anderen Kindern und berichtete mir, welche der Kinderbücher, die ich ihr geschickt hatte, sie besonders beeindruckt hatte. Sie war ein reizendes kleines Mädchen, das sich vermutlich jeden Abend vor dem Schlafengehen sehnlichst eine neue Familie wünschte.

Verdammt! Ich mußte dafür sorgen, daß ihr Wunsch in Erfüllung ging. Sie war zehn, wurde bald elf und hatte ein bißchen ehrliche Zuneigung, ein bißchen unbeschwerte Kindheit verdient. Sie war jahrelang mißhandelt und gefoltert worden. Verbrecher hatten sie zu einer verfügbaren Sache degradiert, sie zu einem willenlosen Wesen abgerichtet.

Ich schaute sie an. Sie war so hübsch und so anhänglich. »Hast du alle meine Briefe bekommen, mein Liebling?« fragte ich sie, »auch die Malkreide?«

Sie nickte und schwieg. Irgendetwas lag ihr auf dem Herzen.

»Was ist mit dir?« wollte ich wissen.

»Wie lange muß ich noch hierbleiben?« kam es nach einer Weile aus ihr heraus. Sie schaute mich erwartungsvoll an.

Was sollte ich ihr sagen? Peter Jansen hatte nur einem Besuch zugestimmt. Daraus Hoffnungen abzuleiten, erschien mir zu früh. »Ich habe eine Überraschung für dich. Du darfst heute mit uns nach Bierstadt fahren. Möchtest du?«

»Ja. Was machen wir dort? Werde ich meine Mama sehen?«

»Nein, deine Mama darf dich nicht sehen. Aber wir werden mit netten Leuten zusammen Kaffeetrinken. Der Mann heißt Peter Jansen und ist ein Kollege von mir, seine Frau heißt Gerda. Sie freuen sich, daß wir kommen. Sie haben drei Jungen, mit denen du spielen kannst!«

Sie rümpfte die Nase. »Jungen sind doof!«

Das war eine normale Reaktion. Ich lachte. »Die Jungen haben das gleiche gesagt, als sie hörten, daß du kommst. Sie haben gesagt: Mädchen sind doof!«

»Haben die einen Hund?«

»Keine Ahnung. Magst du Tiere denn gern?«

Sie nickte, und in ihrem Gesicht spiegelte sich gespannte Erwartung. »Katzen und Hunde und Vögel hab ich sehr gern. Dauert es noch lange? Fahren wir endlich?«

»Moment, wir müssen noch auf Herrn Naider warten. Guck, da kommt er ja!«

Ich sah, wie er sich vor dem Portal freundlich von Frau Dr. Knittering verabschiedete. Sie warf noch einen kurzen ausdruckslosen Blick in unsere Richtung und verschwand.

Wir packten Beates Tasche in den Mietwagen und ließen »Haus Sonnenschein« hinter uns. Erst auf freier Straße zwischen abgeernteten Kornfeldern, die trocken-golden leuchteten, konnte ich durchatmen. Die Atmosphäre in diesem Kinderheim hatte sich beklemmend auf meine Brust gelegt.

Eine Familie bekommt Zuwachs

Die drei kleinen Jansens namens Arne, Ole und Thorsten fanden Beate dann doch nicht so doof. Thorsten, der älteste, spielte sogar Kavalier und gab Beate zur Begrüßung brav die Hand. Und Gerda Jansen ließ versonnen ihren Blick über Beate schweifen. Ich hatte das Gefühl, daß die Sache prima lief. Sogar ein kleiner Köter namens August war da, ganz wie Beate es sich erträumt hatte. Die Kinder spielten unbefangen miteinander. Ein schönes Bild!

»Na siehst du«, sagte ich zufrieden zu Jansen, »die Kleine paßt doch prächtig zu euch. Oder? Was denkst du?«

»Wir können es versuchen, wenn Gerda ja sagt! Und wenn ich sie so ansehe, dann weiß ich, daß sie ja sagt.«

»Super! Agnus, was muß da jetzt bürokratisch passieren, damit Beate hier bleiben kann?«

»Ich kümmer mich darum. Sie müssen nur bestätigen, daß Sie sich als Pflegefamilie bewerben. Ich als Amtsvormund befürworte Ihre Bewerbung, und wir können Beates Sachen aus dem Heim abholen.«

»Und wenn die Eltern ihr Kind wiederhaben wollen?«

»So, wie der Fall liegt, wird ihnen das Sorgerecht für immer entzogen. Der Vater wandert sowieso für die nächsten Jahre in den Knast. Die Mutter kriegt ihre Strafe zwar auf Bewährung, doch sie ist labil und für die Erziehung eines Kindes ungeeignet.«

Gerda Jansen hatte sich zu uns gesetzt. »Braucht Beate noch psychotherapeutische Betreuung?« wollte sie von Lämmchen wissen.

»Wenn Sie normal und liebevoll behandelt wird, glaube ich nicht, daß das nötig ist. Aber das Jugendamt, in dem Fall also ich, beobachtet die weitere Entwicklung des Kindes und wird, wenn nötig, eingreifen.«

Der Tag ging harmonisch zu Ende; das war einem Tag in der letzten Zeit selten passiert, der es mit mir zu tun gehabt hatte.

Ein kleiner Trick und viele Beweise

Ich mußte der Heimvolkshochschule einen Besuch abstatten. Hier wurden nicht nur harmlose Seminare abgehalten und Nachwuchspsychologen gedrillt. Mein Hauptverdächtiger war Chef des Trägervereins dieser Einrichtung, die – anerkannt und gemeinnützig – sogar mit öffentlichen Geldern gefördert wurde. Eine perfekte Tarnung! Irgendwo in diesem Haus lag die Schaltzentrale eines Kinderporno-Konzerns, der mit seinen verbrecherischen Schweinereien Millionen machte.

Für dieses Unternehmen brauchte ich Agnus Naider. Er kannte die Räume, und – was viel wichtiger war – der Institutsleiter kannte ihn, denn er hatte dort Vorträge gehalten.

Doch die Chance, daß wir ungestört die Räume nach Pornofilmen und Lolita-Magazinen durchsuchen durften, war trotzdem gleich Null. Wir konnten schließlich nicht nachts dort einbrechen und das Heimleiterehepaar knebeln und fesseln.

»Im Keller gibt es mehrere Büroräume, die ich nur mal kurz gesehen habe«, gab Lämmchen bekannt. »Einen Blick hab ich mal hineingeworfen, und das mehr aus Versehen. Regale mit Aktenordnern und verschließbare Stahlschränke. Irgendwie dunkel und komisch.«

Ob das so sonderbar war, bezweifelte ich. Lämmchen

sah die Chance, etwas ganz Aufregendes zu erleben, und schnitt gewaltig auf. »Wieviele Personen arbeiten in dem Heim? Außer diesem Hausvater und seiner Frau?«

»Nur ein paar Praktikanten und pädagogische Mitarbeiter. Harmlose Leute. Doch der Hausvater hat Argusaugen. Den reinzulegen, ist nicht leicht. Haben Sie schon eine Idee?«

»Klar«, prahlte ich, »wir gehen die ganze Chose offen an, wir spielen mit offenen Karten.«

»Versteh ich nicht. Einfach hineinspazieren und die Beweismittel rausholen? Das klappt nie und nimmer!«

»Ganz so offen nun auch nicht. Ein kleiner Trick ist schon dabei, aber nur ein klitzekleiner.«

Ich erklärte ihm meinen Plan, und er bekam runde Kinderaugen, mit denen er mich anhimmelte. »Toll, wirklich ganz toll«, bewertete er.

»Nun mal nicht so heftig«, stoppte ich ihn, »wer weiß, ob die drauf reinfallen.«

Zum Glück spielte Peter Jansen mit. Er konnte schon immer gut Stimmen nachmachen, zumindest so gut, daß es fürs Telefon reichte. Ich mimte die Vorzimmerdame in der Klinik von Dr. Ellenbogen und kündigte dem Hausvater ein Gespräch mit dem Herrn Professor an. Dann war Jansen an der Reihe. Er stellte den Besuch von Herrn Naider in Aussicht: »Den kennen Sie ja, so ein großer Blonder, lassen Sie sich aber zur Sicherheit seinen Ausweis zeigen! Und da kommt noch eine Dame mit, deren Name nichts zur Sache tut.«

Jansen spielte brillant, auch wenn ihm vor Aufregung die Schweißperlen auf der Stirn standen. Er gab seiner Stimme den befehlenden Ton, auf den deutsche Hausmeister abfahren.

»Und Sie, mein lieber Kowalke, geben dem Herrn alle Schlüssel zu allen Räumen. Ich wiederhole: zu allen Räumen. Kümmern Sie sich nicht weiter um die beiden, die wissen schon, was sie tun müssen. Nehmen Sie dann die Schlüssel wieder an sich und vergessen Sie die Sache. Und, Kowalke, behindern Sie die beiden nicht bei ihrer

Arbeit. Die Sache ist lebenswichtig – auch für die Existenz der Einrichtung und Ihren Job. Und – noch was, die beiden legen Ihnen eine Liste vor mit den Sachen, die sie mitnehmen. Papiere, Filme und ähnliche Sachen. Herr Naider wird Ihnen ganz genau aufschreiben, um welche Sachen es geht, und Sie quittieren die Liste bitte.«

Jansen stockte, er war genial. Kowalke fragte irgendwas. Jansen schnarrte ihn durchs Telefon an: »Keine Fragen, Kowalke. Je weniger Sie wissen, um so besser ist es für Sie. Aber beruhigen Sie sich, hier passiert nichts Verbotenes, mein Anwalt ist über alles informiert und hat mir geraten, so zu handeln. Erklärungen meinerseits folgen. Und nun, warten Sie ab. Bleiben Sie im Haus, die beiden werden in etwa anderthalb bis zwei Stunden bei Ihnen sein.«

Jansen legte den Hörer auf. Er atmete schwer. »Ihr macht Sachen mit mir«, beklagte er sich, »ich war mal ein ehrlicher, aufrechter Schreiberling, der nie krumme Touren gedreht hat. Bis ich die Bekanntschaft einer gewissen Dame mit roten Haaren gemacht habe.«

»Krumme Zeiten erfordern krumme Touren«, tröstete ich ihn. »Es wird schon alles gut gehen. Hoffentlich ruft Ellenbogen nicht zufällig bei diesem Kowalke an, oder umgekehrt. Dann erwartet uns ein Erschießungskommando, wenn wir im Teutoburger Wald eintrudeln.«

»Das Glück ist mit den Naiven«, beruhigte uns Jansen, »los, ihr beiden Dilettanten, seht zu, daß ihr dahin kommt. Wenn ihr euch in sechs Stunden nicht bei mir meldet, schicke ich die Polizei in das Heim. Die werden dann zwar nur noch eure zerschundenen Leichen finden, aber es kann euch keiner nachsagen, daß ihr nicht für das Gute in der Welt gekämpft habt.«

Naider strahlte. Die Aussicht auf ein Abenteuer, in dem er die Hauptrolle spielen sollte, ließ ihn aufblühen.

Wir starteten. Ich trat auf das Gaspedal, in meiner Tasche lag die Gaspistole, mit der ich bei Herrn Bartusch letztens so erfolgreich gewesen war. Die Autobahn Richtung Bielefeld war nach dem Kamener Kreuz fast leer, der

Mietwagen schnurrte. Hier die Ausfahrt, blinken und runter. Lämmchen sprach nicht viel, er bereitete sich wohl mental auf die folgenden Ereignisse vor.

»Agnus, Sie müssen selbstbewußt auftreten. Rotzfrech, wenn der Kerl Probleme macht. Ich kann zuerst nicht eingreifen, denn ich bin ja nur eine untergeordnete Maus. Also, ob wir in die Räume kommen, hängt nur von Ihnen ab. Behalten Sie bloß die Nerven!«

»Ich weiß. Die Sache klappt aber.«

»Na, hoffentlich.« Er schien die Ruhe in Person zu sein, pfiff sogar noch ein munteres Liedchen vor sich hin.

Kowalke steht stramm

Grün, wohin das Auge blickte. Der Wald hörte überhaupt nicht mehr auf. Schließlich ein Schild, es ging rechts den Berg runter. Da war das Haus, hell und freundlich, mit Blumenkästen und adretter Gartenarchitektur.

Selbstbewußt und zügig fuhr ich das Auto direkt vors Portal. Kowalke hatte uns bereits durchs Fenster gesichtet. Beflissen kam er rausgelaufen.

»Sie sind Herr Naider«, stellte er fest, dann sagte er zu mir: »Ach ja, die Dame.«

Er drehte sich um und schob seinen kleinen, muskulösen Körper auf kurzen Beinen die Treppen hoch.

»Kommen Sie, ich habe schon alles vorbereitet!«

In seinem Büro überreichte er uns jede Menge Schlüssel. Lämmchen sagte in tadelndem Ton zu Kowalke: »Haben Sie nicht etwas vergessen, Herr Kowalke?«

Der kapierte nichts. Hatte aber trotzdem gleich ein schlechtes Gewissen.

»Hier, mein Ausweis. Ich sollte mich doch ausweisen, haben Sie das vergessen?«

»Aber ich kenne Sie doch, Herr Doktor«, sagte er verlegen.

»Ist schon gut, Herr Kowalke, der Herr Professor weiß ja schon, auf wen er sich verlassen kann. Sind das alle Schlüssel? Auch die für die Kellerräume?«

»Alle sind dabei. Die für unten haben ein blaues Schild. Soll meine Frau Ihnen noch einen Kaffee machen?«

»Danke, sehr freundlich, Kowalke. Aber – wir haben nicht viel Zeit. Die Sache muß schnell geregelt werden.«

Kowalke guckte verständig. »Kann ich mir denken. Wohl was mit der Steuer oder so?« Er lächelte verstohlen.

»Das haben Sie gesagt, Kowalke«, entgegnete Lämmchen, der seine Rolle immer mehr mit Leben ausfüllte. »Aber jetzt hurtig. Ich finde Sie gleich in Ihrem Büro, wegen der Quittung?« Der Hausvater nickte beflissen.

Wir gingen sofort runter in den Keller. Es waren insgesamt drei Schlüssel für drei Räume. Ich hatte einen Block gezückt und die Gaspistole in die Tasche meiner Jacke bugsiert. Beulte zwar, aber man konnte nie wissen, welchen Gefahren wir in diesen unsicheren Zeiten ausgesetzt sein würden.

Naider steckte den ersten Schlüssel ins Schloß, die Tür klickte auf. Wir knipsten das Licht an. Eine Art Lager für abgelegte Akten, so schien es auf den ersten Blick. Regale bis unter die Decke.

Ich packte wahllos einen Ordner und schlug ihn auf. Rechnungen für Anzeigen, sauber abgeheftet. Rechnungen für Fotoserien mit den Bezeichnungen: *Bunte Palette* oder *Lolitas am FKK-Strand*.

Wir hatten gefunden, was wir suchten!

Neben den Akten stapelweise Kinderporno-Hefte. Druckfrisch, noch mit Plastikfolie umhüllt. Verschiedene Ausführungen. Harmlosere wie die Nudisten-Hefte, in denen kleine Mädchen und Jungen nur mit einem Schüppchen und einem Eimer bekleidet in den Dünen spielen, aber auch die harten Sachen: Männer und Kinder beim Geschlechtsverkehr. Ich hatte schon so viel von dem Zeug gesehen, doch mir wurde immer noch schlecht bei dem Anblick.

Ich packte ein paar Hefte in meine Aktentasche, in der auch noch einige Plastiktüten verstaut waren. Den Vertrieb hatten wir schon mal gefunden. Irgendwo mußte es noch eine Kundenkartei geben.

Ich war nervös, konnte an unser Glück nicht glauben, gleich einen Volltreffer gelandet zu haben. »Los, Agnus, das reicht noch nicht. Gehen wir in den nächsten Raum!«

Hier war das Büro untergebracht. Der Computer stand schweigend und schön und regungslos und schaute uns an. »Können Sie damit umgehen?« fragte mich Naider. Dasselbe hatte ich ihn auch gerade fragen wollen.

»Brauchen wir nicht anzuwerfen, das Ding«, antwortete ich, »dazu fehlt es an Zeit. Wir nehmen einfach einige Disketten mit. Die hier zum Beispiel.«

Kunden NRW stand auf einer und *Abonnements BRD* auf einer anderen. Ich steckte die Dinger ein. Die Polizei würde sie später knacken müssen.

»Und was ist das hier?« fragte Naider und kam aus der hinteren Büroecke mit einem Holzkasten angetrabt. Wir klappten ihn auf: Namen und Adressen oder Namen und Postfächer. Dazu Hinweise, in welchen Akten die jeweiligen Briefe und Anliegen der Kunden abgeheftet waren. Nicht alle in diesem Büro hatten allein der neuen Bürokommunikation getraut, sondern sich für alle Fälle noch einen Holzkasten angelegt.

Ich griff die Karteikarten und schmiß sie in den Plastikbeutel. Bisher war es verdammt einfach gewesen. Zu einfach.

»Los, weiter!« Ich drängelte, denn fünfzehn Minuten waren wir sicher schon hier unten. Der dritte Raum hatte mit Film zu tun. Es war kein Filmstudio, sondern ein Filmschnittplatz. Ich hatte so etwas, nur größer und noch komplizierter, in einer Fernsehanstalt gesehen. Hier konnten Filme kopiert, Bilder aneinandergeschnitten, mit Ton unterlegt und anschließend zusammengemischt werden. In den heimischen Wohnzimmern oder asiatischen Absteigen wurde das Rohmaterial gedreht und hier so zusammengebastelt, daß es einigermaßen professionell aussah.

Ich packte die Kassetten ein, die ich greifen konnte. Jetzt reichte es. Wir hatten so viel Dusel gehabt, daß die Glückssträhne bald vorbei sein mußte. Jetzt noch die Aktion mit Kowalke. Irgendwie mit ein paar flotten Sprüchen an ihm vorbei!

Wir gingen die Treppen hoch, und Kowalke saß brav in seinem Büro und guckte fern.

»Das ging schneller, als wir dachten, Herr Kowalke«, sagte ich freundlich zu ihm und legte die Kassetten auf seinen Schreibtisch. »Ich mache eben die Liste fertig.«

Ich setzte mich und schrieb: Filmkassette 1 mit dem Titel *Wenn der Vater mit dem Sohne*, Filmkassette 2 *Süße Lippen, enger Schoß* und so weiter. Der Kugelschreiber in der Hand sträubte sich bei diesen Titeln. Ich notierte drei Aktenordner-Inhalte und die Magazine. Die Disketten erwähnte ich nicht, die lagen gut verwahrt im Dunkel meiner Handtasche.

Naider unterhielt sich derweil mit Kowalke übers Fernsehprogramm. Prima Ablenkung. Als Kowalke über die Gewalt im Fernsehen schwafelte und gerade anhub, die Gewinn- und Spielshows der Privaten in den Himmel zu loben, klingelte das Telefon. Irgendwie klang es böse.

Ich bemühte mich, nicht aufzuspringen und zu verduften. Nur die Ruhe bewahren. Ich warf Naider einen hilflosen Blick zu. Der aber hatte sich auf Kowalke konzentriert.

»Augenblick, bitte!« sagte Kowalke zu Naider und hob den Hörer ab. »Guten Tag, Frau Engler … Nein, der Professor ist nicht da … Ja, es ist eine Menge Post für die Druckerei angekommen … Nein, keine Sorge, liegt wie immer im Tresor … Sie kommen morgen nicht? … Nein, Sie wissen doch, daß die Sachen bei mir sicher sind, wegen der Schecks und dem Bargeld in den Briefen, ja, natürlich. Oder soll ich die Post dem Herrn Naider mitgeben, der ist gerade hier?«

Kowalke blickte hoch und lauschte gebannt der Stimme von Frau Engler. Sein Gesicht nahm einen leicht überforderten Ausdruck an.

»Wissen Sie nichts von? Ich habe heute selbst mit dem Herrn Professor telefoniert … Sie wollen Herrn Naider sprechen? … Ja, das geht, er steht gerade hier.«

Er reichte Naider den Hörer. Ich krampfte die Hände um die Plastiktüte. Ich hörte nicht, was Frau Engler sagte, aber Naider entgegnete gelassen und heiter: »Ist auch vertraulich, Frau Engler ... Ja, ich verstehe, daß Sie sich übergangen fühlen, der Professor wird aber vielleicht seine Gründe haben. Die Post bringe ich Ihnen selbstverständlich gern mit ... Ja, Herr Kowalke wird sicher nichts dagegen haben ... Auf Wiederhören, liebe Kollegin.«

»Alles in Ordnung, Herr Kowalke, der Herr Professor wollte Frau Engler nicht beunruhigen, ihre Nerven sind ja nicht die besten, Sie verstehen?«

Kowalke verstand. »So, jetzt geben Sie uns noch die Post, und dann verschwinden wir auch schon und überlassen Sie Ihrem Feierabend«, forderte Naider kaltblütig und dreist.

Kowalke zögerte einen Augenblick, dann siegte die Gewöhnung an die Prinzipien Befehl und Gehorsam. Er ging zum Tresor und holte einen Stapel Post heraus. Neue Kundenpost für den Kinderporno-Club. Sozusagen der Höhepunkt unserer heutigen Recherchen.

»Ich habe alles aufgeschrieben, Herr Kowalke«, sagte ich zu ihm. Meine Stimme hatte einen gelassenen Klang, obwohl meine Nerven vibrierten wie eine Hochspannungsleitung, »zählen Sie die Kassetten bitte durch und vergleichen Sie die Titel. Damit alles seine Ordnung hat. Sie wissen ja, ohne Ordnung läuft nichts!« Ich plapperte drauflos, um den Mann vom Nachdenken abzuhalten.

»Ich glaube Ihnen auch so«, meinte er und unterschrieb die Liste. »Ich will gar nicht so genau wissen, was ... außerdem kommt gleich das 'Glücksrad', da gibt es wieder eine Menge zu gewinnen.« Ich dankte den Privatsendern im Stillen für ihre harmonisierende Wirkung auf das menschliche Verhalten. Kowalke drehte die Glotze an und geriet in Katzenfutter-Reklame.

»Dann wollen wir Sie nicht weiter stören«, rief ihm Naider zu. »Auf Wiedersehen und vielen Dank!«

Wir waren schnell aus der Tür und im Auto. Mit zitternden Händen bekam ich den Schlüssel ins Zündschloß.

Mit quietschenden Reifen auf die Straße und ab durch den Wald.

»Das kann alles nicht wahr sein«, sagte ich ungläubig, »das war der Volltreffer des Jahrhunderts! Und die lassen uns mit dem Beweismaterial einfach so wegfahren. Soviel Dusel kann nur ich haben.«

»Wir!« korrigierte Lämmchen. »Ich hatte ja wohl die Hauptrolle in dem Kriminaldrama eben.«

Recht hatte er. »Sie waren große Klasse«, pflichtete ich ihm bei, »ich hätte Ihnen das gar nicht zugetraut. Einsame Spitze war das. Und das Telefonat mit der Engler ... was hat die denn wirklich am Telefon gesagt?«

»Daß Sie den Professor sofort über mein unbefugtes Eindringen unterrichten würde. Mehr nicht. Der Rest des Gesprächs war ein Monolog, denn die Frau hatte schon längst aufgelegt, während ich noch weiter mit ihr sprach.«

Ich war hingerissen. »Kaltblütig und ausgebufft!«

»Ich bin vielleicht nicht der, für den Sie mich halten, Maria«, gab er zu bedenken und rückte näher. »Vielleicht würde es sich doch lohnen, mich näher kennenzulernen.«

Ich spürte seinen sauren Atem und überhörte den Vorschlag. »Immerhin wissen wir jetzt, daß Frau Engler auch mit drinhängt«, lenkte ich ab, »jetzt ist auch klar, warum sie die Akte wollte, warum sie Sie beschuldigt und warum sie sich mit Ellenbogen getroffen hat. Das Bild wird klarer. Sie hängt mit drin bei der Vermarktung der Kinderpornos. Die Frage ist nur, warum sie so etwas tut? Können Sie mir das sagen, Agnus?«

»Frau Engler ist eine psychisch labile Persönlichkeit. Das muß Ellenbogen wohl erkannt haben.«

»Und Laura? Was hat sie an ihm gefunden?«

Er schwieg verletzt. Er wollte nicht an Laura erinnert werden. Die Frau, die ihn hatte abblitzen lassen. Die ihn und seine romantischen Gefühle verlacht hatte. Er ist ein Romantiker, dachte ich, vielleicht der letzte in diesem Jahrhundert. Immer auf der Suche nach der »blauen Blume«, die es nirgendwo gibt. Doch – war diese Haltung nicht nur eine Flucht? So vermied er es, der Realität ins

Auge zu sehen. Doch andererseits spielte er die Rollen, die von ihm erwartet wurden, willig und gekonnt. Der Coup, den wir gerade gelandet hatten, war das beste Beispiel dafür. Agnus Naider war ein Rätsel, doch ich wollte es nicht lösen.

Der Rest der Fahrt verlief ruhig. Wir hatten uns beide verausgabt, die Nerven brauchten eine Pause. Auf den Arm wollte er zum Glück nicht mehr.

Dr. Schnösel macht durch uns Karriere

In der Redaktion wartete ein kribbeliger Peter Jansen. Immerhin waren wir noch voll in der vereinbarten Zeit, hatten komplettes Beweismaterial im Auto, und alles war glatt verlaufen. Bis auf den Anruf von Frau Engler, sie würde bestimmt ihren Herrn Professor informieren, daß im Teutoburger Wald etwas im Gange war. Was soll's, dachte ich, wir hatten alles, was wir brauchten, um eine heiße Story zu schreiben. »Bierstädter Institut als Tarnung für einen Kinderporno-Ring« – ich sah die Überschrift schon vor mir. Oder: »Angesehener Bierstädter Mediziner als Kinderporno-König entlarvt«.

»Na, endlich! Ich saß wie auf heißen Kohlen«, meinte Jansen und schaute uns erwartungsvoll an. »Alles in Ordnung?«

Ich nickte, packte die Plastiktüte, räumte sie aus und spielte Weihnachtsfrau. Die Videokassetten auf die rechte Seite des Tisches, die Magazine in die Mitte, die ungeöffnete Post und die Disketten häufte ich zuletzt aufeinander.

»Hier hast du alles, was wir brauchen, um den Laden und den Verein hochgehen zu lassen. Und Ellenbogen gleich mit!«

Jansen blickte gebannt auf unsere Beute. Ich berichtete kurz und knapp, was sich ereignet hatte. Auch, daß Ellenbogen inzwischen durch Frau Engler von unserem Besuch im Institut erfahren haben mußte.

»Laß mich den Dreck mal ansehen«, sagte Jansen, nahm

mit spitzen Fingern den Film *Wenn der Vater mit dem Sohne* und steckte ihn in den Videorekorder. Das Gerät konnte sich nicht dagegen wehren.

Der Streifen startete mit strammer Marschmusik, und auf der Mattscheibe erschien der erfundene Name des sogenannten »Regisseurs«. Danach folgte der Hinweis, daß die Kassette nur für den privaten Gebrauch bestimmt sei.

Dann die Handlung: Trautes Heim mit Vertiko, Schrankwand und Clubgarnitur. Familie beim Kaffeetrinken. Nach dem Genuß eines staubtrockenen Streuselkuchens ging Mutter spülen, und Vater beschäftigte sich mit dem kleinen Sohn. Was sich dann bei schummriger Beleuchtung auf einem alten Sofa abspielte, hatte mit herkömmlichen Erziehungsmethoden nichts mehr zu tun. Dialoge wurden nicht geführt, die untergelegte bayerische Volksmusik gab dem Werk eine fast lächerliche Note.

Peter Jansen starrte fassungslos auf die Mattscheibe und stammelte: »Unglaublich! Und sowas darf bei uns verkauft werden?« Angeekelt drückte er die Stop-Taste.

Er griff zu einem anderen Film: *Süße Lolitas am FKK-Strand*. Vertriebspreis: 400 Mark. Die Einstiegsdroge für Pädophile, denn die »Lolitas« wurden in den Magazinen als »interessant für Anfänger« angepriesen.

Doch auch in diesem Streifen wurden die Grenzen einer harmlos betriebenen Freikörperkultur bereits überschritten: Kleine Mädchen hüpften splitternackt durch einsame Dünen und mußten sich der Kamera entsprechend präsentieren. Mit Sonnenöl einreiben und sich gegenseitig streicheln. Die Kinder waren keine Anfängerinnen mehr. Der Originalton fehlte, das Ganze war mit einer sterilen Meer- und Wellen-Atmosphäre unterlegt.

Jansen hatte genug von dem Zeug. »Pfui Teufel«, sagte er, »ekelhaftes Zeug.«

»Und was passiert jetzt?« fragte ich.

»Es geht kein Weg mehr dran vorbei«, meinte er nachdenklich und schüttete übrig gebliebenen kalten Kaffee in sich hinein, »wir müssen Kommissar Zahlmann informieren.«

»Warum das denn?« Ich war entsetzt. Die würden uns bestimmt die schöne Story kaputt machen. Von den dummen Fragen ganz abgesehen.

»Maria«, beschwor er mich, »um die Sache richtig rund zu kriegen, brauchen wir die Polizei. Die müssen sofort in den Teutoburger Wald und den Rest der Sachen beschlagnahmen. Das können wir ja nicht selbst machen, denn Journalisten haben keine Polizeigewalt. Diese Frau Engler hat Ellenbogen aufgeschreckt, der weiß oder ahnt zumindest, was gelaufen ist. Glaubst du, der läßt die Beweise dort liegen?«

»Aber dieser Kowalke hat uns doch alles so schön quittiert.«

»Na und? Dann behauptet er eben, daß ihr ihn gezwungen habt zu unterschreiben oder irgend so etwas! Du weißt doch, was sich Anwälte alles so ausdenken. Nein, wir brauchen die Polizei! Und zwar so bald wie möglich!«

»Peter! Wie willst du den Bullen klar machen, daß wir einfach ins Institut marschiert sind und die Sachen herausgeholt haben? Ohne Legitimation! Naider und ich kriegen Schwierigkeiten, wenn wir auspacken müssen ...« Mir war gar nicht wohl in meiner Haut. Nicht alle Behörden hatten etwas für unkonventionelle Recherche-Methoden übrig!

»Das regele ich schon! Irgendwas fällt mir ein! Immerhin kriegen die von uns eine Geschichte präsentiert, die ihr Image aufpoliert! Kinderpornoring aufgeflogen — Bierstädter Kripo schlägt zu, oder so ähnlich. Der Polizeipräsident liebt solche Schlagzeilen ... endlich mal was anderes als Drogenkriminalität oder wildgewordene Fußball-Fans. So was schmückt, und zwar gewaltig.« Jansen griff zum Telefonhörer. Er war entschlossen.

»Und was meinen Sie?« fragte ich Agnus Naider, der unserem Dialog unbeteiligt gelauscht hatte.

»Ich bin auch dafür, die Polizei zu informieren. Ohne Polizei kriegen wir Ellenbogen und seine Kumpane nie. Und wenn sein Stern erst mal sinkt, dann gibt er vielleicht auch den Mord an Laura zu.«

Da hatte er recht. Schreiben und bestrafen – das waren zwei unterschiedliche Dinge. Die Story lief uns nicht weg, würde vermutlich sogar zu Fortsetzungsgeschichten taugen, wenn es zu Festnahmen oder Hausdurchsuchungen käme.

»Dann laßt uns doch wenigstens noch in die Post gucken«, bat ich und griff zu dem Stapel ungeöffneter Briefe. Ich hätte so gern gewußt, wer was bestellt hatte und wie weit der Kinderporno-Ring in der Szene bekannt war als Lieferant von Filmen und Magazinen.

»Finger weg«, fuhr mich Jansen an, »Postgeheimnis gilt auch für Schweine. Die Polizei wird sich die Briefe schon angucken, darauf kannst du Gift nehmen! Unsere Geschichte steht auch ohne die Kunden. Die Namen können wir sowieso nicht bringen, selbst wenn der Erzbischof darunter wäre. Datenschutz heißt das Gesetz, das du in deiner Neugier immer so gerne mißachtest! Ich denke da an eine gewisse Akte ...«

»Was denn nun? Postgeheimnis oder Datenschutz?« maulte ich. »Das mit der Akte war eine Art Notwehr oder Mundraub. Aber ein paar kleine Briefe können wir doch öffnen, es weiß doch keiner, daß ich das war?«

Jansen legte das Briefbündel beiseite, außerhalb meiner Reichweite. Dann bat er: »Maria, sei lieb und koch uns einen schönen Kaffee. Das kannst du so gut wie keine andere Frau. Und ich rufe jetzt Herrn Zahlmann von der Kripo an.«

»Der ist doch gar nicht mehr im Dienst ...«

»Dafür gibt es dieses schöne große gelbe Buch mit den vielen Nummern drin. Hier, das muß er sein. Friedel Zahlmann.«

Er wählte die Nummer. Hoffentlich war er nicht zu Hause! Doch, er war. Jansen schilderte ihm den Fall so lang wie nötig und so kurz wie möglich. Zahlmann war offenbar interessiert und ein Schnellmerker, denn das Telefonat dauerte nicht lange.

»Der bringt gleich den Staatsanwalt mit«, meinte Jansen, als er den Hörer aufgelegt hatte. »Guter Mann, dieser

Hauptkommissar. Hat nicht viel wissen wollen, nur das Allerwichtigste.« Wir warteten also. Meine innere Aufregung legte sich, ich begann mich zu entspannen. Naider hatte das Kaffeekochen übernommen und schleppte die Kanne an, und ich atmete den duftenden Kaffee ein. Schön! Ich trank und genoß es, mir den Mund zu verbrennen. Heute würde alles gut werden. Peter Jansen war zwar kein brillanter Schreiber, aber er war jemand, auf den ich mich verlassen konnte.

Jansen stellte das Radio an. Ein Mann jammerte über Spuren im Sand, die er niemals mehr fand.

»Dreh dem Kerl den Hals um!« verlangte ich. Dieses Gesülze, wo sich Liebe auf Triebe reimt, Morgen auf Sorgen und Sonne auf Wonne!

Jansen drehte den Knopf weiter. Der nächste Sender verkündete jede Menge Verkehrshinweise und meldete einen Geisterfahrer. »Fahren Sie bitte ganz rechts und überholen Sie nicht!« Auch nicht das Programm für späte Stunden.

Ich blickte auf ein Lolita-Magazin. *Liebe mich, mein kleines Biest* stand drauf. Alle sprachen immer von Liebe, in schnulzigen Schlagern genauso wie bei perversen Verbrechen. Armes Wort »Liebe«, totgeredet, totgeschworen, totgedichtet und totgesungen.

Hauptkommissar Friedel Zahlmann tauchte zusammen mit einem jungen Schnösel auf, den er als Staatsanwalt Dr. Sowieso vorstellte. Lange konnte der noch nicht im Job sein, dazu war er zu jung. Als Peter Jansen mit der Story begann, nahm der Schnösel die Brille ab und putzte sie. Ich hatte nicht den Eindruck, daß er begriff, um was es ging. Nach zehn Minuten war alles erzählt.

»Dann sind Sie beide also in diese Einrichtung gefahren und haben eigenmächtig, ohne Durchsuchungsbefehl, Beweismaterial mitgenommen, ohne die Behörden vorher zu informieren?« fragte der Staatsanwalt ungläubig in meine Richtung.

Ich nickte. »Genau so, war es«, gab ich zu, »wenn wir gewußt hätten, daß die Sache ein Volltreffer werden würde, wären wir mit der Polizei hingegangen. Es war ja zuerst nur ein Versuch. Aufgrund eines vagen Verdachtes – mehr hatten wir ja nicht – wäre kein Polizist aktiv geworden.«

Meine Erklärungen überzeugten ihn nicht, denn er wurde ärgerlich. »Woher wollen Sie denn wissen, in welcher Geschwindigkeit die Ermittlungsbehörden arbeiten?« blaffte er mich an.

Ganz schön frech, der Lackaffe, dachte ich. Jansen warf mir einen warnenden Blick zu, den ich übersah.

»Was regen Sie sich so auf? Wir servieren Ihnen den Fall doch sozusagen mundgerecht! Die ganze Arbeit ist bereits getan!« stellte ich klar. »Die Sachen, die wir mitgenommen haben, haben wir uns sogar quittieren lassen. Mit Titeln und so. Sie müssen jetzt nur noch hin, das restliche Material beschlagnahmen, die Leute kassieren, eine kleine Anklageschrift verfassen, und schon sind Sie auf Ihrer Karriereleiter ein paar Zentimeter weiter nach oben geklettert.«

»Meine Karriere lassen Sie mal meine Sorge sein«, gab der Schnösel zurück. Auch er konnte giften.

Peter Jansen mischte sich ein: »Ich hab ja nichts gegen ein kleines Wortgefecht, aber sollten wir nicht mal was unternehmen?« Seine Einlassung hatte etwas Flehentliches.

»Ich werde sofort einen Durchsuchungsbefehl beantragen. Herr Zahlmann, rufen Sie doch Ihre Kollegen in Bielefeld an, daß die sich schon mal auf den Weg in den Teutoburger Wald machen. Sie sollen aufpassen, daß kein Beweismaterial beiseite geschafft wird. Niemand darf das Haus verlassen, bis wir eingetroffen sind. Ich werde jetzt den Richter im Bereitschaftsdienst aufsuchen und mit ihm über den Durchsuchungsbefehl reden. Und dann können wir los.«

»Und in wieviel Stunden wird das sein?« wollte ich wissen. »Das geht schneller, als Sie es sich vorstellen können«, gab der Staatsdiener mit Doktortitel zurück und guckte mich mißbilligend an. Ich war offenbar nicht sein Typ. Nun ja, ich kann nicht alles im Leben haben.

»Und was ist mit einem Haftbefehl gegen Herrn Dr. Ellenbogen?«

»Haftbefehl gegen den Professor? Ich denke nicht daran. Wir müssen erst einmal ermitteln, ob er damit überhaupt etwas zu tun hat. Ich mache mich doch nicht lächerlich! Bevor die Staatsanwaltschaft jemanden beschuldigt, wird erst einmal gründlich recherchiert. Nicht so, wie das bei Ihnen üblich zu sein scheint. Wenn wir Beweise finden, daß dieser Arzt an der Sache beteiligt war oder nur von ihr gewußt hat, dann kommt er schneller in U-Haft, als ihm lieb ist. Ermittlungsbehörden sind angehalten, sorgfältig zu arbeiten, im Gegensatz zu Journalisten.«

Jansen warf mir erneut einen warnenden Blick zu. Die Replik blieb mir auf der Zunge liegen.

Der Schnösel stand auf und räumte unsere Kassetten und Magazine zusammen. Die Kundenkartei weckte sein spontanes Interesse. »Ich habe hier noch Computer-Disketten«, gab ich zu und kramte sie aus meinem Beutel, »die Kunden im In- und Ausland – so sind sie gekennzeichnet.«

Dr. Schnösel griff zu und machte ein zufriedenes Gesicht. »Sehr gut«, meinte er dann, »wenn die Beweise einer Überprüfung standhalten ...« Er schwieg. Die Aussicht auf einen »dicken Fisch« verschlug ihm die Sprache.

Zahlmann tat derweil seinen Job, telefonierte, gab kurze und knappe Anweisungen. Dann rief er im Polizeipräsidium an und verlangte den Präsidenten zu sprechen. Der war noch da, denn er gab gerade einen kleinen Empfang in seinem Büro. Zehnjähriges Jubiläum. Einige Gäste waren wohl auch noch da, denn durch den Hörer kamen Stimmen.

Würde mich nicht wundern, wenn Herr Professor Ellenbogen auch unter den Gästen weilen würde, dachte ich spontan.

Zahlmann informierte ihn von der geplanten Aktion, ging aber nicht in Einzelheiten, nannte keine Namen und sagte schließlich: »Jawohl, Herr Präsident! Morgen um elf bei Ihnen im Zimmer.«

Er und der Staatsanwalt marschierten zur Tür. Jetzt lag die Sache in ihrer Hand.

»Vermasseln Sie die Sache nicht!« wünschte ich den beiden.

Doktor Schnösel drohte: »Wenn die Geschichte vorbei ist, dann werde ich Ihre merkwürdigen Ermittlungsmethoden einer strafrechtlichen Überprüfung unterziehen!«

Die Tür knallte. Mit dem hatte ich es gründlich verdorben.

»Arroganter Wichser«, knurrte ich.

Jansen blickte flehend gen Himmel. »Dein Temperament bringt uns alle noch mal ins Gefängnis«, klagte er, »hättest du nicht etwas verbindlicher sein können? Mußt du immer gleich alles sagen, was dir in den Sinn kommt?«

»Hört alle auf! Ich bin fertig mit den Nerven. Alle nörgeln nur an mir herum!«

Wenigstens Agnus Naider beteiligte sich nicht daran. Er saß auf einem Stuhl, hatte die Beine auf einen zweiten gelegt und schlief selig. Sein Mund stand offen, er atmete so, als wolle er gleich anfangen zu schnarchen. Der hatte vielleicht Nerven! Oder hatte er gar keine?

Der Professor läßt die Hosen runter

Jetzt galt es zu warten. An dem Abend und in der Nacht konnten wir nichts mehr tun. Ich war hundemüde. Lämmchen war aufgewacht, und ich bugsierte ihn ins Auto, um ihn zu Hause abzuliefern.

Ich kannte den Weg zu seiner Bude, die in einer Gegend lag, die nicht zur guten Stube der Stadt zählte. Es war stockdunkel, die Straßenfluchten im Bierstädter Norden wirkten bedrohlich. »Wollen wir noch ein Glas Wein oben bei mir trinken?« fragte mich Lämmchen. Fast hätte ich ja gesagt, dachte dann aber an ein dunkles Zimmer mit vermutlich ungespülten Gläsern. Außerdem wollte ich nicht in eine Situation kommen, die er als Anfang einer Beziehung mißverstehen könnte.

»Nein, es ist zu spät«, lehnte ich ab, »ich will nur noch ins Bett und schlafen. Wir sehen uns morgen, ja?«

Er war zufrieden und trottete Richtung Haustür. Komisch! Jetzt wirkte er wieder irgendwie hilflos und lieb, aber ich hatte ihn auch schon kaltblütig und dreist erlebt. Er war ein Rätsel für mich und durfte es auch gerne bleiben.

Ich wollte nicht weiter nachdenken. Ich war froh, als ich die Enge und Beklommenheit der Straßen verließ und zu meiner Wohnung im Grünen fuhr. Viele Häuser zwar auch hier, doch es war alles großzügig angelegt, die Gebäude standen weit auseinander, und es war viel Botanik dazwischen. Ich parkte das Mietauto und benutzte den Aufzug.

Als ich den fünften Stock erreichte, ging das Licht aus. Ich packte in Richtung Lichtschalter und faßte in etwas Weiches. Ich schrie auf, das Licht ging an. Ich hatte den Arm von Prof. Dr. Christian Ellenbogen in der Hand. Er hatte auf der Treppe auf mich gewartet. Er drückte mir eine Pistole in den Magen und zischte: »Los, aufschließen und rein da!«

Der Höhepunkt des Tages kommt erst noch, dachte ich bitter. Ich folgte seinen Anweisungen. Er drückte mich in den Flur und schloß die Tür mit seinem Rücken. Ich machte im Wohnzimmer Licht. Ganz ruhig bleiben, empfahl ich mir.

»Guten Abend, Herr Ellenbogen«, sagte ich, »seit wann machen Sie denn Hausbesuche?«

»Setzen Sie sich da hin«, herrschte er mich an. Seiner smarten Erscheinung fehlte in diesem Augenblick jede Eleganz, sein blondes Haar war strähnig und seine Lippen noch schmaler als sonst. Die Halsschlagader pochte wieder, und das Gesicht war gerötet. Der Maßanzug war leicht verrutscht, die Bügelfalten saßen nicht mehr, und die Knie waren ausgebeult. Er hatte wohl lange auf der Treppe gesessen. Ob ihn jemand gesehen hatte? Die Nachbarn würden sicherlich alle befragt werden, wenn meine Leiche am anderen Morgen gefunden werden würde.

»Was ist im Teutoburger Wald vorgefallen?« wollte er wissen. Die Knarre war noch immer auf mich gerichtet. Ganz ruhig konnte er seine Hand nicht halten, und das war gut so. Ich mußte die Überlegene spielen, die alles im Griff hat, mit jeder Situation spielend fertig wird.

»Darf ich Ihnen etwas zu trinken anbieten?« fragte ich höflich.

»Antworten Sie!« herrschte er mich an.

»Herr Naider und ich haben den Räumen im Keller Ihres Institutes einen Besuch abgestattet«, sagte ich im Plauderton, »und dabei haben wir eine nette kleine Kollektion von Filmen, Fotomagazinen und Fotoserien gefunden. Die haben alle eins gemeinsam: In ihnen wird gezeigt, wie Erwachsene Kinder vergewaltigen und mißbrauchen und das auch noch Liebe nennen. Und eine Adressenkartei und ein paar Disketten für den Computer haben wir auch noch gefunden. Ihr Herr Kowalke, diese treue Seele, hat uns ordnungsgemäß quittiert, was wir mitgenommen haben.«

Ich lächelte ihn an. Er hatte die Hand mit der Waffe sinken lassen. Seine Mundwinkel zuckten. »Wer weiß davon?«

»Die Polizei. Sie ist gerade unterwegs, um den Rest zu beschlagnahmen. Und sie weiß auch, daß Sie der Vorsitzende des Institutes beziehungsweise seines Trägervereins sind. Und der Anruf von Frau Engler ist den Behörden auch bekannt, denn sie hängt ja mit drin, wie Sie wissen.«

»Wird man einen Haftbefehl gegen mich beantragen?«

Die Antwort auf diese Frage würde mein Leben retten, durchfuhr es mich wie ein Blitz, wenn ich jetzt 'nein' sagte, dann würde er mich nicht umbringen. Ich mußte ihm das Gefühl geben, daß er sich noch aus der Sache retten konnte.

Ich schüttelte den Kopf. »Nein, Ihr Name ist nicht gefallen. Von einem Haftbefehl ist mir nichts bekannt, leider. Denn ich persönlich bin überzeugt, daß Sie da mit drin hängen, und zwar kräftig. Aber der Staatsanwalt sieht das leider ganz anders. Er glaubt, daß Ihr guter Name mißbraucht worden ist. Ich konnte ihn leider nicht vom Gegenteil überzeugen.«

Sein Gesichtsausdruck änderte sich. Es hatte geklappt! Er legte die Waffe auf den Tisch, schlug die Hände vors Gesicht und jammerte: »Mein Gott! Ich habe von nichts gewußt, ich bin belogen und betrogen worden. Das müssen Sie mir glauben!«

Eine schlechte Vorstellung, doch er spielte sich warm. Sogar eine Träne quetschte er sich aus einem seiner wasserblauen Augen, diesen Augen, mit denen er kleine Mädchen für seine sexuellen Wünsche abtaxierte!

Bis zur Vernehmung durch die Staatsanwaltschaft konnte er noch viele Male die Rolle des gutgläubigen Biedermanns üben. Irgendwann würde die Rolle dann sitzen. Ich hätte ihn umbringen können, diesen verdammten Heuchler!

»Sie hatten keine Ahnung? Und wer hat den Schwarzen Peter? Wer ist der Boß des Lolita-Zirkels? Vermutlich Herr Kowalke, oder? Der hat das alles ganz allein gemanagt!«

Er blickte mich mit Unschuldsmiene an und sagte mit brechender Stimme: »Ich kann mir vorstellen ... auch wenn ich es kaum zu denken wage, es ist Frau Engler! Bettina Engler!«

»Und warum gerade sie? Warum hat Frau Engler Sie denn informiert, daß Naider und ich im Teutoburger Wald waren? Welchen Grund sollte sie gehabt haben, wenn Sie von nichts wissen?

Er überlegte kurz. »Sie hat mich angerufen, das ist richtig. Sonst wäre ich ja nicht hier. Sie hat ein Geständnis abgelegt und zugegeben, daß alles ohne mein Wissen geschah. Sie war völlig hysterisch am Telefon.«

Seine Tränen waren versiegt, der Blick wieder klar, und die Stimme klang normal. Er trainierte, und ich war seine Sparring-Partnerin. »Und warum soll eine Frau wie Frau Engler sowas tun?«

»Das ist mir ja auch rätselhaft. Sie sagte etwas von Geldproblemen, ganz habe ich sie nicht verstanden, denn sie war völlig verzweifelt.«

»Welche Geldprobleme?«

»Bettina Engler ist spielsüchtig. Fast jeden Abend besucht sie das Casino. Sie hat mich oft um Geld gebeten, und ich habe es ihr gegeben. Aus Mitleid!«

»Mir kommen die Tränen! Weiß Frau Engler denn schon, daß sie die Hauptschuldige sein wird?«

»Es ist ganz einfach die Wahrheit! Sie allein war es! Sie hat den Handel betrieben. Und das wird sie auch der Polizei erklären, da bin ich mir ganz sicher!«

Das mit der Spielsucht könnte stimmen, dachte ich. Der Rest war gelogen. Die Frau würde die Schuld auf sich nehmen, allein um von ihrer Sucht los zu kommen. Denn im Gefängnis gibt es kein »Bakkarat«, kein »Black Jack« und auch keine einarmigen Banditen, die man mit Geld füttern mußte! Er würde ihr die Schulden erlassen, sie würde für ihn in den Knast gehen. Ein Deal auf Gegenseitigkeit!

»Und wenn Sie so unschuldig sind, warum dann gerade der Überfall auf mich und die Pistole da?«

»Ich mußte unbedingt mit Ihnen sprechen, Frau Grappa!« Er schaute mich mitleidheischend an. »Wer sonst konnte mir sagen, was eigentlich los ist? Was da gegen mich läuft ...«

»Und die Pistole?«

»Die ist nicht geladen«, behauptete er, »ich könnte keiner Fliege was zuleide tun.«

»Auch kleinen Mädchen nicht?«

»Was soll das denn? Meinen Sie immer noch, ich sei auch einer dieser Straftäter? Ich bin Arzt und ein angesehener Bierstädter Bürger. Was halten Sie von mir! Ich habe selbst zwei Töchter, Mascha und Violetta. Sie haben doch selbst das Foto auf meinem Schreibtisch gesehen. Ich bin praktizierender Katholik!« Empörung in seinen Augen, Gekränktheit in der Körperhaltung.

Seine Stimme überschlug sich. Ich dachte plötzlich an Laura: Was hatte sie an diesem genialen Heuchler nur gefunden? »Erzählen Sie mir von Laura!« forderte ich.

Er blickte überrascht auf. Er hatte nicht damit gerechnet, daß ich so abrupt das Thema wechseln würde. Sein

Gesichtsausdruck änderte sich. Die blauen Augen hinter der entspiegelten Randlosbrille guckten nicht mehr empört, sondern wachsam.

»Laura … war eine wunderschöne Frau. Aber ich habe ihr immer gesagt, daß es nur eine vorübergehende Sache sein kann. Nichts Festes.«

Ich glaubte ihm nicht, daß er sich jemals für den Körper einer erwachsenen Frau interessiert hatte. »Und warum ist die Sache auseinandergegangen?«

»Sie wollte, daß ich mich von meiner Frau und den Zwillingen trenne. Das konnte und wollte ich nicht.«

»Hatte es nicht eher mit Lauras Arbeit zu tun? Mit ihrer Arbeit am Fall Bartusch?«

»Ich weiß nicht, was Sie meinen. Wer ist Bartusch?«

Ich schaute ihn scharf an und sagte: »Beate Bartusch ist ein kleines Mädchen, das über Jahre hinweg von einem Mann mißbraucht worden ist, der sich 'Onkel Herbert' nennt. Und aus Bierstadt kommt. Und auf den Ihre Beschreibung paßt.«

Er schüttelte den Kopf und hielt meinem Blick stand. »Lassen Sie mich endlich mit Ihren widerlichen Verdächtigungen in Frieden! Über einen Fall Bartusch habe ich mit Laura Gutweil nie gesprochen. Ich kenne den Namen Bartusch nicht. Aber, halt! War es das Mädchen, über das Sie in der Zeitung geschrieben haben?«

Ich nickte. »Ja, aber den Namen habe ich damals geändert. Um das Kind zu schützen.«

Seine Story war gut. Gut genug für Polizei und Staatsanwaltschaft. Ich war geschafft. Es war weit nach Mitternacht, und ich plauderte angeregt mit einem Kriminellen.

Aber einen Trumpf hatte ich noch in der Hand: Ich blickte auf die Waffe auf meinem Tisch. Von wegen, nicht geladen. Das war sie bestimmt. Ich griff sie, entsicherte sie und zielte auf ihn.

Er blickte mich verdattert an. »Was soll das denn nun wieder heißen?«

»Kleines Spiel. Sie lieben doch Spielchen! Los, aufstehen, los, wird's bald!«

Er sprang vom Sessel auf. »Vorsicht!« bat er mit Blick auf die Knarre.

»Ach ja? Warum? Sie ist doch nicht geladen, oder etwa doch? Und jetzt, Herr Professor, Hosen runter!«

Er traute seinem Gehör nicht. »Ich verstehe wohl nicht? Was soll das? Sind Sie pervers?«

»Ja, klar. Ich habe noch nie im Leben einen nackten Mann gesehen, und das will ich heute nachholen. Also – runter mit der Buxe!« Er merkte, daß es mir ernst war. Seine Hände lockerten den Gürtel, und die Hose fiel nach unten. Er hielt ein und guckte verdutzt. Köstlich, wie lächerlich ein Mann wird, wenn er die Hosen fallen läßt. Sein Slip hatte ein halbes Bein, die Gattin hatte das richtige Teil rausgesucht, denn der Herbst nahte. Die Nächte wurden bereits kühler. Ich grinste.

»Weiter! Den Rest auch noch.«

Er ließ die letzte Hülle fallen. Nun war er ohne alles. Ich guckte mir die Augen nach einem Muttermal in Kleeblattform aus. Nichts! Außer ein paar spärlichen Haaren, einer Narbe und einem vor Angst zusammengeschnurrten Tatwerkzeug gab's nichts Ungewöhnliches in der Gegend. Ich war blamiert bis auf die Knochen. Nur nichts anmerken lassen!

»Sie können sich wieder anziehen«, sagte ich ruhig. Er tat wie befohlen.

»Und – was sollte das alles?« wollte er wissen. Sein Blick war lauernd, und ich spürte genau, daß er wußte, was ich gesucht hatte.

»Ich habe kein Glück gehabt heute nacht«, erklärte ich, »zum Glück gehört ein vierblättriges Kleeblatt!«

»Sie sprechen in Rätseln, Frau Grappa!«

»Rätsel sind dazu da, gelöst zu werden«, meinte ich und winkte ihn mit der Waffe zu Tür, »und jetzt raus! Die Pistole behalte ich.«

Die Polizei sucht und findet

»Meine Leute und ich sind mit dem Ergebnis der Durchsuchung zufrieden. Als unsere Bielefelder Kollegen das Institut gegen 23.30 Uhr erreichten, trafen wir einen Herrn Kowalke, seine Frau und eine Frau Engler an. Alle drei waren gerade dabei, einen Kombi-Wagen mit Schriftstücken und Filmkassetten zu beladen. Die Beamten verhinderten den Abtransport.« Dr. Wendelin, der Staatsanwalt, bemühte sich, so geschäftsmäßig und unbeteiligt wie möglich zu berichten.

»Und? Was haben die drei gesagt, als plötzlich Polizei auftauchte?« wollte ich wissen.

»Ich komme gleich dazu«, meinte Schnösel und schraubte sich ein dünnes Lächeln heraus. Trotz seines nächtlichen Einsatzes hatte Dr. Wendelin Zeit für ein Duschbad gehabt, der Geruch des parfümierten Gels erschlug den Duft des Regens, der durchs geöffnete Fenster drang. Ich atmete durch und hörte nur mit einem halben Ohr zu. Er erging sich in endlosen Schilderungen von uninteressanten Details. Dann wischte er sich die nicht vorhandenen Schweißperlen von der Stirn, so, als habe er die nächtliche Aktion völlig ohne Hilfe gemeistert. Ich gähnte.

»Ich zeigte dem Beschuldigten Kowalke den Durchsuchungsbefehl und verhinderte, daß er während unserer Aktion weitere Beteiligte informieren konnte. Nach erster Durchsicht des Materials handelt es sich um verbotene Schriften und Filme, in denen Minderjährige zur Prostitution angehalten werden. Die Straftatbestände nach Paragraph 174 Strafgesetzbuch, sexueller Mißbrauch von Schutzbefohlenen, Paragraph 176, sexueller Mißbrauch von Kindern, Paragraph 180, Förderung sexueller Handlungen Minderjähriger, und 180 a, Förderung der Prostitution, kommen hier voll zur Anwendung.« Triumphierend blickte Wendelin Jansen und mich an, als erwarte er Szenenapplaus.

Oberlangweiler, dachte ich und fragte: »Und gegen wen werden diese vielen schönen Paragraphen nun angewandt?«

»Zunächst gegen Unbekannt«, erläuterte Schnösel, »denn wir müssen nun ermitteln, wer die Filme hergestellt hat, wer die Täter, wer die Opfer sind.«

Das hörte sich nach einer Zehnjahresplanung an! Ellenbogen würde schon in Rente sein, wenn er zu einer ersten Vernehmung bestellt würde.

»Keine Haftbefehle? Was ist mit Frau Engler? Oder diesem Kowalke und seiner Frau? Oder dem honorigen Professor Ellenbogen? Haben wir Ihnen die Beweise überlassen, damit Sie die Chose vermasseln?«

Die Wut kroch mir den Rücken hoch. Jansen machte eine beruhigende Geste in meine Richtung. Ich übersah sie.

»Es ist alles nicht so einfach, wie Sie sich das als Journalistin vorstellen«, meinte der Staatsanwalt ärgerlich. »Aber ich kann Sie beruhigen. Im Strafgesetzbuch gibt es auch den Paragraphen 184, Absatz 3, das Verbot der Verbreitung pornografischer Schriften nämlich, in denen der sexuelle Mißbrauch von Kindern dargestellt wird. Deshalb sitzen Herr und Frau Kowalke und Frau Engler seit heute früh in Untersuchungshaft.«

»Na also, es geht doch! Und was ist mit Professor Ellenbogen? Er ist der Kopf dieser Porno-Bande! Die Kowalkes und Frau Engler sind doch nur die Handlanger!«

»Zur Zeit gibt es keine Anhaltspunkte dafür. Weder Frau Engler noch das Ehepaar Kowalke haben Herrn Dr. Ellenbogen belastet. Es sieht tatsächlich so aus, als habe er von all dem nichts gewußt.«

»Sie ermitteln also nicht gegen ihn?«

»Wir müssen uns an Fakten halten. Ich habe nicht die geringste Lust, Herrn Ellenbogen ohne Anhaltspunkte zu beschuldigen. Ein guter Anwalt fegt eine solche Sache innerhalb weniger Minuten vom Tisch, und ich bekomme Probleme ...«

»Um Himmels willen«, meinte ich höhnisch, »das wollen wir ja vermeiden, daß Sie Probleme bekommen, Herr Staatsanwalt.«

Peter Jansen mischte sich ein: »Wie wäre es mit einer Gegenüberstellung? Mit diesem Bartusch zum Beispiel, der hat doch die Filme von seiner kleinen Tochter gemacht und sie in den Magazinen anbieten lassen? Hat auf Frau

Grappa geschossen. Und er kennt diesen mysteriösen 'Onkel Herbert', er hat ihn schließlich selbst jede Woche einmal empfangen, bevor er ihm seine Tochter überlassen hat.«

»Das wäre eine Möglichkeit«, gab Dr. Wendelin zu, »aber der Mann hat bisher so gut wie nichts gesagt. Der Beschuldigte Bartusch schweigt, was sein gutes Recht ist, denn ihn erwartet auf jeden Fall ein Strafverfahren.«

Ich sah die Aufklärung meiner Mord- und Kinderporno-Story in weite Ferne entschwinden.

»Sagt er auch nicht, wer ihm sein neues Auto bezahlt hat?« wollte ich wissen.

»Nein, er hat angeblich Geld beim Galopp-Rennen gewonnen. Er weiß genau, daß er nicht mehr als fünf Jahre ins Gefängnis muß, und denkt vermutlich an die Zeit danach. Sein Anwalt ist auf jeden Fall einer der besten Strafverteidiger der Stadt.«

»Und wer bezahlt den?« fragte ich.

»Das wissen wir nicht, ist auch ohne Relevanz für das Verfahren. Mehr kann ich Ihnen zum jetzigen Zeitpunkt nicht mitteilen. Und jetzt entschuldigen Sie mich bitte, ich habe in der Sache noch ein Fernsehinterview zu geben und muß ins Studio fahren.«

Dr. Wendelin warf noch einen prüfenden Blick in den kleinen Spiegel, der über dem Waschbecken seines Büros hing. Er lockerte sein Haar etwas auf und zupfte sich das Hemd mit dem Krokodil zurecht.

»Die haben eine Maskenbildnerin«, beruhigte ich ihn, »die macht auch aus Ihrem Gesicht etwas!«

Sein Blick gefiel mir und brachte mich zum Grinsen. Dr. Wendelin öffnete wortlos die Tür, um uns ohne »Guten Tag« hinauszulassen, und sprang mit jugendlich-dynamischen Schritten die Stufen zum Ausgang hinunter.

»Fernsehinterview!« rief ich aus, als er die Glastür aufdrückte, »so macht der unsere Story zu dem Meilenstein seiner Beamtenkarriere! Hätten wir die Sache doch lieber allein durchgezogen!«

»Wir waren und bleiben die Ersten! Wir haben ja die Fotos von der Aktion!« Jansen grinste zufrieden.

»Wie bitte?« Ich war verblüfft. »Welche Fotos denn?«
»Von dem Polizeieinsatz heute nacht!«
»Peter! Hast du schlecht geträumt? Wir haben keine Fotos!«
»Ganz im Gegenteil«, feixte Jansen, »zum Träumen bin ich nicht gekommen. Auch nicht zum Schlafen. Ich habe Meister gestern nacht ins Grüne geschickt, mit einem hochempfindlichen Film. Das Ergebnis kann sich sehen lassen! Viele grüne Männchen, die viele schöne Sachen aus dem Haus schleppen. Dazu noch Fotos von den Kowalkes und Frau Engler, wie sie in den Polizeiwagen klettern.«
»Der alte Meister war draußen? Du bist eine Kanone! Die Idee war brillant, könnte mir eingefallen sein!«
»Danke für das zweitklassige Lob! Und warum sitzt du noch nicht am Computer? Soll ich die Geschichte auch noch schreiben, oder was?«
»Aye, aye, Sir! Die Story inclusive Ellenbogen oder lieber ohne?«
»Natürlich ohne. Ich habe keine Lust, eine Schadensersatz- oder Beleidigungsklage an den Hals zu bekommen.«
»Ein bißchen feige bist du doch!«
Wir gingen durch die dunklen Flure der Staatsanwaltschaft in den feuchten Herbstmorgen. Meine Laune hatte sich noch nicht gebessert.
»Lassen wir Ellenbogen also doch davonkommen?«
Jansen schüttelte den Kopf. »Nein. Wir müssen noch warten. Der Mann ist ein großes Kaliber, und wir haben wirklich noch nicht genug Material gegen ihn. Ich kann die Behörden schon verstehen.«
Warum nur, so dachte ich, bekommen meine heißen Stories im Verlauf der Recherchen immer wieder eine merkwürdige Eigendynamik? Ich will einen Mörder fangen und lasse eine Porno-Schmiede hochgehen. Ich bin hinter »Onkel Herbert« her und bringe das Nervenbündel Frau Engler in den Knast. Alles bleibt auf halber Strecke hängen und bewegt sich nicht mehr weiter!
»Moment!« unterbrach Jansen meine Gedanken, »da war

doch noch die Sache mit dem Kleeblatt neben seinem Schniedelwutz. Das wäre es doch! Wir müßten ihn nur dazu kriegen, die Hosen runterzulassen!«

»Vergiß es, Peter!« winkte ich müde ab »Schon passiert. Da gibt es kein Kleeblatt.«

Er staunte Bauklötze. »Wie kannst du das wissen?«

»Ellenbogen hat mich gestern abend besucht. Mit einer Knarre in der Hand. Machte dann plötzlich auf weinerlich und unschuldig. Als ich die Waffe dann in der Hand hatte, mußte er die Hüllen fallen lassen.«

»Das gibt es doch nicht! Du guckst zu viele schlechte Krimis! Und? Was war zwischen seinen Beinen zu sehen?«

»Zunächst kochfeste Baumwolle mit halbem Bein. Maco-gekämmt. Darunter nicht die Spur von einem Kleeblatt. Und über die weiteren Kleinigkeiten will ich mich nicht auslassen. Nicht der Rede wert.«

Jansen lachte und lachte. »Du richtest eine Knarre auf den Chefarzt der Zentralklinik und zwingst ihn, die Hosen auszuziehen. Köstlich! Und er kann dich noch nicht mal verklagen. Stell dir mal diese Lachnummer vor Gericht vor. Maria, du hast den ersten Preis für hautnahen Journalismus gewonnen!«

»Das hautnah, das verbitt' ich mir. Aber mal ernst: Könntest du dir vorstellen, daß wir Ellenbogen mit Beate konfrontieren sollten?«

»Nein, auf keinen Fall. Die Kleine hat sich so gut eingelebt, und meine drei Jungs sind vernarrt in ihre neue Schwester. Warum auch? Das Muttermal fehlt. Also ist Ellenbogen nicht 'Onkel Herbert'. Tut mir leid für dich. So, jetzt an die Arbeit.«

Pulloverstricken will gelernt sein

Wir lagen am anderen Morgen weit vor den Konkurrenzblättern. War ja auch kein Wunder, denn die konnten nicht schildern, wie eine mutige Reporterin und ein aufrechtes Mitglied der städtischen Beratungsstelle im Teutoburger Wald unter Lebensgefahr Beweismaterial sicherten. Die hatten nur die Informationen, die Dr. Wendelin auf der Pressekonferenz im Polizeipräsidium gegeben hatte.

Ich schrieb den Artikel in Ich-Form, was die Authentizität erhöhte. Peter Jansen reportierte die anschließend angelaufenen Polizeiaktionen nach den Angaben von Polizeireporter Meister. Die Fotos machten aus der Story eine runde Sache, und die schwarzen Balken über den Gesichtern der Festgenommenen erfreuten den Datenschutzbeauftragten des Landes.

Der Artikel schlug ein wie eine Bombe. Von der Explosion konnten wir noch tagelang zehren. Die Bierstädter Bundestagsabgeordneten forderten eine strenge Bestrafung und eine Erhöhung des Strafmaßes, Psychologen äußerten sich zu den Gründen der Pädophilie, Kirchenvertreter beklagten den moralischen Verfall unserer Gesellschaft und machten die Medien dafür mitverantwortlich. Ich wurde eingeladen, vor Schulklassen Vorträge zu halten. Eigentlich hätte ich zufrieden sein können, doch genau das Gegenteil war der Fall.

Die Staatsanwaltschaft hatte Ellenbogen verhört. Nach eigenen Angaben war er ein mißbrauchtes Opfer, dessen ehrenhafte Aktivitäten schamlos durch perverse Geschäftemacher ausgenutzt worden waren. Vater Bartusch hatte dicht gehalten. Kowalke und seine Frau spielten die Dummen. Bettina Engler lag mit einem Nervenzusammenbruch im Krankenhaus. Sie war haftunfähig, der Haftbefehl gegen sie wurde nach drei Tagen außer Vollzug gesetzt. Der Haftrichter hatte keine Fluchtgefahr erkennen können.

Ich kam mir vor wie jemand, der ständig anfängt, Pullover zu stricken und nie über das Vorderteil und einen Ärmel hinauskommt. Weil die Wolle nicht ausreicht und der lange Atem fehlt. Ab und zu traf ich mich mit Agnus Naider, der nun allein in seiner Beratungsstelle saß und mit den Problemen dieser Stadt zu kämpfen hatte. Seine Bitte, jemand aus dem Jugendamt in die Beratungsstelle zu versetzen, wurde abgelehnt. Keine Leute, kein Geld.

Bierstadt hatte inzwischen neue Sorgen. Da hatte ein Stahlkonzern aus der Nachbarschaft heimlich die Aktienmehrheit eines Bierstädter Konkurrenten aufgekauft und die Fusion betrieben. Viele Arbeitsplätze würden verloren gehen.

Da geschahen Übergriffe gegen Flüchtlinge und Asylbewerber, die für alles Böse in dieser Welt verantwortlich gemacht wurden. Da wurde um Nominierungen für die bevorstehenden Landtags- und Kommunalwahlen gekungelt und gekämpft, geschoben und gedrückt.

Die Luft war raus aus meiner Geschichte um Mord, Moneten und Mädchenschänder.

Bettina Engler rastet aus

Ich arbeitete in den kommenden Wochen an anderen Themen, deren Bewältigung mich mißmutig machte. Es verging kein Tag, an dem Lauras Bild nicht plötzlich vor meinem geistigen Auge auftauchte wie eine Erscheinung. Die Situation nervte mich. Noch nicht einmal an köstlichen Menues und teuren Weinen hatte ich mein Vergnügen. Mein Seelenfrieden war dahin, und mein Scheitern an der Aufgabe, die ich mir gestellt hatte, knabberte an dem Selbstbild einer unerschrockenen Journalistin und unversöhnlichen Rächerin. Auch ich kochte nur mit Wasser.

Das Blatt wendete sich, als ich Bettina Engler sah. Sie war inzwischen entlassen worden. Gleich im doppelten Sinn, aus der U-Haft und aus ihrem Job. Sie lebte von Arbeitslosengeld und wartete auf ihren Prozeß.

Ihr kränkliches Aussehen ließ mich auf einen schnellen Erfolg hoffen. Sie stand in einer Kaffeebude und blickte gedankenverloren durch die Scheibe nach draußen. Sie wirkte ungepflegt, war sehr mager und hatte eingefallene Wangen.

Ich betrat das Kaffeegeschäft, holte mir eine Tasse und stellte mich neben sie. Sie blickte hoch und zuckte zusammen, als sie bemerkte, wer ich war. »Hallo, Frau Engler!«

»Guten Tag«, sagte sie leise, »was wollen Sie von mir? Haben Sie nicht schon genug angerichtet?«

»Frau Engler! Ich will nur mit Ihnen reden. Ich habe nichts gegen Sie! Es ging immer nur um die Wahrheit, um den, der hinter der ganzen Sache steckt. Und das ist Dr. Ellenbogen, das weiß ich genau. Warum schützen Sie ihn? Womit hat er Sie nur in der Hand? Was ist es? Geht es um Geld?«

In ihre Augen traten Tränen. »Was wissen Sie denn schon in Ihrem Hochmut! Sie gehen über Leichen, wenn Sie eine Geschichte wittern. Soll ich Ihnen dabei helfen, einen ehrenhaften Mann fertig zu machen? Soll ich mithelfen, ihn und seine Familie für immer ins Unglück zu stürzen, nur damit Sie ein neues Opfer zur Strecke bringen können?«

Ihre Stimme kippte über zur Hysterie, die Leute im Kaffeeladen guckten schon. Ihre Blicke waren unfreundlich.

»Frau Engler, Herr Ellenbogen ist kein ehrenhafter Mann. Das wissen Sie besser als ich! Er hat viel Geld mit den Kinder-Pornos verdient! Und was ist mit Ihnen? Sie arbeiten jahrelang in einer Beratungsstelle, in der mißbrauchte Kinder und vergewaltigte Frauen Schutz suchen, und beteiligen sich gleichzeitig an dem Vertrieb dieser Sachen. Warum haben Sie das gemacht? Und für wen? Das Geld allein kann es ja wohl nicht sein, oder?«

»Ja, ich habe Fehler gemacht, und ich werde dafür büßen müssen. Das ist meine Sache, ganz allein meine Sache.«

»Dann stimmt es also? Sie sind spielsüchtig? Wieviel Schulden haben Sie bei Ellenbogen gemacht?«

Sie schwieg. Ihr Blick zeigte Leere und Gleichgültigkeit. Sie hat mit dem Leben abgeschlossen, dachte ich erschrocken. »Haben Sie sich einen der Filme, die Sie in alle Welt verschickt haben, eigentlich mal angesehen? Haben Sie mal mit Kindern gesprochen, denen das widerfahren ist? Natürlich haben Sie das. Wer hat Sie dazu gebracht, verdammt noch mal? Nun reden Sie endlich!«

Ich faßte sie am Arm und schüttelte sie. Irgendwann muß ihr Widerstand zu brechen sein, dachte ich, wenn nicht aus Einsicht, dann wenigstens, weil sie mich und meine Fragen leid war. Doch sie reagierte nicht, stierte in ihren Kaffee und rührte die längst verteilte Milch unter.

»Hören Sie«, beschwor ich sie, »Ihre Strafe wird mit Sicherheit geringer ausfallen, wenn Sie den Kopf der Bande nennen. Dann kommen Sie vielleicht mit einer Geldstrafe davon, und Ihr Leben ist nicht ganz verpfuscht. Überlegen Sie doch mal! Wenn Sie wollen, dann helfe ich Ihnen.«

Ich meinte es ernst in diesem Augenblick.

»Sie mir helfen?« schrie sie. »Sie sind doch nur auf Ihren Vorteil aus! Alle Journalisten Ihres Schlages sind Bluthunde. Was wissen Sie schon von meinen Gefühlen? Gerade Sie! Lassen Sie mich in Frieden.«

Sie stürzte an mir vorbei nach draußen. Ihre Tasse Kaffee fiel um und bekleckerte mein Leinen-Jackett. Ich tupfte die Tropfen mit einer Papierserviette auf. Frau Engler hatte mir ihre Abschiedsworte ins Gesicht geschrieen. Ich blickte mich um. Die kaffeetrinkenden Gäste nahmen eine drohende Haltung an. »Alles in Ordnung«, stammelte ich, »eine Bekannte, die es ganz schrecklich mit den Nerven hat. Die fängt sich schon wieder! Nur eine Frage der Zeit!«

Da mir die Leute kein Wort glaubten, stürzte ich meinen Kaffee hinunter und machte flott die Fliege.

Frau Engler nahm sich noch an diesem Abend das Leben. Sie erhängte sich in ihrer Wohnung. Sie hinterließ einen Abschiedsbrief, dessen Inhalt die Polizei nicht bekanntgab. Die Ermittlungen gegen sie wurden eingestellt. War ich schuldig an ihrem Selbstmord? Ich hoffte nicht.

Ein schlechtes Gewissen hatte ich schon. Ich hatte Frau Engler ziemlich hart ins Gebet und auf ihre seelische Lage keine Rücksicht genommen. Doch – sie hatte ihr Leben selbst verpfuscht, hatte mitgeholfen, Verbrechen an unschuldigen Kindern zu vertuschen. Die Gewissensbisse über meine rustikalen Recherchemethoden dauerten nur so lange, wie es unbedingt nötig war.

Ein Maler und seine Modelle

Die Bilder in der Galerie »Blickpunkt« waren eine Mischung aus Surrealismus und naiver Kunst. Da quollen Schlangen aus dem Mund eines kleinen Mädchens, das in Sterntaler-Manier mit dem Kleidchen goldene Münzen aus der Luft auffing. Das Röckchen war gelupft und gab den Blick auf ein unbehaartes, rosiges weibliches Geschlechtsteil frei. Solche Bildausschnitte und Perspektiven hatte ich schon mal gesehen, nur waren sie nicht in Öl gemalt.

»Sterntalers Traum«, so der Titel des Werkes. Doch nicht das Mädchen auf dem Bild träumte, sondern der Maler hatte sich einen Traum erfüllt. Fotografiert heißt sowas »Kinderporno« und fällt unter einen Strafrechts-Paragraphen, kam es mir in den Sinn, in Öl gemalt nennt man es »Kunst«, und die steht unter dem Schutz einer gesetzlich garantierten Freiheit.

Ich trat näher an das Bild heran. Im Hintergrund sah ich ein schneebedecktes Gebirge, auf dem Einhörner grasten, Getier aus Märchen und Mythologie. Mädchen und Märchen, die Kombination war mir ebenfalls nicht neu.

Ich war zufällig in diese Galerie geraten. Der Grund war nicht meine Liebe zur Malerei, sondern eine Notiz im Veranstaltungskalender des *Bierstädter Tageblattes.*

»Traumhafte Symbolik« wurde versprochen, und das schlechte Schwarzweißfoto eines der ausgestellten Werke sollte dem Kunstfreund Appetit auf mehr machen. Der Künstler war auch auf dem Foto. Amadeus Augenstern, ein begnadeter Autodidakt. Wie gesagt, das Foto war schlecht. Aber noch so gut, daß ich in dem Konterfei des Künstlers einen »alten Bekannten« wiederfand. Es war der Mann, der die Porno-Post beim Bierstädter Postamt unter dem Kennwort »Onkel Herbert« abgeholt hatte und der den Polizeibeamten entwischt war!

Ich schlenderte durch die Galerie-Räume und versuchte, ein interessiertes Gesicht zu machen. Vernissagen sind langweilig, doch von dieser erhoffte ich mir eine rasche und wirkungsvolle Belebung meiner schlummernden Recherchen. Irgendwas würde ich heute zu sehen kriegen, ich spürte es körperlich.

Ich schnappte mir ein Glas Sekt und schlürfte. Er war nicht zu trocken, im Abgang spürte ich die Riesling-Traube. Mein Blutdruck stieg an.

Der offizielle Teil drohte. Ich ging mit anderen Kunstliebhabern in den Vorraum, wo die Eröffnung stattfinden sollte.

Amadeus Augenstern war in Brokat gewandet. Der Kaftan zeigte stolz alle Farben des Regenbogens. Das lange zuckerwattige Haar war frisch gewaschen und im Nacken zu einem Knoten geschlungen. Die breiten Füße steckten in griechischen Sandalen aus Naturleder. In einer Hand trug er einen chinesischen Fächer aus dünnem Papier.

Der Meister lächelte und entblößte wundes rotes Zahnfleisch, das um einen Termin beim Zahnarzt bettelte. Dann begrüßte er die Gäste und versuchte, uns seine Bilder zu erklären. Er stand neben einem Bild, das er als »Schlüssel zu den Problemen unserer modernen Welt« interpretierte.

Ich guckte mir den Schinken genauer an. Viel zu groß und viel zu bunt – das war mein erster Eindruck. Drei Mädchen halten sich an den Händen und gehen auf eine dunkle Höhle zu, die sich ihnen drohend öffnet. Aus dem Dunkel lugt ein pferdeleibiger Satyr mit einem riesigen Geschlechtsteil. Die Kinder sind nackt und tragen Blumen im Haar. Alle drei haben eine Zigarette im Mund, was sehr komisch aussieht.

»Dieses Bild ist ein Symbol für die noch unerfüllte Sexualität junger, ganz junger Frauen«, erklärte der Künstler. Seine Stimme war leise und einschmeichelnd. »Junge Frauen haben Angst vor dem ersten Mal. Sie empfinden Männer als Bedrohung, ihren Penis als Folterwerkzeug, das sie zerstören will.«

Amadeus Augenstern machte eine Kunstpause, um die

Wirkung seiner Worte zu testen. Und tatsächlich ging ein leises Raunen durch den Raum. Der Meister lächelte wund und fuhr fort: »Die Zigarette hingegen ist eine Metapher für den Zustand unserer Gesellschaft. Vordergründiger Genuß, hemmungslose Hingabe an Drogen und Betäubungsmittel, doch die wahre Erfüllung von Körper und Seele kann nicht erreicht werden. Und so gerät der Mensch, in diesem Fall die junge Frau, immer mehr in den Sog des Verderbens und des oberflächlichen Genusses.«

Der Meister hielt ein, denn sein Blick hatte die Tür erfaßt. Prof. Dr. Christian Ellenbogen trat ein, eine Frau folgte, vermutlich seine Gattin.

Augenstern stürzte zur Türe und sein Brokatgewand fegte den Fußboden. Er begrüßte den promovierten Nachzügler überschwenglich. Ellenbogens Blick fiel auf mich. Er machte ein Gesicht, als hätte er sich meinen Anblick gern erspart.

Der Arzt sah blendend aus. Seine Gesichtsfarbe war leicht bräunlich, so, als habe er gerade Urlaub in einem sonnigen Land gemacht. Er trug einen teuren, gut sitzenden Anzug, dunkelblau mit einem dezenten Nadelstreifen.

Ich sah mir sein Mitbringsel genauer an. Die Gattin war viel kleiner als er und zierlich. Vor 20 Jahren hatte sie bestimmt ausgesehen wie Rosenresli in seiner Glanzzeit, unschuldig, rosig, kindlich und frisch.

Ihre Kleidung war betont jugendlich: Eine weiße Spitzenbluse, ein ziemlich kurzer Faltenrock und flache Mädchenschuhe mit Samtschleifen. Die Gesichtshaut schien geliftet, denn sie war völlig faltenlos und wirkte trotzdem welk. Die dunklen Haare hatte sie hochgesteckt und in große Wellen gelegt.

»Guten Abend, Frau Grappa!« sprach mich Ellenbogen an und lächelte. »Ich hoffe doch sehr, Sie sind nicht meinetwegen hier, oder etwa doch?«

»Ich bin als Kunstfreundin bekannt, Herr Professor«, meinte ich und rang auch nach einem Lächeln.

»Und – wie gefallen Ihnen die Werke meines lieben alten Freundes?«

»Zu grell und zu bunt. Aber – die Kunst ist ja schließlich frei. Solange ich nicht gezwungen werde, eins der Bilder in meiner Wohnung aufzuhängen!«

»Ach ja, ich erinnere mich, Sie lieben es eher sachlich.« Und zu seiner Frau gewandt erklärte er: »Ich habe einmal kurz Frau Grappas Wohnung sehen dürfen …«

»Ach ja?« meinte sie spitz und drohte mir mit ihren Blicken Vergeltung an.

»Keine falschen Vermutungen«, beruhigte ich sie, »ich suchte ein Kleeblatt, und Ihr Mann war mir dabei behilflich!«

»Wenn Ihnen die Bilder nicht gefallen, warum sind Sie dann hier?« Er wartete auf eine Antwort. Ich überhörte seine Frage und sagte stattdessen: »Amadeus Augenstern hat eine merkwürdige Passion für kleine Mädchen! Genau wie Sie, Herr Professor! Hat dieses gemeinsame Hobby sie beide zu Freunden gemacht?«

»Sie leiden an Verfolgungswahn, meine Gnädigste«, verhöhnte er mich, »die alte Sache sollte doch nun wirklich erledigt sein. Alle Ermittlungen gegen mich sind eingestellt worden, darf ich Sie an diese Tatsache erinnern?«

Arrogantes Schwein, dachte ich, heulend hatte er in meinem Zimmer gestanden, mit heruntergelassener Hose und eingeklemmtem Schwanz. Ich haßte ihn und hätte ihm am liebsten mein Glas Sekt über die Gestalt gekippt. Doch ich beherrschte mich.

»Sie haben recht«, entgegnete ich und hob mein Glas, »lassen Sie uns anstoßen und das Kriegsbeil begraben. Ich habe mich einfach getäuscht damals. Und das alles tut mir furchtbar leid.« Willig erhob er den Kelch, und die Gläser klangen. Ich verabscheute solche Verstellungsnummern!

»Willst du mir die Dame nicht offiziell vorstellen?« fragte seine Frau, die sich vernachlässigt fühlte.

»Aber gerne, Liebes. Das ist Frau Grappa, die Journalistin vom 'Bierstädter Tageblatt', die die Sache im Institut aufgedeckt hat, du erinnerst dich? Diese schreckliche Affäre, die mir diese Engler eingebrockt hat.«

»Natürlich erinnere ich mich«, erwiderte sie und blickte

mich unbewegt an. Wäre ihre Haut elastischer gewesen, hätte sie vermutlich vor Abscheu die Nase gekräuselt.

»Wir haben gerade das Kriegsbeil endgültig begraben«, plapperte er ihr vor. »Frau Grappa hat eingesehen, daß ihr Verdacht gegen mich ungerechtfertigt war.« Er schaute sie beifallsuchend an.

»Nun, dann ist es ja gut. Dann können mein Mann, meine Töchter und ich ja wieder in Frieden leben. Guten Abend.«

Amadeus Augenstern hatte den offiziellen Teil beendet. Leise Hintergrundmusik kullerte wie Perlen in den Raum. Das war der gemütliche Teil. Doch dann trippelte der Maler in die Mitte des Raumes und klopfte mit einer Gabel an ein Glas.

»Liebe Freunde, ich freue mich besonders«, fistelte er in die Runde, »daß mein langjähriger Freund und Sponsor Dr. Ellenbogen so rechtzeitig von seinem Urlaub auf den Philippinen zurückgekommen ist, um diese Ausstellungseröffnung zu besuchen. Nur ihm habe ich es zu verdanken, daß ich viele Jahre der Entbehrung durchgestanden habe. Heute kann ich von meiner Kunst leben.«

Die kunstsinnige Fan-Gemeinde applaudierte.

Das war der Schlüssel! Ich spürte, daß der Blick Ellenbogens auf mir ruhte. Ja, ich habe es mitbekommen, dachte ich, du mußt gar nicht so gucken. Ich habe mitgekriegt, daß du im asiatischen Kinderpornoparadies Urlaub gemacht hast. Und ich sehe auch, daß deine Frau nicht dabei war, sonst wäre sie nicht so bleich, sondern hätte auch jene entzückende goldene Bräune.

Ich schaute ihn an, ohne mit der Wimper zu zucken, und lächelte wissend. Ich wußte, daß er spätestens jetzt begriffen hatte, daß der Kampf zwischen uns noch lange nicht ausgestanden war. Sein Blick war der eines Todfeindes.

Zehn Lolitas im Sonderangebot

»Schauen Sie sich diesen Reisekatalog an«, forderte mich Anna Gerner auf, »und lesen Sie dieses Angebot eines seriösen Veranstalters! Und dann sagen Sie mir, ob Ihnen etwas auffällt.« Ich nahm den Farbkatalog und las:

Ein zentral gelegenes Haus mitten im Vergnügungsviertel von Pattaya, kein Einzelzimmerzuschlag, täglicher Wäschewechsel, für alleinreisende Junggesellen besonders geeignet. Familien empfehlen wir unsere anderen Hotels.

»Das ist eindeutig«, gab ich zu, »ein Puff für europäische Touristen. Junggesellen und täglicher Wäschewechsel!«

Anna Gerner nickte. Sie war eine kleine zierliche Frau, reichte mir gerade bis zur Schulter. Als Vorsitzende der »Initiative gegen den Sex-Tourismus« hatte sie sich mehr als einmal mit Reiseveranstaltern angelegt, die in »Bums-Bombern« die weißen europäischen Herren in die Dritte Welt flogen und sie drei Wochen später mit »Tripper-Clippern« wieder zu Hause abluden. Der Markt boomte. Kegelclubs und Männergesangvereine plünderten ihre Kassen und buchten zwei Wochen Thailand. Die Angst vor Aids wurde bereits im Flugzeug mit viel Alkohol betäubt.

»Das Zentrum der Kinderschändung ist allerdings Manila«, sagte Anna Gerner und goß mir Hagebuttentee nach. Ich hasse Hagebuttentee, stupste nur meine Zungenspitze rein und gab ein schlürfendes Geräusch von mir.

»Das sind die Einstiegsinserate«, erklärte Frau Gerner weiter und kramte das mir wohlbekannte Lolita-Magazin hervor. Für diese Ausgabe hatten sich die »Journalisten« dieses Blattes ein Schwerpunktthema einfallen lassen: Lolitas aus der Dritten Welt. *Billig und willig* – so war in einer Überschrift zu lesen. Ich studierte die Anzeigen:

Flug mit Singapore Airlines, Hotel, zehn verschiedene Lolitas, inclusive Essen und Stadtrundfahrt für nur 3600 Mark, zwei Wochen.

»So unverblümt geht man hier zur Sache?« Ich war sprachlos. »Was sagen denn die Behörden dazu? Die Polizei? Der Staat?«

Frau Gerner zuckte resigniert mit den Schultern. »Die Sex-Touristen bringen jedes Jahr Millionen in diese Länder! Wer also sollte etwas dagegen tun? Das nennt man freie Marktwirtschaft. Und die funktioniert nach dem Prinzip von Angebot und Nachfrage! Und die Nachfrage nach immer jüngeren und immer mehr Mädchen und Jungen steigt an! Und die Gewaltbereitschaft auch!« Sie zog einige Fotos aus einem Briefumschlag: »Schauen Sie! Das ist bei weitem noch nicht alles. In den letzten Jahren haben die Pädophilen eine Möglichkeit entdeckt, mit ihrem Hobby auch noch Geld zu machen. Viele von ihnen sind bereits in das Geschäft mit der Kinderpornografie eingestiegen. Mit Riesenprofiten. Die Kinder und ihre Schlepper werden mit ein paar Mark abgespeist, der Kunde bringt seine eigene Kamera mit, macht Aufnahmen von den Kleinen, verkauft sie anschließend unter seinesgleichen. Ganze Fotoserien sind da im Umlauf. Schauen Sie hier!«

Ich blickte auf das Farbfoto, das sie mir präsentierte: Ein geschmackloses rosa Hotelbett mit Plastikkopfteil, darauf ein kleiner Körper. Ein Mädchen lag dort, höchstens acht Jahre alt, die dünnen Ärmchen angewinkelt mit den Händen zum Kopf. Das schwarze lange Haar auf dem weißen Kissen um das Gesicht drapiert. Die dünnen Beinchen gespreizt. Das Kind schaute in die Kamera. Der Blick leer. Der Mund zu einem Lächeln verzerrt. Hingelegt wie ein Stück Fleisch, das dem Betrachter zur gefälligen Nutzung angeboten wird.

Ich spürte einen Kloß im Hals, als ich fragte: »Was sind das für Eltern, die sowas zulassen?«

»Eltern?« Frau Gerner lachte trocken. »Diese Kinder leben auf der Straße. Die Eltern haben sie ausgesetzt oder einfach bei den Zuhältern abgegeben, weil sie sie nicht mehr ernähren können. Andere leben auch noch in den Familien und liefern das Geld zuhause ab. So ernähren sie ihre Eltern und ihre Geschwister. Da gibt es kleine Dörfer, in die jeden Winter Touristen einfallen wie ein Heuschreckenschwarm. Die weißen Herren leben in den Hütten der Familien und vergewaltigen die Kinder sozusagen mit 'Familienanschluß'. Wenn sie abreisen, sind die Krankenstationen für ein paar Wochen der nächste Aufenthalt für die Kinder.«

»Lieben die Eltern ihre Kinder denn nicht?«

»Sie dürfen das nicht mit unseren moralischen Maßstäben sehen. Wer hungert, denkt nur ans Überleben. Moral oder Gefühle kommen da erst an zweiter Stelle. Und daß die Verhältnisse in den Ländern der Dritten Welt so bleiben, daran sind unsere westlichen Industriestaaten schuld.«

»Machen denn die Behörden nichts dagegen? Wenigstens die Polizei?«

»In Manila? Die Polizei ist korrupt. Und wenn mal wirklich was mit den Kindern passiert, eine schwere Verletzung oder Ähnliches, da drücken die Behörden gerne mal beide Augen zu. Und fällt ein Kunde durch besondere Brutalität auf, dann zahlt er der Polizei ein paar Dollar, ist wieder frei und kann weitermachen. In Manila gibt es Schlepper, die seit Jahren denselben Kundenstamm mit immer 'frischer Ware' beliefern. Und was aus der 'alten Ware' wird oder geworden ist – das weiß niemand, und es interessiert auch keinen.«

»Aber die Philippinen sind ein katholisches Land mit einer demokratisch gewählten Regierung. Was macht die Kirche? Was macht die Politik?«

»Natürlich gibt es dort auch Initiativen der Kirche. Und es gibt auch Gesetze. Im Strafgesetz der Philippinen ist sexueller Kontakt mit Kindern unter zwölf Jahren verboten. Ist das nicht zynisch? Bis zu 30 Jahren Haft kann es dafür geben. Aber – wird jemand erwischt, dann zahlt er Schmiergeld und kann das Land verlassen. Und bei der nächsten Reise ist alles vergessen.«

Ich schüttelte ungläubig den Kopf. Das war mehr als organisierte Kriminalität, das war staatlich sanktionierte Menschenvernichtung. »Und noch nie ist ein Tourist vor Gericht gestellt und verurteilt worden?«

»Doch – aber die meisten kommen leider davon. Ab und zu wird aus kosmetischen Gründen ein Exempel statuiert. Vor zwei Jahren, da gab es eine Verurteilung und zwar gleich zu lebenslanger Haft. Ein Zahnarzt aus Österreich hatte ein elfjähriges Mädchen mit einem Vibrator so gequält, daß es daran elend zugrunde ging. Der Mann sitzt noch heute in einem Gefängnis in Manila.«

»Ein Arzt?« fragte ich. »Also nicht nur ein Ferienhobby für Billigtouristen, denen der Mißbrauch weißer Kinder zu gefährlich ist, und die deshalb lieber verreisen?«

»Pädophile Gewalttäter gibt es in allen sozialen Schichten. Ob Studienräte, Richter oder Ärzte wie in dem erwähnten Fall – der einzige Unterschied besteht darin, daß sich die Akademiker nicht so schnell fassen lassen oder ... daß sie vielleicht mehr Schmiergeld zahlen können.«

»Und wenn jemand in Asien Kinder mißbraucht und wieder nach Hause kommt? Kann er dann belangt werden?«

»Ja. Ich will Ihnen ein Beispiel nennen: Von einer befreundeten kirchlichen Organisation in Manila wurden uns vor zwei Jahren Fotos geschickt, auf denen ein Deutscher abgebildet war, der Analverkehr mit mehreren Jungen durchgeführt hat. Er hatte die Bilder mit Selbstauslöser aufgenommen und mußte flüchten, weil eine Razzia ihn überraschte. Den Film ließ er liegen und flog nach Hause. Als ich den Film sah, erkannte ich den Mann. Aber – das war wirklich nur reiner Zufall. Ich bin dann mit der Polizei zu ihm hingegangen. Er war Unternehmensberater. Wir zeigten ihm die Bilder, er brach zusammen und legte ein Geständnis ab. Ein Jahr Gefängnis hat er bekommen. Inzwischen führt er seine Firma weiter.«

Ich blickte Frau Gerner an. Sie redete lebhaft und unterstrich ihre Worte mit ständigen Bewegungen ihrer Hände. Ich konnte mir kaum vorstellen, wie diese schmale, unscheinbare Frau vor einen renommierten Geschäftsmann trat und ihm ins Gesicht sagte, daß es aus sei mit dem bürgerlichen Leben und dem Versteckspiel. »Darf ich das, was Sie mir erzählt haben, in einem Artikel verwenden?«

»Aber natürlich. Nur – stellen Sie bitte die Sache, um die es mir geht, in den Vordergrund und nicht mich. Ich mache meine Arbeit lieber ohne Aufsehen und ohne daß mich gleich jeder kennt.«

»Das verstehe ich. Sie sind eine ganz außergewöhnliche Frau! Ich bewundere Sie! Warum machen Sie das?«

»Ich habe ein kleines Mädchen, eine Adoptivtochter. Als ich in Manila war, um meine Freunde von der Kirche zu besuchen, brachte man die kleine Theresa gerade auf einer Bahre in die Unfallambulanz. Das Kind war mißhandelt, zusammengeschlagen und vergewaltigt worden. Der jovial dicke weiße Mann, der sie in sein Hotelzimmer geschmuggelt hatte, hatte ihr das angetan. Die Hotelangestellten fanden sie am Morgen. Der Mann war Hals über Kopf abgereist. Theresa war schwer verletzt und verstört. Sie fing an zu schreien, wenn sich ihr jemand näherte. Ich kümmerte mich um sie und durfte sie dann mit nach Deutschland nehmen. Nach langen Wochen im Krankenhaus stellte ich einen Adoptionsantrag. Das ist die ganze Geschichte. Seitdem läßt mich dieses Thema nicht wieder los.«

Sie lächelte und zeigte mir das Foto eines hübschen Mädchens mit sichtbar schiefer Nase.

»Das Nasenbein war mehrfach gebrochen«, erklärte Anna Gerner, »die nächste Operation wird ihr helfen, so sagen die Ärzte.«

Ich trank die halbe Tasse Hagebuttentee aus. Kalt schmeckte er noch schlechter. Nun wollte ich zur Sache kommen.

»Wie kann ich herausbekommen, ob ein Deutscher, sagen wir mal ein Bierstädter, in Manila schon mal auffällig geworden ist? Weil er Kinder, in diesem Fall Mädchen um die zehn Jahre alt, mißbraucht hat?«

»Das ist schwer, denn die meisten fallen ja bei ihren Taten nicht auf. Das müßte schon ein Zufall sein. Aber ich will Ihnen gerne helfen. Sagen Sie mir den Namen, und ich frage bei meinem Freund, dem Pater, nach. Der hat gute Kontakte zu den Behörden, die die Namen aller Täter haben, die mal bei Razzien auffällig geworden sind. Aber, die Chance, hier fündig zu werden, ist wirklich sehr gering.«

Gering war mehr als überhaupt nichts. Ich überlegte.

»Und was ist, wenn der Täter einen falschen Namen angegeben hat?«

»Das geht nicht, es sei denn, der Mann hat auch einen falschen Paß, mit dem er eingereist ist. Nein, so dumm sind die Filippinos auch nicht, die haben Computer, in denen der Name und die Paßnummer gespeichert sind. Und die Geldstrafen, die jemand hat bezahlen müssen.«

Das wäre eine Möglichkeit, wenn auch nur eine kleine. Ellenbogen war bestimmt nicht nur einmal in Manila gewesen.

»Der Mann, den ich verdächtige, ist ein Bierstädter Arzt. Der Chef der Zentralklinik Prof. Dr. Christian Ellenbogen.« Sie starrte mich an und erbleichte.

»Der? Großer Gott!« rief sie erschrocken aus. »Ellenbogen? Wie kommen Sie ausgerechnet darauf?«

»Ich weiß, daß es sehr unwahrscheinlich klingt. Aber haben Sie eben nicht selbst gesagt, daß es Verbrecher in allen sozialen Schichten gibt? Und daß Verstellung und Tarnung mit dem Grad der akademischen Bildung und der gesellschaftlichen Stellung immer perfekter werden? Ich bin Ellenbogen seit Wochen auf der Spur. Leider mit wenig Erfolg, wie ich zugeben muß. Meine einzige Hoffnung weiterzukommen liegt bei Ihnen, Frau Gerner! Ich weiß, daß der Mann häufig Urlaub in Manila macht. Das muß etwas zu bedeuten haben!«

»Aber Ellenbogen? Ich kann es nicht glauben!«

»Kennen Sie ihn vielleicht? Oder sind Sie mit ihm sogar näher bekannt?«

Sie nickte, und ich sah sie außer Fassung. »Wenn das wahr wäre, nicht auszudenken! Er unterstützt meine Arbeit mit großzügigen Spenden. Er hat sich informiert, ins Thema eingearbeitet! Täuschen Sie sich nicht?«

»Nein. In seinem Institut wurden Kinderpornos vertrieben und sendefertig gemacht. Hat er sich bei seinen Besuchen bei Ihnen auch Fotos zeigen lassen?«

»Ja, sicher. Die Fotos, die die Polizei zur Beweissicherung gemacht hat. Und er fand sie abscheulich. War tief betroffen und angeekelt, so hat er zumindest behauptet.«

»Aber genau hingeguckt hat er doch?«

»Ja, er hat genau hingeguckt. Und er ließ sich die Schicksale der Mädchen von mir ganz genau schildern. Und bat um die Adressen der Opfer, um an sie Geld zu überweisen.«

»Kam Ihnen das nicht merkwürdig vor?«

»Nein, um Gottes willen, nein. Aber jetzt!« Sie verstummte.

»Halten Sie es denn für möglich?«

»Oh Gott, wer wüßte besser als ich, daß sich Pädophile geschickt tarnen. Er hat sogar angeboten, daß meine Theresa seine Kinder, er hat Zwillinge, besucht. Aber Theresa wollte nicht. Sie ist lieber allein. Wenn ich überlege ...«

Frau Gerner war außer sich. Sie hatte Tränen in den Augen. »Ich wollte Theresas Nase in seiner Klinik operieren lassen! Er hat es angeboten. Es paßt alles ins Bild! Perfekte Tarnung, geheucheltes Interesse, eine besondere Aufmerksamkeit für Kinder ... mein Gott, wenn Sie recht hätten!«

»Kannten Sie Laura Gutweil?«

»Natürlich! Frau Gutweil hat in der städtischen Beratungsstelle gearbeitet, bis sie ermordet worden ist. Eine sehr engagierte Kollegin. Wir haben häufiger Informationen ausgetauscht. Warum fragen Sie?«

»Frau Gutweil war auf der Suche nach einem 'Onkel Herbert', einem Mann, der in Bierstadt Kinder mißbraucht hat und nie erwischt worden ist. Sie muß kurz vor dem Ziel gewesen sein, bis sie ihren Mörder traf.«

»Und was hat Ellenbogen damit zu tun? Glauben Sie etwa, daß ...« Sie dachte den Satz zu Ende.

Ich nickte. »Ja, möglich ist es. Zu viele Dinge stimmen überein, auch wenn noch viele Fragen für mich unbeantwortet sind. Ich hoffe, über die Recherchen in Manila ein Stück weiterzukommen!«

»Ich will Ihnen gern helfen. Halten Sie den Professor nur für diesen 'Onkel Herbert' oder auch für den Mörder von Frau Gutweil?«

»Wenn ich das genau sagen könnte! Ja, irgendwie glaube

ich schon, daß er schuld an Lauras Tod ist. Aber so weit bin ich noch nicht. Würden Sie den Namen an Ihren Freund in Manila durchgeben? Und zwar schnell! Ich habe das Gefühl, daß bald etwas passiert, daß er durchdreht. Ich bin ihm jetzt seit Wochen auf den Fersen, und das hält er nicht mehr lange durch. Und er weiß, daß ich von seinen Reisen nach Asien erfahren habe.«

»Ich werde tun, was Sie sagen, aber ich hoffe trotzdem, daß Sie unrecht haben. Etwa 20 000 Mark hat er in den letzten drei Jahren gespendet! Das hat unserer Arbeit sehr geholfen ... und nun war es vielleicht das dreckige Geld eines Verbrechers!«

»Wie können wir Ihren Freund, diesen Pater, so schnell wie möglich informieren?«

»Ich schicke ihm ein Telefax. Noch heute nacht. Ich werde ihn um Eile bitten.«

»Ich danke Ihnen, Frau Gerner. Es tut mir leid, daß Sie so aufgeregt und enttäuscht sind. Aber vielleicht habe ich mich ja wirklich geirrt.«

Hoffentlich nicht, dachte ich. Dafür hatte ich den Kerl zu lange verfolgt. Ich lechzte nach einem Erfolg. Seit Wochen stocherte ich in einem Tümpel von Schmutz, Heuchelei und Gewalt – ohne den geringsten Treffer.

Endlich ein Volltreffer!

Pater Rico aus Manila mußte 100 Dollar hinlegen, dann hatte er bekommen, wonach er gefragt hatte. Ein Vernehmungsprotokoll in englischer Sprache über einen Vorfall, der anderthalb Jahre zurücklag. Im Motel Olongapos hatte die Polizei, vermutlich um ein bißchen Geld von Touristen zu erpressen, einige Hotelzimmer geöffnet und einen Mann beim Geschlechtsverkehr mit einem zehnjährigen Mädchen namens Rosario erwischt.

Der Mann wurde sogar fotografiert, halbnackt, nur in ein Bettuch eingewickelt. Das Kind war als Prostituierte bekannt und wurde laufengelassen, der Mann vernommen. Um der Forderung nach einem ganz besonders hohen Bestechungsgeld Nachdruck zu verleihen, ließen ihn die Polizisten eine Nacht lang in einer kleinen, schmutzigen Zelle schmoren.

Auf Befragen lehnte es der Mann ab, die deutsche Botschaft zu informieren. Einen Tag später wurde er freigelassen. Über die Höhe des »Bußgeldes« stand in den Akten nichts, dafür aber der Name und die Nationalität. Der Name des deutschen Touristen war Dr. Christian Ellenbogen.

»Die 100 Dollar kriegt Ihr Freund wieder«, versprach ich Frau Gerner. Ich packte die Beweise in meine Tasche. Ich hatte ihn. Endlich.

»Was wollen Sie jetzt mit den Informationen tun?« fragte Frau Gerner.

»Wenn ich das nur wüßte«, murmelte ich, »ich werde zuerst mit einem Kollegen beratschlagen, was zu tun ist. Am liebsten würde ich das ganze Zeug abfotografieren und morgen veröffentlichen. Aber dann türmt er vielleicht, der saubere Herr. Denn aus Fairness-Gründen müßte ich eine Stellungnahme bei ihm einholen, bevor ich es ins Blatt bringe. Schreiben werde ich darüber, das ist klar. Ich muß nur überlegen, wann und wie. Ich muß nachdenken.«

»Machen Sie, was Sie für richtig halten. Nur ... erwähnen Sie meinen Namen nicht.«

Ich versprach es. Die wochenlange Treibjagd auf Ellenbogen zeigte endlich Erfolg. Vermutungen konnten nun durch handfeste Beweise ersetzt werden.

Pater Rico hatte das richtige Material beschafft. Das Polizeiprotokoll, eigenhändig unterschrieben von Ellenbogen, und sogar das Foto des festgenommenen deutschen Touristen. Die Fax-Qualität war zwar nicht sehr gut, doch er war eindeutig zu identifizieren. Jeder Blinde würde das erkennen!

Die 100 Dollar bekommt Pater Rico zurück und noch viel mehr, nahm ich mir vor, die Geschichte wird sich gut verkaufen lassen, und ich werde bei den Geiern der eigenen Zunft ordentlich abkassieren und das Geld nach Manila schicken.

Die Bombe wird gebastelt

Die Telefaxblätter machten Peter Jansen kurze Zeit später genauso viel Freude wie mir. Also waren wir schon zwei. Und wir würden dafür sorgen, daß sich diese Zahl erhöhen würde!

Morgen sollte die Bombe hochgehen, so hatten wir beschlossen. Warum noch warten? Ich tippte wie eine Bekloppte in den Computer. Ich mußte an keiner Formulierung feilen, sie saßen alle wie eine Eins. Die passenden Metaphern, die juristisch unangreifbaren Wertungen und die knallharten Tatsachenbehauptungen flossen mir aus dem Kopf direkt ins Text-System. Der dramaturgische Aufbau der Story lag mir im Blut, die Spannungskurve saß stramm wie ein Flitzebogen, ich fühlte mich reif für alle Journalistenpreise dieser Welt. Und vor allen Dingen die Freude, Edles und Gutes zu tun, einem bösen Menschen das Handwerk zu legen und ihn für immer auszuschalten. Ich wurde von hehren, aber auch weniger edlen Gefühlen überschwemmt. Als ich dann irgendwann atemlos und nahe einem Nervenzusammenbruch den letzten Satz reinhackte, den Text abspeicherte und den leeren Bildschirm vor mir sah, wußte ich: Es war der Killerinstinkt in mir gewesen, der mich hauptsächlich angetrieben hatte. Ich war der Dackel, der sich auf der Jagd in ein viel größeres Tier verbissen hatte ... und nicht wieder loslassen konnte. Ich war nicht edel, ich war gemein und schlecht. Getrieben von Ehrgeiz und Machtgefühl. Ich schämte mich. Mindestens 30 Sekunden lang.

Nach dieser kurzen, aber heftigen Phase der Selbsterkenntnis griff ich geläutert zum Telefon. Ich ließ Peter Jansen mithören, denn ich brauchte einen Zeugen.

»Herr Doktor Ellenbogen? Hier ist Maria Grappa vom 'Bierstädter Tageblatt'. Ich habe gerade einen Artikel über Sie zu Ende geschrieben, der in wenigen Stunden in Druck geht. Natürlich möchte ich eine Stellungnahme von Ihnen dazu haben. Haben Sie einen Augenblick Zeit?«

Er schnaubte, und ich war froh, daß er mir durch den Hörer nicht die Gurgel abdrehen konnte.

»Sie schon wieder? Verfolgen Sie mich noch immer? Wenn Sie in Ihrem Dreckblatt auch nur eine Zeile über mich veröffentlichen, dann breche ich Ihnen den Hals!«

Ich war nahe daran, ihm aufs Wort zu glauben. Aber immerhin lag das Telefon zwischen uns, was sich positiv auf meine Stimmung auswirkte.

»Aber, aber! Wer wird denn gleich so unhöflich sein? Wollen Sie nicht wissen, um was es geht?«

Er atmete schwer. »Wollen Sie mir den Artikel etwa vorlesen?«

»Deshalb rufe ich Sie ja an. Sie können aber auch gern in die Redaktion kommen. Dann lesen wir Ihnen den Artikel hier vor ...« Hoffentlich bleibt er, wo er ist, dachte ich. Kugelsichere Westen gehören noch nicht zur journalistischen Arbeitskleidung – allenfalls in Krisengebieten mit bürgerkriegsähnlichen Kampfhandlungen. Und die gab es in Bierstadt nicht so oft.

»Und wenn mich Ihr Dreck nicht interessiert?«

»Dann haben wir unsere journalistische Pflicht getan und Sie als Betroffenen zu hören versucht. Das werde ich dann auch am Ende des Artikels erwähnen, daß Sie sich nicht äußern wollen, meine ich. Also, was ziehen Sie vor?«

»Lesen Sie mir den Schund schon vor!«

Ich las. Fehlerfrei. In korrektem Satzrhythmus. Zog das Tempo an, ließ es wieder gehen. Machte die Stimme dunkel und weich bei der Schilderung der geschundenen Kinder, ließ sie amtlich klingen bei den Zitaten aus den Manila-Akten, wurde schärfer bei der Charakterstudie des Täters namens Professor Dr. Christian Ellenbogen, spuckte beißende Ironie bei der Schilderung der sozialen Taten des Verbrechers aus, drückte auf die Tränendrüse bei der Beschreibung der kleinen Rosario, kurz, ich gab mein Bestes!

Zwischendurch glaubte ich ein leises Stöhnen von Ellenbogen zu hören, das mich allerdings nicht bei meinem Vortrag irritierte. Ich stoppte, denn es gab nichts mehr vorzulesen. »Hallo, Herr Professor? Sind Sie noch da?«

»Wollen Sie das morgen veröffentlichen, mit der vollen Nennung meines Namens?«

»Das hatten wir vor. Wieso, stimmt etwas nicht an meiner Darstellung?«

»Sie werden von mir hören«, drohte er, »noch diese Nacht, das schwöre ich.«

Er hängte ein. Mehr hatte er uns nicht zu sagen. Vorläufig wenigstens.

»Er hat den Hörer aufgeknallt«, teilte ich Peter Jansen mit einem etwas dümmlichen Gesichtsausdruck mit.

»Was soll er sonst tun? Hast du ein tränenreiches Geständnis erwartet?«

Ich hatte plötzlich Angst, daß auf den letzten Metern vor dem Ziel noch alles schief gehen könnte.

»Peter, der knallt uns eine Einstweilige Anordnung um die Ohren, daß es nur so rappelt. Er hat gesagt, daß wir noch diese Nacht von ihm hören! Was können wir tun?«

»Keine Angst, Maria. Ich habe die Zeitungsboten in einer Stunde hierher bestellt.«

»Wieso, der Andruck ist doch erst in vier Stunden?«

»Das schon. In der Morgenausgabe erscheint der Artikel ja auch, wenn er keine Einstweilige Anordnung erwirken kann. Aber wir drucken deinen Artikel als Extrablatt, und die Boten ziehen in einer Stunde damit durch ganz Bierstadt. Alle erreichbaren Briefkästen, alle Kneipen, Leute auf der Straße. Jeder kriegt ein Extrablatt in die Hand gedrückt, ob er es haben will oder nicht. Und wenn Ellenbogen tatsächlich einen Richter findet, der unsere Ausgabe beschlagnahmen läßt, hilft ihm das auch nicht viel. Denn wir sind auf jeden Fall schneller!«

»Das ist genial, Peter!« jauchzte ich. »Der läßt die Morgenausgabe beschlagnahmen, und alle Welt kennt die Story schon. Einfach super!«

»Ich mache nur noch das Layout für das Extrablatt. Schreib aber erst noch einen letzten Satz: Den, daß Ellenbogen gedroht hat, dir den Hals zu brechen, aber daß er sonst unseren Darstellungen nicht widersprochen hat.«

»Aber gerne«, gab ich zurück, »nichts, was ich zur Zeit

lieber täte. Bekommt die Polizei auch heute abend noch ein Exemplar?«

»Ja, ich habe dafür gesorgt. Der Polizeipräsident ist heute abend auf einer Podiumsdiskussion in der Stadthalle. Er will etwas zur Kriminalitätsrate bei Ausländern sagen ...«

»Oh, das paßt ja prima zum Thema! Er macht die Türken fertig, und ein aufrechter deutscher Ehrenmann ist der Teufel in Menschengestalt!« freute ich mich.

»Eben. Und die 300 Leute im Saal bekommen die neuesten Nachrichten aus Bierstadt gleich per Extrablatt. Das ist doch ein ausgezeichneter Leserservice! Mal was anderes!«

»Peter, ich könnte dich küssen!«

»Später. Wenn die Chose so gelaufen ist, wie wir uns das vorstellen, dann feiern wir ein rauschendes Fest, eins, das es in Bierstadt noch nie gegeben hat! Und jetzt hau den Satz in die Tasten! Die Druckerei wartet darauf, daß ich den Artikel sende.«

Drei Stunden später kam der Rechtsanwalt von Professor Christian Ellenbogen und legte uns eine Einstweilige Anordnung vor, nach der wir die Morgenausgabe nicht ausliefern durften. Polizei tauchte im Morgengrauen im Druckhaus auf, untersuchte die bereits für den Vertrieb gebündelten Zeitungen und beschlagnahmte sie, weil der Artikel als Aufmacher auf der Eins prangte. Mit dem Foto von Ellenbogen aus der Polizeiakte aus Manila. Daneben ein Foto von Ellenbogens letztem Auftritt bei irgendeiner VIP-Feier.

Jeder erkannte, daß es derselbe Mann war. Nur der Hintergrund variierte. Ellenbogen vor einer kahlen Wand mit einem Nummernschild vor der nackten Brust und einem kläglichen Gesichtsausdruck, und der Herr Doktor auf einer blumengeschmückten Bühne mit strahlendem Lächeln in Siegerpose. Einmal nackt und einmal im Maßanzug.

Die Polizisten lasen den Artikel, und sie nahmen sich

eine Zeitung mit, für ihren Präsidenten vermutlich. Doch der war schon gestern abend in der Stadthalle informiert worden.

Die Anwälte des »Tageblattes« legten zwar unverzüglich Beschwerde gegen die Einstweilige Anordnung ein, doch die Zeitung durfte trotzdem »einstweilig« nicht ausgeliefert werden.

Und als die Lieferwagen vom Druckhaus wieder leer wieder ins Depot zurückfuhren, murrten wir nicht. Denn immerhin hatten viele Bierstädter bereits ein Extrablatt in Form einer einzelnen Zeitungsseite in der Hand gehabt und eifrig gelesen.

In der Redaktion standen die ganze Nacht über die Telefone nicht still. Die Zustimmung über unser mutiges Handeln und der Abscheu vor unserer widerlichen Rufmordkampagne hielten sich die Waage. Im Morgengrauen schleppte ich mich todmüde nach Hause und fiel in meine Kissen. Ich dachte noch kurz an Beate und Laura. Die Sache war noch nicht zu Ende, sie hatte erst begonnen. Die erste Runde war an ihn gegangen, die zweite hatte ich gewonnen. Es stand unentschieden.

Die Schlinge zieht sich zu

Die Einstweilige Anordnung, die Ellenbogen in der Nacht erwirkt hatte, hielt nur etwa 12 Stunden. Die Beschwerde des »Tageblattes« hatte Erfolg. In der mündlichen Verhandlung über unseren Einspruch legten wir dem Gericht unser Beweismaterial vor. Das reichte dem Richter. Er entfernte Justitias Augenbinde von seinem Gesicht, sah klar, nahm eine symbolische Axt und haute das Urteil seines Kollegen in der Mitte durch. Wir jubelten und feierten den vorläufigen Sieg nach Punkten.

Am frühen Nachmittag fuhren die Wagen des »Tageblattes« die viereckigen Bündel aus, und die Boten konnten die Zeitungen in die Briefkästen unserer treuen Leser quetschen.

Ellenbogen und seine rabiaten Anwälte ließen es geschehen. Sie legten Beschwerde ein und kündigten eine Klage zur Hauptsache an. Das war alles.

Ellenbogen wurde von der Staatsanwaltschaft vorgeladen. Er bezeichnete die Schriftstücke aus Manila als »dilettantische Fälschungen«. Doch diese Aussage überzeugte noch nicht einmal Dr. Wendelin. Er beantragte Haftbefehl, doch der Richter winkte ab. Keine Fluchtgefahr, so die Begründung.

In der Redaktion ging in diesen Tagen die Post ab. Das Fernsehen wollte Informationen und Interviews, Politmagazine stürzten sich auf die Geschichte, und dubiose »Kollegen« von Sex- und Crime-Blättern, aus deren Zeitschriftenseiten jede Woche Blut und Sperma tropften, riefen bei mir an.

Sie alle wollten vor allen Dingen Fotos. Fotos des Kindes aus Manila, Fotos vom festgenommenen weißen Mann. In den Berichten wurde mit scheinheilig erhobenem Zeigefinger die Sexgier der Touristen angeprangert, um kurz darauf die Verbrechen an den Kindern genüßlich in allen Einzelheiten zu schildern. Drehen, senden, recherchieren – so hieß das Rezept der Privatsender. Sie machten Ellenbogen zum Werwolf im weißen Kittel, lauerten ihm mit der Kamera auf, um ihn zu einer Reaktion zu zwingen. Die Schnittbilder in den Berichten stammten aus den Archiven: Viel kindliches Fleisch in schummriger Beleuchtung unterlegt mit Rotlicht-Musik.

Talk-Gefechte wurden inszeniert, Sexual-Wissenschaftler und Menschen mit »gesundem Volksempfinden« wie Kampfhunde aufeinandergehetzt. Fast bis zur Schlägerei – bis der Werbeblock mit dem »Weißen Riesen« und dem »Melitta-Mann« für Ruhe sorgte.

Ich sortierte mit Jansen gerade die Medienanfragen, als Gerda Jansen auftauchte. Sie stürzte in die Redaktion und heulte. »Warum, verdammt noch mal, sind eure Leitungen dauernd besetzt? Beate ist verschwunden.«

Jansen führte seine Frau zu einem Stuhl. »Jetzt erzähl mir genau, was passiert ist, und hör auf zu heulen.«

»Arne kam plötzlich ins Haus gelaufen, die Kinder spielten im Vorgarten. Er erzählte, daß ein grauer Mercedes vorgefahren sei. Der Mann habe Beate gerufen, sie sei hingelaufen. Dann zog der Kerl die Kleine ins Auto und fuhr weg. Oh Gott, es ist schrecklich ...«

Sie schlug die Hände vors Gesicht. Jansen und ich blickten uns an, wir dachten dasselbe.

»Hat Arne den Mann beschrieben?«

»Er konnte ihn nicht sehen, die Scheiben waren verspiegelt. Peter, warum tut jemand das? Hat es mit eurer Geschichte zu tun? Eine Entführung, ein Racheakt? Nun sag doch was!«

Jansens Gesicht war plötzlich grau. Er hatte die Kleine ins Herz geschlossen wie ein Vater, der sich immer eine Tochter gewünscht hatte. Und nun das! Doch er behielt die Nerven. »Wir müssen die Polizei einschalten. Das ist Kindesentführung! Mach' dir keine Sorgen, Liebling! Wir finden sie schon!«

Jansen wählte. Ich sprach beruhigend auf Gerda Jansen ein. »Es wird schon nichts passieren ... beruhigen Sie sich.«

»War es vielleicht der Vater des Kindes? Könnte das sein?«

Ich winkte ab. »Das kann nicht sein, denn der sitzt im Knast. Und der fährt einen BMW und keinen Mercedes. Ich vermute, daß – regen Sie sich aber nicht auf – es dieser Ellenbogen getan hat. Der fährt so ein Auto.«

»Ein Racheakt, aber warum? Der Artikel ist doch von Ihnen, Maria! Woher kennt er das Mädchen überhaupt?«

Sie begriff nichts. Jansen war mit seinen Informationen sparsam umgegangen.

»Gerda«, meinte Jansen, »wir glauben, daß Ellenbogen der Mann ist, der Beate jahrelang mißbraucht hat ...«

»Der?!« Sie schrie. »Ich dachte, der treibt seine Schweinereien in Manila? So habt ihr doch berichtet. Dieser Kerl soll dieser Onkel Herbert sein? O Gott, was wird er dem Kind antun? Und ihr habt ihn mit eurem Artikel direkt auf Beate gehetzt!«

»Beruhige dich, Gerda. Die Polizei will sofort handeln. Und wir tun auch was. Tu mir bitte den einen Gefallen und fahr nach Hause! Warte am Telefon auf Nachricht! Kümmere dich um die Jungen. Tust du das?«

Sie nickte. »Und wenn er Beate wieder …«

»Denk nicht an sowas! Der Mann hat im Moment andere Sorgen! Der ist auf der Flucht vor der Polizei! Die sucht ihn nämlich jetzt!«

»Deshalb hat er das Kind entführt! Beate ist die einzige, die ihn belasten kann! Dann wird er sie umbringen! Mein Gott, er wird sie töten!«

»Gerda, werde nicht hysterisch. Ich bestelle dir ein Taxi nach Hause. Und da wartest du auf meine Nachricht!«

Jansen stand unter Starkstrom. Seine Stimme war leise vor unterdrücktem Zorn. Wenn jetzt Ellenbogen zur Tür hineinspazieren würde, hätte dessen letzte Stunde geschlagen! Doch nicht Ellenbogen stolperte zur Tür rein, sondern Agnus Naider, den es ja auch noch gab. Ich hatte diese Tatsache tief in mein Unterbewußtsein verdrängt.

Er sah wieder aus, als habe er seine Kluft bei der Altkleidersammlung zusammengeklaubt. Das sogenannte Bergmannshemd war vom vielen Kochen blaß gebleicht, die Haare hingen ihm wirr und glanzlos um die Stirn, und die Jeans trug er wohl Tag und Nacht.

In der einen Hand trug er eine Flasche Sekt. Seine Laune war blendend.

»Gratuliere«, strahlte er uns an, »der Artikel hat gesessen. Und die Berichte danach auch. Ich wäre früher gekommen, aber ich hatte zu tun. Die Idee, in Manila nachzufragen, war genial. Und was ist nun? Ist Ellenbogen schon eingebuchtet? Oder hat er sich nach der Lektüre sofort aus dem Fenster gestürzt?«

Gerda Jansen starrte ihn an, als sei er eine Erscheinung aus einer anderen Welt.

»Agnus!« beschwor ich ihn. »Nicht jetzt! Wir sind nicht zum Feiern aufgelegt! Ellenbogen hat Beate Bartusch entführt!«

Vor Schreck knallte er die Flasche auf den Tisch.

»Großer Gott«, rief er, »Beate ist weg, bei ihm? Wie ist das passiert, und wo ist er jetzt?«

»Wir werden rauskriegen, wo das Schwein sich rumtreibt, und zwar schnell!« meinte Jansen grimmig und schob seine Frau zur Tür. »Das Taxi steht schon unten, Liebes! Fahr bitte nach Hause und warte auf meine Nachricht. Es wird schon nichts passieren!«

Müde ging sie in Richtung Tür. Die Rollen in dieser Ehe waren verteilt. Die Frau als Hüterin und Pflegerin des Hauses und der Mann als heroischer Verteidiger des heimischen Herdfeuers und der häuslichen Ordnung. Nicht jedermanns Sache, aber warum nicht? Jeder spielte seine Rolle – so gut, wie er oder sie es konnte!

Doch ich hatte keine Zeit, die Rollenverteilung in bürgerlichen Ehen zu beklagen. Das hatte ich in meiner Frauengruppe schon vor zehn Jahren getan. Jetzt war Handeln angesagt. Aber Jansen kam mir zuvor.

»Maria, komm! Laß uns los!«

Er wurde plötzlich aktiv, zog seine Lederjacke an und hatte einen grimmigen Gesichtsausdruck.

»Wo willst du denn hin?«

»Wir fahren zu Ellenbogens Villa. Und fragen seine Frau, wo ihr Mann sich rumtreibt. Wäre doch gelacht, wenn das nichts bringt!«

»Ich kann mir nicht vorstellen, daß seine Frau mit uns überhaupt nur ein einziges Wort spricht!«

»Aber wir mit ihr! Also, komm! Die lebt nicht jahrelang mit einem Verbrecher zusammen, ohne was mitzukriegen! Da müßte sie schon blind und verdammt taub sein, die elegante Dame!«

»Darf ich mit?« nörgelte Naider. Wir hatten ihn völlig vergessen.

»Nein«, bollerte Jansen irritiert, »Sie verschwinden und zwar schnell – nehmen Sie's nicht persönlich, aber jetzt ist schnelles Handeln angesagt. Da brauchen wir keine Bremser!«

Naider lächelte überlegen, wie jemand, der um seine wichtige Nebenrolle in einem Theaterdrama weiß.

»Ich kenne Frau Ellenbogen. Mich läßt Frau Ellenbogen rein und Sie beide nicht! Also überlegen Sie es sich, ob Sie mich mitnehmen oder nicht.«

Wir stutzten. Da könnte er recht haben. Mit ihm würden wir vielleicht schneller in die Wohnung gelangen. Ohne Naider waren wir für sie nur die Journalisten, die ihren Mann verfolgten.

»Naider kann uns wirklich helfen« gab ich zu bedenken.

Jansen ergab sich in sein Schicksal und nickte.

»Meinetwegen, aber halten Sie sich an unsere Anweisungen! Dann los!«

Vorsicht! Bissiger Hund!

Bierstadts Villengegend lag im Süden. Da wohnte Zahnarzt neben Rechtsanwalt und Manager neben Konzernbetriebsratsvorsitzendem. Einzelne, weit auseinanderliegende Häuser im Stil der Jahrhundertwende. Einige im Jugendstil, liebevoll und teuer restauriert. Alte Bäume, Rhododendron-Büsche, englischer Rasen. Gartenmauern aus Naturstein und mit Mauerpfeffer bewachsen. Kieswege und repräsentative Springbrunnen. Verschließbare Gartentore mit Alarmanlagen und Schildern, die vor bissigen Bestien warnten. Wahrscheinlich waren Hunde damit gemeint und nicht die Bewohner.

Ellenbogens Haus lag am Ende einer Stichstraße. Ruhig und doch verkehrsgünstig zu einer Zubringerstraße in die Innenstadt gelegen. Jugendstilfassade, ein helles Gelb mit weißen Malereien, Frauengesichter mit langen Haaren, die sich stilgerecht um die Fensterrahmen kräuselten. Ein breiter Treppenaufgang lenkte zum geschmiedeten Portal, das kaum zu erkennen war, denn davor lagen noch fünfzig Meter gepflegter Garten. Die gelben und weißen Herbstrosen standen gebändigt in voller Blüte, einige hatten vom Regen braune Flecken, die ihnen einen Anstrich von morbider Vergänglichkeit gaben.

Laura mochte Rosen so gern, fiel mir plötzlich ein. Besonders die Rosen mit Regenflecken. Weil sie so duften.

Wilder Wein rankte sich schüchtern an der seitlichen Wandfassade hoch – ein Gärtner hatte ihm die Freiheit gelassen, die in dieser gezähmten Wildnis erlaubt wurde. Er quittierte es mit zu frühem Herbstgelb.

Das Gartentor war mit einer Sprechanlage ausgestattet. Jansen und ich verbargen uns hinter einem Busch, und Naider schellte. Er straffte seine gestreifte Brust. Was würde er sagen? Wie wollte er sich Zugang zum Haus verschaffen? Ich war gespannt. Naider ist ein Meister der Improvisation, dachte ich, er wird leicht unterschätzt – auch von mir.

»Wer ist dort?« schnarrte eine verzerrte Stimme.

»Hier ist Agnus Naider vom Forschungsinstitut und von der städtischen Beratungsstelle. Ich habe eine wichtige Nachricht zu überbringen!«

Es knirschte in der Anlage. »Der Herr Professor ist nicht da! Das habe ich den Reportern auch schon gesagt! Er ist verreist. Gehen Sie jetzt bitte! Wir empfangen keinen Besuch!«

»Ich will nicht zum Herrn Professor, ich will zu Frau Professor. Ich habe eine wichtige Nachricht von ihrem Mann für sie.«

Stille. Die Besitzerin der Stimme dachte nach.

»Kennt Frau Professor Sie denn überhaupt?«

»Ja, natürlich. Sie soll aus dem Fenster schauen, dann wird sie mich sehen. Sie kennt mich, ich bin ein Mitarbeiter Ihres Mannes. Wollen Sie mich nicht endlich melden? Es ist lebenswichtig!«

Naider überzeugte. Die Stimme meinte: »Moment. Ich werde sie fragen. Warten Sie, es dauert nicht lange!«

Wenig später wurde das Tor geöffnet. Zu dritt schritten wir voran. Ich hielt mich im Hintergrund, denn Verena Ellenbogen kannte mich von der Ausstellung von Amadeus Augenstern. Jansen war ihr unbekannt.

Ein Haus voller Überraschungen

Die Hausperle empfing uns und und wies uns den Weg in den Salon.

Französische Stil-Möbel mit Intarsien, blankes Parkett, altes Kristall in den Vitrinen und eine Schäferszene in Öl an der Wand – eine Allegorie der Antike, Daphnis und Chloe, das kindliche Liebespaar, das sich beim Schafehüten liebenlernt – Großbürgeridylle in dem lauschigen Schlößchen eines verbrecherischen Kinderfickers, dachte ich wütend. Ich hätte kotzen mögen. Doch bevor ich es tun konnte, erschien die Dame des Hauses. Das Gesicht wieder unbewegt und starr, doch die Augen waren verweint. Die Haare nicht mehr im Kindchenlook gedreht, sondern im Nacken zusammengesteckt. Die Kleidung korrekt und nicht mehr so verspielt wie am Abend der Kunstausstellung, sondern einer erwachsenen Frau um die vierzig angemessen.

Ihr Blick fiel auf mich, und sie regte sich noch nicht mal auf. Sie lächelte sogar, wenn man ihren leicht verzerrten Gesichtsausdruck so nennen konnte.

»Haben Sie ihn doch zur Strecke gebracht, ich gratuliere Ihnen, Frau Reporterin!« sagte sie zu mir.

Ich guckte sie dumm an, so überrascht war ich. Einen hysterischen Anfall hätte ich angemessener empfunden. Oder einen tätlichen Angriff. Doch nichts von alledem, sondern nur ein Lächeln und ein ironisch gemeintes Kompliment!

»Setzen wir uns doch! Einen Drink?« verblüffte sie uns weiter. Wollte sie Zeit gewinnen, indem sie uns in eine Unterhaltung zog?

Vor Schreck schüttelten wir die Köpfe. Sie ging zu einem Kirschholzsekretär, öffnete die Klappe und goß ein. Es roch nach altem Sherry. Mit dem Glas in der Hand schlenderte sie zu einem Sessel und ließ sich fallen.

»Also? Was wollen Sie hier?«

»Wo ist Ihr Mann?« fragte ich.

»Er ist verreist. Für lange Zeit. Für sehr lange Zeit. Und hoffentlich für immer!«

»Was soll das heißen?«

»Er wird künftig im Ausland leben. Oder – Sie würden es so formulieren: Er hat sich abgesetzt, bevor er verhaftet werden konnte.«

»Und Sie und die Kinder läßt er hier sitzen?«

»Was soll er mit uns? Wir würden ihn doch nur stören bei seinen Hobbies!« Es klang bitter und voller Haß.

»Wußten Sie etwa alles? Haben Sie gewußt, daß er ein ...?« Ich suchte nach einem Wort, das sie nicht all zu sehr verletzen würde. Ich fand aber keins.

»Ja, natürlich. Ich habe alles gewußt. Denn – auch wenn Sie es nicht für möglich halten, ich bin eins seiner Opfer. Er schlief mit mir, da war ich 13 und er 24. Mein Vater zwang ihn, mich zu heiraten, als ich 17 Jahre alt war. Doch da war ich ihm eigentlich schon zu alt. Viel zu alt. Denn je älter er wurde, desto jünger mußten seine Mädchen sein. Immer jünger, immer öfter und immer härter!«

Sie sagte es in einem gleichgültigen Ton, als würde sie uns ihr Bratkartoffelrezept verraten.

»Sie haben es die ganzen Jahre gewußt, daß er sich an Kindern vergreift? Und Sie haben es geduldet und nichts dagegen unternommen?«

Sie lächelte wie eine Schlafwandlerin und goß den Sherry mit einem Zug hinunter.

»Ich habe nichts verraten, das ist richtig. Wir hatten nämlich eine Vereinbarung getroffen. Er bekam seine zwei Urlaubsreisen im Jahr nach Asien, und ich schwieg. Aber das reichte ihm leider nicht mehr. Er brauchte sie ständig und immer, seine kleinen Lolitas. Er konnte einfach nicht genug bekommen. Er hatte sich nicht mehr unter Kontrolle. Wenn wir Besuch bekamen, zitterte ich jedesmal, daß jemand seine geilen Blicke auf Kinderhöschen und Kleidchen verstehen würde! Und ich wußte, was er abends in seinem Schlafzimmer tat, wenn er nicht gestört werden wollte. Er blätterte in seinen Magazinen und suchte sich frische kleine Lieblinge aus! Später wurde mir klar, warum er zweimal die Woche wegging und entspannt nach Hause kam. Manchmal brachte er mir sogar Blumen mit, wenn er das Kind so richtig fertiggemacht hatte!«

»Meinen Sie die kleine Beate?«

»Beate? Ja, so hieß sie. Genau die. Er mochte sie besonders, weil sie so schmal war und immer noch Angst vor ihm hatte. Er brauchte die Angst der Mädchen. Das machte ihn heiß.«

Ich schaute zu Jansen. Ihm standen Schweißperlen auf der Stirn, die Worte peinigten ihn.

»Hatten Sie denn nie Mitleid mit diesen Kindern?« wollte ich wissen.

Sie lachte trocken und resigniert auf. »Nein, was gehen mich andere Leute an? Wenn die Eltern ihr eigenes Kind verkaufen, warum soll ich mich schuldig fühlen?«

Ich schenkte mir die Antwort, sie hätte ohnehin nichts verstanden.

»Und die Zwillinge? Wie kamen die zustande, wenn er nicht mehr mit Ihnen geschlafen hat?«

»Die Zwillinge habe ich ihm sozusagen abgerungen. Ich wollte Kinder, und ich hatte mir Jungen gewünscht. Ich zwang ihn, mit mir zu schlafen, weil ich meinem Leben einen Sinn geben wollte. Sonst hätte ich mich umgebracht oder wäre verrückt geworden.« Sie setzte sich ein weiteres Glas Sherry an die Lippen und neigte den Kopf nach hinten.

»Frau Ellenbogen«, wollte ich wissen, »warum in aller Welt erzählen Sie uns das alles? Sie wissen doch, daß Sie Ihren Mann vor drei Zeugen belasten, oder ist Ihnen das nicht klar?«

Sie stand auf, setzte ihr leeres Glas ab und ging zu dem Ölschinken mit der Schäferszene an der Wand. Sie klappte das Bild seitlich weg und öffnete den Safe, der sich dahinter verbarg. Sie nahm etwas heraus und brachte es uns. Es waren Fotos. Bilder von nackten kleinen Mädchen, wie ich sie inzwischen hundertfach gesehen hatte.

Doch – die Accessoires waren edler, eins der Kinder lag auf einer französischen Récamiere, diesem Sofa, auf dem man weder liegen noch sitzen kann. Auf einem anderen Foto lag das Kind mit geöffneten Schenkeln auf einem Orientteppich. Es hatte die nackten Ärmchen hinter dem Kopf verschränkt, die Lider waren halb geschlossen. Als ich dann auf einem Foto gleich zwei nackte Mädchen sah, die sich ähnelten wie ein Ei dem anderen, fiel der Groschen bei mir.

»Die Zwillinge!« stieß ich hervor. »Mein Gott, er hat die eigenen Kinder ...«

»Deshalb soll er verschwinden«, kreischte sie plötzlich, »ich hatte ihm versprochen zu schweigen, was auch passieren würde. Aber unter der Bedingung, daß er Mascha und Violetta nicht anrührt! Sie sollten nicht dasselbe mitmachen wie ich! Und er konnte seine dreckigen Finger nicht von ihnen lassen! Ich könnte ihn dafür umbringen!«

»Seit wann wissen Sie das mit den Zwillingen?«

»Zu spät«, schrie sie, »seit heute morgen erst! Er hat seinen Paß und viel Geld aus dem Safe genommen, und dabei fielen die Bilder raus – nicht nur die, sondern auch andere. Von den mageren Würmchen in Asien. Gucken Sie nur selbst nach, bedienen Sie sich! Der Safe ist voll von den Sachen. Worauf warten Sie denn noch?«

Wir rührten uns nicht. Schließlich brach Jansen das Schweigen. »Frau Ellenbogen, wo könnte Ihr Mann jetzt sein? Wir müssen ihn unbedingt finden! Sie wollen doch auch, daß er ins Gefängnis geht? Bestraft wird?«

Sie zuckte die Schultern. »Was kümmert's mich? Hoffentlich krepiert er in einem dieser Puffs.«

»Hören Sie,« beschwor er sie, »er hat ein kleines Mädchen entführt. Die Beate, von der wir eben gesprochen haben. Sie lebt inzwischen in meiner Familie. Wir müssen sie finden, oder wollen Sie, daß er das Kind umbringt? Ein elfjähriges Mädchen?«

Sie schaute auf und sagte: »Sie war doch schon tot, nachdem mein Mann sich an ihr vergriffen hat, nur hat es niemand bemerkt.«

»Lassen Sie diese Scherze!« Jansen wurde wütend und schüttelte sie. »Ich will das Kind finden. Und Ihren Mann auch, damit er ins Gefängnis wandert. Und Sie werden mir jetzt sagen, wo Ihr Mann sein könnte! Und zwar ein bißchen plötzlich! Ist er unterwegs zum Flughafen?«

Sie reagierte noch immer nicht.

Agnus Naider entwickelte eine blendende Idee. »Vielleicht finden wir im Safe einen Anhaltspunkt«, sagte er und marschierte hin. Der Stahlschrank stand noch immer sperrangelweit auf. Naider wühlte in den Sachen und kam mit einem Heftchen zurück.

»Hier ist ein Flugplan, sogar die neueste Ausgabe!«

Ich riß ihm das Ding aus der Hand und blätterte. Ellenbogen hatte drin rumgekritzelt und sich einige Flüge angekreuzt. Ich prüfte die markierten Flugverbindungen.

»Ich habe hier noch was«, sagte Naider und hielt einen Schlüsselbund hoch, »sieht aus wie der Schlüssel zu einer Wohnung.« Ein schwarzes Ledermäppchen mit den eingestanzten Initialen L und G und zwei Schlüsseln, einen für das Haus und einen für das Büro.

Mir blieb das Herz stehen, das war Lauras Schlüsselbund. L und G, das hieß Laura Gutweil und nichts anderes.

»Lauras Schlüssel«, stotterte ich, »er hat es doch getan. So ist er nachts ins Haus gekommen, ohne bemerkt zu werden. Dieser Kerl hat Laura umgebracht, weil sie gewußt hatte, daß er 'Onkel Herbert' war. Deshalb hat er sie erstickt.«

»Kennen Sie diesen Schlüssel?« fragte ich Frau Ellenbogen. Sie blickte uninteressiert hoch und senkte den Kopf wieder, ohne zu antworten. Die Sache ging sie nichts mehr an. Sie war fertig für heute.

Ich ging zum Safe und untersuchte nun ebenfalls den Inhalt. Keine weiteren Hinweise auf Laura. Nur der Schlüssel. Merkwürdig, daß ihn Ellenbogen nicht weggeworfen hatte. Mord oder Mißbrauch von Kindern – im Strafmaß bestehen da große Unterschiede. Für Mord gibt's lebenslänglich.

Meine Hände sortierten Pornomaterial, das mich nicht weiter interessierte. Ich hatte zu viel von dem grauenhaften Zeug gesehen. Sollten sich die Behörden damit rumplagen!

Ich wühlte weiter, niemand hinderte mich daran. Haarschleifen aus Samt, an denen kleine Mädchen sich erfreuen konnten, ein Foto von Beate, wie sie nackt einen überlebensgroßen Teddy im Arm hatte, die Rechnung über den BMW für Beates Vater und ein gebrauchter Kinderslip.

Das Equipment eines perversen Gewalttäters! Mein Blick fiel auf eine Klarsichtfolie, in der etwas Schwarzes lag. Der falsche dunkle Bart und eine dunkle Perücke aus Naturhaar – der endgültige Beweis, daß Ellenbogen 'Onkel Herbert' war.

In der Klarsichthülle lagen noch einige kleine dunkelgrüne Aufkleber in Kleeblattform.

»Das also war das Kleeblatt«, murmelte ich, »kein Muttermal, sondern Plastik. Aufgeklebt. Wie einfach! Ein Glücksbringer für die Schweinetaten!«

Niemand begriff, außer Peter Jansen. Er war hinter mich getreten und hatte auch das Foto von Beate gesehen. Ihm standen die Tränen in den Augen. Er bemühte sich darum, nicht die Fassung zu verlieren. Ihm wurde wohl plötzlich klar, was dieses Kind, dem er so viel Zuneigung schenkte, jahrelang mitmachen mußte!

»Also«, referierte ich, »er hat den Reisepaß mitgenommen und viel Geld. Und er hat Flüge markiert. Wenn er schnell weg will, dann fliegt er in Düsseldorf ab. Daß er Beate mitnehmen will, glaube ich nicht. Er hat ja kein Ausweispapier für sie. Sie dient ihm höchstens als Geisel. Also – wann geht heute abend ein Flugzeug nach Manila, nach Bangkok oder Singapore? Das müssen wir rauskriegen und dann auf gut Glück nach ihm suchen.«

»Ruf den Flughafen an!« riet Jansen.

»Das dauert ewig. Gibt es einen Fernseher hier im Haus? Frau Ellenbogen, nun sagen Sie endlich was!«

Diesmal reagierte sie. »In der Bibliothek nebenan. Er will nach Manila, dort hat er sich vor drei Jahren ein Haus gekauft. Für den Fall, daß er sich absetzen muß. Falls er erwischt wird.«

»Warum haben Sie das nicht gleich gesagt, verdammt noch mal!« brüllte ich sie an. »Fliegt er ab Düsseldorf oder nicht? Hat er viel Geld mitgenommen?«

»Das braucht er nicht. Seit Jahren transferiert er Geld auf die Bank of Manila. Im Safe waren nur etwa 30 000 Mark. Und die sind weg!«

Wir mußten ihn kriegen. Heute noch. Er war seit etwa

drei Stunden auf der Flucht. Die Flüge, die er sich herausgesucht hatte, starteten alle abends. Die Zeit müßte reichen.

Ich stürzte rüber in die Bibliothek und schaltete den Fernseher ein. Videotext, Index holen und Flugplan Düsseldorf abfragen. Ich quälte die Fernbedienung. Da, endlich! Garuda Airlines nach Manila. In vier Stunden. Das war der Flug!

»Peter«, sagte ich, »du alarmierst die Polizei und kommst uns zum Flughafen nach. Ich nehme Naider mit. Erzähle der Polizei alles und gib den Bullen den Schlüssel von Lauras Wohnung. Mach ihnen klar, daß wir nicht nur einen Triebverbrecher suchen, sondern einen Mörder. Da können die schon mal ihre angeborene Zurückhaltung gegenüber VIPs aufgeben. Naider und ich starten jetzt, und wir versuchen, ihn auf dem Flughafen zu erwischen und aufzuhalten, bis ihr da seid.«

Da kam plötzlich Leben in Verena Ellenbogen. »Ich möchte mitfahren!« forderte sie. »Bitte, Sie müssen mich mitnehmen!«

Eine hysterische Frau auf dem Weg zum Flughafen, nein, das war nicht nach meinem Geschmack. Aber — wenn sie ihre Aussagen bei der Polizei wiederholen würde, sie, die Frau des honorigen Professors, das hätte Gewicht! Und sie könnte es sich später nicht anders überlegen!

»Fahren Sie mit Herrn Jansen erst zur Polizei und kommen Sie dann zum Flughafen nach. Ihre Aussage kann die Beamten bestimmt beeindrucken. Sagen Sie alles. Alles klar?«

Jansen erwiderte: »Aye, aye!« und packte Frau Ellenbogen am Arm. »Kommen Sie, und schließen Sie den Safe wieder zu, damit die Beweise sicher untergebracht sind.«

Und zu mir sagte er: »Viel Glück! Wenn das Schwein Beate nur ein Haar krümmt, dann bringe ich ihn um.«

Für mich bestand kein Zweifel daran, daß seine Ankündigung nicht nur heiße Luft war. Ich wußte plötzlich, daß Ellenbogen Beate nichts tun würde. Das Kind war seelisch stabiler geworden und älter. Außerdem würde er sich auf seiner Flucht nicht mit einem Kind belasten, für das er kein Ausweispapier vorlegen konnte. Wenn er davonkommt, dachte ich, bleibt nur noch der Glaube an eine höhere Gerechtigkeit. Hoffentlich holt er sich in Manila die Pest an den Hals oder ertrinkt im Meer oder ein Hai erbarmt sich seiner. Mit diesen frommen Wünschen im Kopf hastete ich zu meinem Auto, Naider im Schlepptau.

Zwei verbeulte Töpfe

Die Autobahn war mal wieder verstopft. Hinter Essen ging es nur schrittweise vorwärts, denn ausgerechnet heute waren Markierungsarbeiten auf der Fahrbahn angesagt. Alle Fahrzeuge mußten sich in eine Spur quälen. Ich hatte einen nervösen Fuß.

»Auch wenn Sie noch so dicht auffahren, es geht doch nicht schneller!« stellte Naider fest. »Wir haben noch zweieinhalb Stunden, bis das Flugzeug nach Manila aufgerufen wird, das schaffen wir gut!«

»Danke für den Trost«, gab ich zurück, »doch wer sagt uns, daß wir richtig liegen und er wirklich heute abend fliegt? Vielleicht nimmt er eine andere Maschine, startet von einem anderen Flughafen, und der ganze Aufwand war umsonst. Dann verschwindet er auf Nimmerwiedersehen!«

»Er will so schnell weg wie möglich. Er weiß, daß wir wissen, daß er Beate gekidnappt hat. Düsseldorf ist der am nächsten gelegene Flughafen. Heute abend geht ein Flug nach Manila. Warum also sollte er noch warten?«

Das klang logisch. »Hoffentlich hat er Beate nichts angetan«, betete ich und hupte einen Mercedesfahrer an, der mich mit Lichtsignalen genervt hatte. »Warum hat er sie wohl mitgenommen? Er ist doch so oder so erledigt. Kindesmißbrauch, Kindesentführung und Mord!«

»Vermutlich bildet er sich ein, sie zu lieben. So fühlen viele Pädophile. Sie verdrängen, daß sie den Kindern Gewalt antun. Und immerhin war Beate jahrelang seine Favoritin!«

»Psychologen-Quatsch! Beate hatte Angst vor ihm, hat geweint, während sich dieses Schwein über sie hergemacht hat! Er hat sie geschlagen! Sieht so Zuneigung auf Gegenseitigkeit aus?«

»Diese Menschen haben selbst eine gewaltbetonte Erziehung gehabt, sie halten Schläge für ganz normal!«

»Ihr Psychologen findet wirklich für alles eine Entschuldigung!«

»Keine Entschuldigung, aber eine Erklärung. Das ist unser Beruf.«

»Er liebt sie also! Hat er die kleinen Mädchen auf den Philippinen auch geliebt?«

»Das ist so wie in normalen Ehen. Ein Mann kann glücklich verheiratet sein und trotzdem fremdgehen. Das ist der Unterschied zwischen richtiger Liebe und schnellem Sex.«

»Und wo bleibt die Moral? Das gegenseitige Vertrauen? Die Angst, dem anderen weh zu tun? Ist der Mensch für euch Seelenklempner nur ein ungezähmtes Tier, das seinen Lüsten und Trieben frönen kann? Und dabei von euch beobachtet wird?«

»Wäre der Mensch nicht schon durch Moral, Religion und Ideologien verdorben, hätten wir Psychologen weniger Arbeit«, seufzte Naider. Er hatte sich warm diskutiert und sprach aufgeregt.

»Und warum hat Ellenbogen Laura umgebracht? Aus Zuneigung vielleicht?«

»Das hatte völlig andere Gründe«, dozierte er, »aus Angst vor Entdeckung! Aus Abscheu vor ihren sexuellen Annäherungsversuchen!«

»Sie spinnen wohl!« stieß ich hervor. »Als ob sie es nötig gehabt hätte, Männer sexuell zu bedrängen! Und dann noch so massiv, daß nur Mord die Lösung war, sie sich vom Hals zu halten. Das ist ja wohl ein schlechter Witz!«

Ich wäre vor Ärger fast auf einen Viehtransporter aufgefahren, der sich auf der engen Spur quälte. Welche merkwürdigen Gedanken spukten in seinem Gehirn herum? Laura – ein sexgieriges Monster? »Nehmen Sie es ihr noch immer übel, daß sie Sie hat abblitzen lassen? Damit wird Ihr männliches Selbstbewußtsein wohl nicht fertig, was? Ich glaube, Sie gehören auf die Couch!«

Sofort machte er einen Rückzieher: »Ich wollte über Laura nichts Schlechtes sagen! Wahrscheinlich hat er sie doch aus Angst vor Entdeckung umgebracht.«

»Na also«, meinte ich zufrieden. Schade, dachte ich dann nach einer Weile. Ich hatte ihn zu früh gestoppt. Wie dumm von mir! Vielleicht hätte ich etwas Wesentliches über ihn erfahren können. Der Stau machte mich langsam wütend. Nur noch wenige Kilometer bis zur Flughafenausfahrt. Ich scherte nach rechts aus und fuhr auf dem Standstreifen weiter.

Naider war verstummt und seine Miene nicht die heiterste. Das war nicht günstig für die Durchführung unseres Planes. Ich mußte ihn wieder aufbauen.

»Agnus! Es ist so, wie es ist. Laura ist tot, und Sie sollten sie vergessen. In ein paar Monaten – nachdem die Geschichte gelaufen ist – sollten Sie sich unter den heiratsfähigen Töchtern dieses Landes umsehen. Und zwar richtig. Für jeden Topf gibt es den passenden Deckel, so hat meine Oma immer gesagt. Ihren Deckel werden Sie noch finden, da bin ich sicher!«

»Wenn die Töpfe aber so verbeult sind, daß es keinen Deckel dafür gibt?«

»Warum sollten ausgerechnet Sie ein so gründlich verbeulter Topf sein?«

Ich reihte mich wieder in die Schlange auf der Autobahn ein, denn es kam Bewegung in die Masse Blech.

Er ließ nicht locker, er wollte geschlagen werden. »Ich wäre doch auch kein Mann für Sie, oder? Sie würden mich doch auch nicht akzeptieren.«

Er wollte die Wahrheit hören, und ich sagte sie ihm. »Nein. Aber das sagt gar nichts über Sie aus. Ich finde Machos mit gebremstem Schaum hinreißend. Männer, die erst kürzlich begriffen haben, daß Frauen auch zur menschlichen Spezies gehören, die sind eine Herausforderung für mich. Männer mit Tischmanieren, die Gedichte lieben und klassische Musik hören. Und dabei noch gut aussehen. Und wissen Sie, wo mein Problem liegt?«

Er wußte es nicht.

»Daß diese Männer in etwa zehn Exemplaren über den gesamten Erdball verteilt sind. Meine Trefferquote hält sich also in Grenzen! Und jetzt sagen Sie selbst: Bin ich nicht auch ein verbeulter Topf?«

Er nickte. Ich hatte ihn überzeugt. Warum sollte ich ihm sagen, daß ich vor einem Jahr einen solchen Treffer gelandet hatte? Ein Gesicht, ein Geruch und die Erinnerung an erfüllte Tage und Nächte nahmen millisekundenlang von meinem Gehirn Besitz. Es gab zum Glück noch anderes auf dieser Welt als flüchtige Kinderficker, verstörte Psychologen und ermordete Freundinnen. Der Verkehr lief wieder. Ich schaute auf die Uhr. In einer Stunde sollte die Maschine starten. Ellenbogen würde die Uhrzeit ebenso gebannt verfolgen wie ich.

Die schmale Zufahrtsstraße zum Airport war wieder verstopft. Stop-and-go-Tempo.

Endlich. Auch mit 30 Stundenkilometern konnte man 30 km in einer Stunde zurücklegen. Ich hielt nicht auf dem Parkplatz, sondern setzte den Mietwagen in die Kurzparkplätze zum Be- und Entladen. Das Verbot, hier länger zu parken, beeindruckte mich nicht.

Showdown auf dem Airport

Die Tür zu den Abflugschaltern öffnete sich automatisch. Tausende von Menschen tummelten sich hier, aufgeregtes Schreien, jubelndes Begrüßen, übermüdete Langstreckenflieger schlurften über den Steinfußboden, schicke Stewardessen tänzelten hinter smarten Flugkapitänen her. Kinder saßen todmüde auf den Gepäckwagen und wurden von ihren Eltern geschoben, Frauen trugen ihre Schnäppchen aus dem Duty-free-Shop wie Trophäen vor sich her. Wie sollten wir hier eine einzelne Person finden, die sich wahrscheinlich auch noch verstecken würde?

Ich suchte den Flug der indonesischen Garuda Airlines nach Manila auf der Abflugtafel. Fand die Nummer des Abfertigungsschalters und den Flugsteig. Hier irgendwo würde er sich herumtreiben. Naider und ich bogen nach rechts ab und folgten den Hinweistafeln. Das Einchecken vor dem Schalter war bereits im Gange, zwei junge Frauen kontrollierten die Tickets und zwangen sich zu einem müden Lächeln. Wir stürzten an der Schlange vorbei nach vorn.

»Hinten anstellen!« dröhnte ein Tourist. »Das ist ja wohl keine Art, sich so vorzudrängeln:«

Andere schlossen sich seiner Empörung an. Ich warf den Nörglern böse Blicke zu, die sich aber nicht weiter daran störten. Man war halt in gnadenloser Urlaubsstimmung!

»Hinten anstellen, aber ein bißchen plötzlich!« brüllte der nächste Tourist und bedrohte mich mit seinem Strohhut. »Schnauze!« brüllte ich zurück. Diese Sprache verstand er. Die Frau am Schalter blickte irritiert auf.

»Hören Sie, es ist wichtig. Können Sie ermitteln, ob ein Dr. Christian Ellenbogen diesen Flug gebucht hat?«

»Warum wollen Sie das wissen? Ich kann doch nicht einfach Auskunft geben! Sind Sie seine Frau? Oder eine Verwandte?«

»Nein, ich bin die Schwester seiner Frau. Schauen Sie doch bitte mal nach! Es ist wichtig! Ein unvorhergesehenes Ereignis in seiner Familie! Es geht um Leben oder Tod!«

»Eigentlich darf ich das nicht.«

Ich schaute sie flehend an. Es wirkte. Sie guckte auf den Bildschirm.

»Ja, der Herr hat diesen Flug gebucht, ist aber noch nicht abgefertigt. Erste Klasse nach Manila, nur Hinflug. Soll ich ihn durch die Flughafeninformation ausrufen lassen?«

»Nein, das ist nicht nötig«, versicherte ich hastig, »ich werde hier auf ihn warten, er muß ja bestimmt bald kommen, vielen Dank.«

Ich ging zu Naider zurück. Er hatte den Spießrutenlauf an den Pauschaltouristen vorbei nicht mitgemacht. Ich berichtete.

»Wie sollen wir ihn aufhalten, wenn er den Vogel unbedingt besteigen will«, wollte ich wissen. »Wir können ihn doch schlecht an einem Gepäckwagen anleinen!«

»Die Flughafenpolizei vielleicht? Wenn wir zu der gehen?« schlug Naider vor.

Ich war skeptisch. »Was sollen wir denen sagen? Eine Journalistin und ein Psychologe erzählen eine hanebüchene Story. Bis die das alles begriffen haben, ist der Flieger über dem Meer.«

Ich wußte keine Lösung. Die Passagiere wurden noch immer abgefertigt, die Schlange wurde immer kleiner, und kein Ellenbogen war in Sicht. Meine Stimmung schwankte zwischen Wut, Enttäuschung und Anspannung.

Wir hatten uns so plaziert, daß er uns nicht sofort sehen konnte. Ich schaute nach rechts und links. Nichts tat sich. Kein Ellenbogen und leider auch kein Peter Jansen mit der Polizei. »Ich gehe telefonieren«, erklärte Naider, »Sie sollten hierbleiben und aufpassen!«

»Und wen wollen Sie ausgerechnet jetzt anrufen? Ihre Mutter vielleicht?«

»Die ist leider vor drei Jahren gestorben. Ich rufe die Flughafenpolizei an.«

»Wieso? Da können wir doch hingehen. Da drüben, dort wo das blaue Schild hängt.« Ich begriff nicht.

»Ich rufe deshalb an, weil ich keinen Polizeiausweis bei mir habe. Und wenn ich per Telefon um Amtshilfe bitte, dann brauche ich keinen Ausweis vorzulegen.«

Der Groschen fiel. Naider würde sich als Polizeikommissar ausgeben und darum bitten, den Passagier Ellenbogen solange am Abflug zu hindern, bis die richtige Polizei eintraf. Die Sache hatte zwei Haken: Daß die Beamten am Flughafen Naider nicht glauben würden und daß es Peter zu Hause in Bierstadt nicht gelingen würde, Kommissar Zahlmann und seine Kollegen zum Eingreifen zu bringen. Aber probieren geht über dumm herumstehen!

»Viel Glück«, wünschte ich ihm, »das könnte wirklich klappen.«

Agnus schlurfte davon. Ich blickte ihm nach. Wahrlich, er hatte keinen dynamisch federnden Gang, der bei manchen Männern so attraktiv wirkt. Er setzte seine großen Füße von außen nach innen, was sehr komisch aussah, so, als habe er Schaufeln statt Füße.

Ein Frauentyp war Lämmchen nicht, eher jemand, dem Frauen ihre Steuererklärung oder das Blumengießen während des Urlaubs anvertrauten.

Da! Panik ergriff mich. Da kam er, nur mit einem kleinen Schalenkoffer. Die Fönfrisur war leicht verrutscht, die Blicke hinter den getönten Brillengläsern unstet und wachsam. Er trug einen Trenchcoat und hatte kein kleines Mädchen dabei. Mir gefror das Blut in den Adern, und ich schluchzte auf. Hoffentlich hatte er Beate ... nein, nur nicht dran denken. Ich drückte mich hinter eine Säule.

Ellenbogen sah mich nicht. Er reihte sich in die Schlange ein, die noch etwa aus 15 Leuten bestand. Die ersten Passagiere gingen schon durch die Paßkontrolle. Es wurde eng. Kein Naider und keine Polizei. Es war zum Verrücktwerden.

Sollte ich einfach auf ihn losgehen und schreien? Aufmerksamkeit erregen? Ihn ohrfeigen, um so das Eingreifen der Polizei zu provozieren?

Dann sah ich sie. Zwei Beamte gingen zügig an der Schlange vorbei zur Stewardeß an der Abfertigung. Sie sprachen miteinander. Die Frau nickte, und die Beamten gingen wieder fort. Ich blickte auf Ellenbogen. Er hatte die Szene beobachtet und wurde nervös. Er blickte sich um. Ich putzte mir die Nase, um mein Gesicht zu verbergen.

Meine roten Haare! Ein Feuermelder war farblos dagegen. Ich wagte nicht aufzusehen. Dann tat ich's doch. Er schaute mich an, und ich guckte zurück. Unsere Blicke waren kalt und verkrallten sich ineinander. Ich war plötzlich ganz ruhig, hatte Nerven wie Drahtseile und den tödlichen Willen, ihn nicht davonkommen zu lassen. Irgendetwas würde in wenigen Minuten passieren! Ellenbogen drehte sich wieder um und blieb weiter in der Schlange stehen, so, als habe meine Anwesenheit auf dem Flughafen für ihn nicht die geringste Bedeutung. Kaltblütig – das war das einzige, was mir dazu einfiel.

Langsam ging es weiter in der Abfertigungsschlange. Noch fünf Passagiere vor Ellenbogen. Ich kam mir vor wie im Kino, Sperrsitz in einem Krimi, kurz vor dem Showdown, wenn dem Bösewicht der Garaus gemacht werden soll und die Heldin zu außergewöhnlichen Mitteln greifen muß, um ihr Ziel zu erreichen.

Dann sah ich, wie die Frau am Schalter nickte. Sie hatte Ellenbogens Flugschein auf der Theke liegen und seinen Namen erkannt. Die beiden Beamten steuerten flugs auf ihn zu und sprachen ihn an. Er antwortete und zwar ziemlich laut, verstehen konnte ich aber nichts. Doch die Beamten waren nicht beeindruckt, sie faßten ihn am Arm und nahmen ihn in die Mitte. Dann gingen sie in Richtung Polizeiwache. Alles verlief ruhig.

»Na, hat doch geklappt, oder?« strahlte mich Agnus Naider an, »mein Amtshilfeersuchen ist auf fruchtbaren Boden gefallen.«

»Glückwunsch. Und was jetzt? Wie geht es weiter?«

»Irgendwann in der nächsten Zeit müßte Ihr Kollege ja wohl eintreffen, aber dann hoffentlich mit der richtigen Polizei!«

»Und wenn nicht? Der Trick fliegt spätestens dann auf, wenn die Flughafenpolizei in Bierstadt anruft. Na ja, auch egal. Immerhin haben wir etwas Zeit geschunden, und die Maschine nach Manila kriegt er heute nicht mehr. Und in der Zwischenzeit können wir uns dann was Neues ausdenken.«

Ich schaute befriedigt zum Schalter, die Mädchen packten ihre Sachen und machten die Türen dicht. Die Passagiere waren abgefertigt, und die Maschine würde jede Minute starten ins Kinderporno-Paradies. Ohne einen gewissen Herrn in der ersten Klasse, der sicherlich keine Annäherungsversuche bei den Stewardessen gemacht hätte. Und das nicht, weil er ein echter Gentleman war. Wir gingen langsam zum Büro der Flughafenpolizei und postierten uns vor dem Eingang. Mit Peter Jansen hatte ich den Abfertigungsschalter als Treffpunkt ausgemacht, doch der war von hier aus prima zu sehen. Aus dem Polizeibüro hörte ich aufgeregte Stimmen.

»Da seid ihr ja«, tönte eine Stimme von hinten. Peter Jansen war es, im Schlepptau Kommissar Friedel Zahlmann, einen zweiten Beamten und Frau Ellenbogen, die wieder ihre unbewegte Miene aufgesetzt hatte.

»Na, endlich!« sagte ich erleichtert. »Fast wärt ihr zu spät gekommen! Wir mußten einen kleinen Trick anwenden, sonst wäre Ellenbogen schon in der Luft. Er ist da drin!« Ich deutete auf die Polizeiwache.

»Bei den Kollegen?« Zahlmann grunzte zufrieden. »Das ist ja prima, wie die Jungs auf Zack sind. Also, dann wollen wir mal, auf geht's.«

Angeführt von Zahlmann und seinem Kollegen, traten wir durch die Tür.

»Hat er einen Haftbefehl?« flüsterte ich Jansen zu.

»Allerdings. Deshalb hat's ja etwas gedauert! Wir mußten erst noch zum Richter.«

»Peter, die Kleine ist nicht bei ihm!«

»Ich weiß. Die ist schon wieder auf dem Weg nach Hause!«

»Wirklich? Das ist ja wunderbar! Wie ist das passiert?«

»Ich erzähl dir's später ausführlich. Er hat ihr nichts getan, nur soviel für jetzt.«

Ein Happy-End war in Sicht, und das war gut so. Ich liebe Happy-Ends, im Film wie im Leben.

Ellenbogen saß in einem kleinen Raum auf einem ungepolsterten Stuhl. Sein Schalenkoffer war geöffnet, und drin lagen ein paar Bündel Geldscheine. Ein Beamter saß vor ihm am Schreibtisch.

»Guten Abend, ich bin Hauptkommissar Zahlmann, hier ist meine Legitimation.« Er zeigte seinen Ausweis. »Ich habe einen Haftbefehl gegen diesen Herrn hier.«

»Ja, das sagten Sie uns ja bereits am Telefon, Herr Kollege.«

»Telefon?« Zahlmann grübelte. Jansen guckte mich an, und ich deutete mit den Augen auf Naider, der sich ein Lächeln nicht verkneifen konnte.

Jansen kapierte. Er kannte den Trick mit den fingierten Anrufen ja schließlich aus eigener Erfahrung.

Bevor jedoch Zahlmann weitergrübeln und der Sache auf den Grund gehen konnte, nahm eine andere Person die Sache in die Hand. Niemand hatte bemerkt, wie Frau Ellenbogen sich aus der Gruppe gelöst und an einen Tisch getreten war. Ich sah in meinen Augenwinkeln, wie sie in ihrer Tasche nach einem Taschentuch kramte. Dachte ich. Doch das Taschentuch war schwarz und hatte verdammte Ähnlichkeit mit einem Schießeisen. Sie hob es kurz hoch, zielte und drückte ab.

Einmal, und zur Sicherheit noch ein zweites Mal. Sie sagte nach dem ersten Schuß: »Viele Grüße von Mascha!« und nach dem zweiten: »Das war für Violetta.« Dann schlugen ihr die Beamten die Waffe aus der Hand.

Ellenbogens Hemdbrust färbte sich rot an zwei Stellen in der Nähe des Herzens. Er blickte seine Frau mit erstaunten Augen an und wollte noch etwas sagen. Doch außer einem unverständlichen Gurgeln brachte er nichts heraus. Schließlich fiel sein Kopf auf die Seite.

Verena Ellenbogen starrte ihn an, mit diesem merkwürdig unbewegten Gesichtsausdruck. Es war furchtbar.

Das war glatter Mord, genau geplant und eiskalt durchgeführt. Doch die Tat war auch Rache für ein unerträgliches Leben in Angst und Erniedrigung, war Vergeltung für zerstörte Kinderleben. Meine Knie wurden weich, und ich setzte mich auf einen großen Blumenkübel.

»Der ist tot«, meinte Zahlmann und bat dann trotzdem um einen Notarzt. Niemand kümmerte sich um die Täterin, deren Hände zitterten. Ich stand auf, trat zu ihr, legte ihr die Hand auf die Schulter und sagte: »Ich kann Sie verstehen.«

Das war eigentlich alles. Zahlmann erledigte irgendwelche Formalitäten, und Männer kamen mit einem Blechsarg und hievten die Leiche hinein.

Ich hätte noch so viele Fragen an den Toten gehabt. Warum er Laura umgebracht hatte, wie er Bettina Engler in den Selbstmord getrieben hatte und vieles mehr. Doch ich hatte wenigstens mein Versprechen gehalten und Lauras Mörder gefunden.

Frau Ellenbogen wurde in den Polizeiwagen gebracht, und ich fuhr mit Jansen und Naider zurück.

»Wird ihr viel passieren?« fragte ich in die Runde.

»Wohl kaum«, meinte Jansen, »wenn die ihre Geschichte so erzählt wie bei der Polizei, dann kommt sie mit Bewährung davon. Die eigenen Kinder! Diese Frau schickt kein Richter in den Bau, das kannst du mir glauben.«

Die nächsten Kilometer sprach niemand von uns.

»Setzt du mich zu Hause ab?« fragte ich Jansen. »Du kannst mir den Wagen morgen wiedergeben.«

»Wieso absetzen?« empörte er sich. »Jetzt wird gearbeitet. In der Bezirksredaktion wartet alles auf deine Geschichte. Ich habe auf der Ersten 100 Zeilen freigelassen, und die wirst du jetzt schreiben!«

»Du bist ein verdammter Sklaventreiber!« gab ich zurück. »Ich bin fix und fertig!«

»Das gibt sich schon, wenn du am Computer sitzt«, tröstete er mich. »Ich habe im Feinkostladen eine kalte Platte mit exquisiten Leckereien bestellt, deine Lieblings-Kalorienbomben. Kaffee kriegst du auch. Und wenn du fertig bist, wartet ein schönes Fläschchen Champagne extra brut auf uns im Redaktionskühlschrank. Das war die heißeste und komplizierteste Story, die wir jemals in unserem Blatt hatten. Mit einem Super-Ende, das uns einfach so in den Schoß gefallen ist. Und noch im Bild!«

»Wieso im Bild?«

Jansen hielt triumphierend eine kleine, aber teure Kamera hoch. Er hatte schon wieder heimlich Fotos geschossen!

»Extra klein, extra leise und mit einem extra empfindlichen Film. Alles drauf, hoffe ich. Ellenbogen am Tisch, wie seine Frau auf ihn schießt und dann seine Leiche. Sogar die Blechkiste müßte ich noch erwischt haben!«

»Du bist völlig skrupellos! Du willst die Bilder tatsächlich veröffentlichen?«

»Na klar. Mit den berühmten schwarzen Balken über den Augen, was die Sache noch spannender macht. Der Verlag hat sein okay gegeben und die Rechtsabteilung auch. Ich habe das vorher abgeklärt. Wir werden unsere Auflage heute nacht außerdem verdoppeln. Weil uns nämlich morgen früh jeder die Zeitung aus der Hand reißen wird.«

Jansen hatte an alles gedacht und es durchorganisiert. Und auf dem letzten Kilometer vor Bierstadt überlegte ich mir, wie ich die Story anfangen würde, denn die ersten Sätze sind in einem Artikel die wichtigsten. Danach entscheiden die Leser nämlich, ob sie weiterlesen oder das Blatt beiseite legen, um Heringe darin einzupacken.

Ich würde so anfangen: »Es ist 20.17 Uhr. In einer Polizeiwache auf dem Düsseldorfer Flughafen öffnet eine blasse Frau ihre Handtasche, zieht einen Revolver und erschießt ihren Mann. Sie drückt zweimal ab und sagt: 'Das war für Mascha und das für Violetta.' Dann läßt sie die Hand mit der Waffe sinken ...«

Ein gutes Ende für Beate

Beate war noch in der Nacht unversehrt in Peter Jansens Haus zurückgekehrt. Ellenbogen hatte bei seiner Flucht auf einem Autobahnrastplatz halten müssen, um zu pinkeln. Beate hatte die Chance genutzt. Sie öffnete die Zentralverriegelung des Autos und flüchtete. Sie versteckte sich in den Büschen auf dem Rastplatz, auf dem sonst kein Mensch war.

Ellenbogen wollte wohl keine Zeit verlieren und hatte nur kurz nach ihr gesucht. Dann war er weitergefahren. Kurze Zeit später fuhr ein LKW auf den Rastplatz. Die Kleine kam hinter dem Busch vor und bat den Fahrer um Hilfe. Der brachte Beate auf dem kürzesten Weg zur Autobahnpolizei, und die Beamten riefen bei Gerda Jansen an.

Seit dem Tag am Flughafen waren vier Wochen vergangen. Langsam wuchs Gras über die Geschichte eines verbrecherischen Triebtäters in der Maske eines Biedermannes, den sein Schicksal durch die Hand seiner eigenen Frau ereilt hatte.

Die Medien hatten sich auf die Geschichte gestürzt, sie bis zuletzt ausgeschlachtet. Nur wenige gingen mit dem Problem von Pädophilie und Selbstjustiz angemessen um, wie ich fand. Sex in Kombination mit Verbrechen, das war eine Kombination, die Auflagen und Einschaltquoten brachte. Da lohnte es kaum, sich mit dem Problem näher zu befassen. Zeitungen und Zeitschriften und auch Fernsehsendungen, sie alle sind eine leicht verderbliche Ware, die sofort konsumiert werden muß.

Ich machte mit, gab wieder Interviews gegen Geld und ließ mich nicht lange bitten. Ich konnte die Antworten auf die immer gleichen Fragen im Schlaf und hielt meine Kontonummer in greifbarer Nähe. Und ich schämte mich noch nicht einmal. Frau Gerner und ihr Pater Rico in Manila würden sich freuen, wenn sie einige tausend Mark überwiesen bekommen würden.

Tief in meinem Inneren spürte ich Enttäuschung. Ich hatte Lauras Mörder fangen wollen und es auch geschafft. Gleichzeitig hatte ich einem Kinderpornoring den Rest gegeben und das Thema in die Öffentlichkeit gebracht. Warum nur war ich so unzufrieden mit mir selbst?

Die Akte »Laura Gutweil« war geschlossen worden und vermutlich in irgendeinem Keller im Polizeipräsidium abgelegt. Frau Ellenbogen war von der Haft verschont und wartete zuhause auf den Prozeß. Das Geld hatte gereicht, um einen berühmten Strafverteidiger zu engagieren, der die Tat einer verzweifelten Mutter sicherlich vor Gericht mit der gebotenen Theatralik präsentieren würde. Ihr konnte nicht viel passieren.

Zufrieden und glücklich war nur Beate Bartusch. Das Vormundschaftsgericht hatte den Eltern das Sorgerecht aberkannt, und Peter und Gerda Jansen nahmen die Kleine endgültig bei sich auf und adoptierten sie. Aus Beate Bartusch wurde Beate Jansen — für immer.

Lauras letztes Lachen

Ich traf mich ab und zu mit Agnus Naider, der noch immer unbeweibt durch Bierstadt lief. Er hatte seinen Job in der städtischen Beratungsstelle aufgegeben, sich als Psychologe selbstständig gemacht und hauste in einer sogenannten »Psychologischen Praxis« im Bierstädter Norden. Doch kein Patient verirrte sich hierher. In dieser Gegend wußten die Leute nicht mal, was ein Psychologe genau tat, geschweige denn, warum sie ihn aufsuchen sollten.

Er hatte wenig Geld, lebte nur von Wasser und Brot und war abgemagert. Er roch schlecht und pflegte sich nicht. Er tat mir leid, denn immerhin hatte er viel zur Aufklärung der Geschichte beigetragen, mich immer wieder mit originellen Ideen und eiskalter Dreistigkeit überrascht.

Ich hatte einen längeren Urlaub geplant, mich körperlich und geistig wieder in Form gebracht. Die Treibjagd auf Ellenbogen hatte mich einiges an Körpergewicht gekostet.

Doch bevor ich nach Südamerika flog, lud ich Agnus Naider zum Abendessen ein. Es gab das seit langem geplante »Lamm auf provencalische Art«.

Naider schaufelte das Essen gierig in sich hinein, trank hastig den Wein, formte nervös mit seinen dünnen Fingern Weißbrotkügelchen. Er schien mir völlig verwahrlost zu sein.

Hätte er bloß nicht seine sichere Stelle bei der Stadt aufgegeben. Er war kein Mensch, der sich in freier Wildbahn durchsetzen konnte.

Nach seinem dritten Stück Lammkeule bemerkte ich: »Agnus! Sie haben Ihre Praxis im falschen Stadtteil aufgemacht. Sie müssen sich im Bierstädter Süden niederlassen, dort, wo die gutverdienenden Singles wohnen, die Ärzte und Rechtsanwälte oder die sexuell unbefriedigten grünen Witwen. Die fallen auf den Psychokram rein und können jedes Honorar bezahlen. Denen reicht es schon, wenn ihnen jemand zuhört.«

Er klaubte sich die Krümel aus dem Bart und holte sich mit dem Zeigefinger ein Stückchen Zwiebel zwischen den Zähnen hervor. Das Wort »Tischmanieren« erhielt durch ihn eine ganz neue Bedeutung.

Ich sah fasziniert, wie er sich ein Stück Tomate von seinen Jeans klopfte und es auf meinem Ledersofa verteilte. Ich würde wohl die Wohnung nach diesem Abend renovieren müssen, wenn das so weiterginge. Dann nahm er den Salatteller ans Kinn und schlürfte den Rest des Dressings in sich hinein. Dabei gab er ein zufriedenes Grunzen von sich.

»Also was halten Sie davon? Warum verlegen Sie Ihre Praxis nicht in eine bessere Gegend?«

»Ich habe keine Lust, mich mit diesen reichen Leuten abzugeben!« sagte Naider. »Die machen sich Probleme, aber sie haben keine.«

»Na und? Hauptsache, sie zahlen dafür. Ich sehe Ihnen doch an, daß es Ihnen nicht rosig geht. Wollen Sie nicht doch lieber wieder eine feste Stellung annehmen? Im öffentlichen Dienst oder in einem Krankenhaus?«

Er blickte grimmig und war störrisch wie ein Esel. Dann rührte er sich drei Löffel Zucker in den Kaffee.

Ich mußte das Thema wechseln. »Was macht die Liebe?« fragte ich und gab meiner Stimme einen unbeschwerten Ton.

»Nichts macht die Liebe«, sagte er, »die Frauen, die ich will, bekomme ich nicht, und die ich bekommen könnte, die will ich nicht. So sieht es aus. So hat es immer ausgesehen. Und das wird sich auch so bald nicht ändern!« Sein Ton klang bitter.

»Ach, hören Sie doch auf! Sie haben sich doch überhaupt nicht bemüht, eine Partnerin zu finden! Glauben Sie an die Märchenprinzessin, die mal kurz bei Ihnen vorbeischaut und Sie abholt?«

Er war antriebsschwach und feige. Ich hoffte, der Abend wäre endlich vorbei. Warum nur hatte ich mich wieder mit dem weinerlichen Burschen eingelassen?

»Alles wäre anders gekommen, hätte Laura es wenigstens versucht mit mir.«

Oh nein, nicht schon wieder diese alte Leier! Er hörte mein heimliches Flehen nicht und trug dick auf.

»Ich habe ihr mein Leben zu Füßen gelegt, nachdem ich sie monatelang umworben hatte. Und sie hat angeblich nichts gemerkt. Hat mein Verhalten für normal gehalten, für ganz normal. Als ob es normal gewesen wäre, daß jeden Morgen frische Blumen auf ihrem Schreibtisch standen. Oder war es etwa normal, daß ich sie ständig zum Essen einlud, daß ich ihr Bücher schenkte oder daß ich ihr die unangenehme Arbeit im Büro abnahm? Sie hat alles hingenommen, und mir machte das Mut – Mut, so weiterzumachen. Sie hat mich ausgenutzt. Und als ich meinen Lohn wollte, da war sie ...« Er verstummte.

»Welchen Lohn?« fragte ich nach. Ich war hellhörig geworden.

»Im Büro«, schrie er wütend, »an irgendeinem Tag, ich wollte sie nur küssen, wenigstens einmal. Sie gab mir einen Kuß auf die Wange. Mehr nicht. Dann sagte sie mir eiskalt, daß es mehr von ihr nicht gäbe. Nie und nimmer. Und ich sollte den Quatsch mit den Blumen lassen. Sie würde abgeschnittene Blumen hassen, weil sie sterben würden. Sie schaute mich dabei mitleidig an. Und wenn ich was nicht ertragen konnte, dann war es ihr Mitleid! Monatelang hatte ich mich zum Narren gemacht. Ihnen hat sie doch sicherlich auch alles erzählt über den Idioten im Büro, oder?«

»Nein. Sie hat Sie niemals erwähnt!«

»Aber von Ellenbogen hat sie erzählt, oder? Ausgerechnet die schöne Laura verliebt sich in einen Verbrecher, der es mit Kindern treibt. Und hat es bis zuletzt noch nicht einmal gewußt!«

Haß und Wut machten seine Stimme um einige Lagen höher. »Natürlich hat sie es gewußt«, widersprach ich, »warum hätte er sie sonst umbringen sollen?«

Naider schüttelte den Kopf. »Nein, sie wußte nichts. Ich habe es rausgekriegt, ich ganz allein. Ich habe ihn beobachtet, weil ich Laura beobachten wollte. Monatelang. Er traf sich mit den Bartuschs, und ich ahnte, warum. Ich wußte auch, daß es ein Postfach gab, denn ich folgte ihm, als er die Post abholte. Laura hielt diesen Maler für den Täter, Ellenbogens Freund. Er wurde mal von der Polizei vernommen, weil eine Mutter ihn angezeigt hatte.«

»Warum haben Sie Ellenbogen nicht angezeigt, wenn Sie ihn für einen Verbrecher hielten?«

»Ich bin kein Denunziant, Laura hätte alles nur für einen Racheakt gehalten!«

»Und nach Lauras Tod? Was hat Sie zurückgehalten?«

»Ich weiß es nicht. Ich hatte meine Gedanken nicht beisammen. Ich überlegte mir eine andere Lösung.«

Ich begriff und fragte: »Dann haben Sie mir das Lolita-Magazin in die Redaktion geschickt? Um mich auf Ellenbogen aufmerksam zu machen?«

»Ja, und ich wußte, daß Sie mit mir Kontakt aufnehmen würden. Laura hatte von Ihnen erzählt, einer guten Freundin beim 'Bierstädter Tageblatt', die ständig auf der Suche nach heißen Stories war. Also war die Sache bei Ihnen gut aufgehoben.«

Ich überlegte. Irgendwo paßte die Geschichte nicht. »Wenn Laura nichts von Ellenbogens 'Hobby' wußte, warum hat er sie dann umgebracht? Die Frage ist immer noch offen. Das ergibt alles keinen Sinn! Und er muß sie umgebracht haben, wie kam sonst der Schlüssel in seinen Safe?«

Während ich so drauflos plapperte, verfestigte sich in meinem Gehirn ein neuer, wahnwitziger Gedanke. Wer hatte den Schüssel aus dem Safe geholt, damals im Hause Ellenbogen? Naider! Was aber, wenn er ihn nicht rausgeholt, sondern nur in der Hand gehalten hätte, nachdem er ihn aus der Hosentasche gezogen hatte? Er hatte mit dem Rücken zum Safe gestanden, die Hand hineingesteckt und den Schlüssel zu Lauras Wohnung plötzlich vorgezeigt. War Ellenbogen doch nicht der Mörder?

Naider hatte mich beobachtet, und als ich ihn ansah, wußte er, was ich gedacht hatte.

»War es Ellenbogen, der Laura ermordet hat, oder war es jemand anders?« fragte ich ihn leise. Ich hatte Angst vor der Antwort und wollte sie dennoch endlich wissen!

»Ich wußte, daß Laura für ihre Freunde eine Party geben würde. Ich war nicht eingeladen. Ich will keinen Streß mit dir, so drückte sie sich aus. Es sollte nämlich eine lustige Fete werden, und da paßte niemand hin mit Leidensmiene. Mittags nahm ich Lauras Schlüssel an mich. Sie merkte nichts, wahrscheinlich glaubte sie, ihn zu Hause vergessen zu haben. Dann fuhr ich in den Teutoburger Wald, um meinen Vortrag zu halten. In der Nacht faßte ich den Entschluß, nach Bierstadt zurückzufahren, um noch mal mit Laura zu reden.«

Er war aufgestanden und ging auf und ab. Seine Stimme war leise, und die Sätze kamen stoßweise heraus. Mir graute vor dem weiteren Verlauf der Geschichte, am liebsten hätte ich mir die Ohren zugehalten, doch ich saß wie gelähmt und klebte in meinem Sessel fest.

»Ich benutzte den Schlüssel und kam ins Haus. Es waren viele Leute da, niemand nahm Notiz von mir. Die meisten waren leicht betrunken, die Musik schon leiser gestellt, und Sie, Maria, saßen in einem Sessel und beobachteten die Leute. Ich verbarg mich, aber das war nicht nötig. Jeder war mit sich selbst oder seinem Partner beschäftigt. Ich sah Laura, sie ging nicht mehr ganz gerade, und ich folgte ihr. Sie betrat ihr Schlafzimmer und schloß nicht ab. Ich wartete eine Weile, unschlüssig, was ich tun sollte, dann trat ich ein. Ich verriegelte die Tür von innen. Sie stand nackt vor dem Spiegel und betrachtete sich. Sie war ziemlich betrunken und mußte sich mit einer Hand an einem Stuhl festhalten. Sie war trotzdem so schön.«

Diese verdammten Pausen. Ich wurde langsam wütend, meine Erstarrung löste sich.

»Los, weiter!« befahl ich. »Was ist dann passiert?«

»Sie drehte sich um und sah mich. Sie war so schön, und ich starrte sie an. Sie fing an zu lachen und lachte und lachte. Ihr Gesicht verzerrte sich, und ihr Körper drückte Verachtung und Belustigung aus. Sie begann zu tanzen, wiegte ihre Hüften und streichelte ihren Körper und lachte weiter. Ich starrte sie an und bekam kein Wort heraus. Dann reichte es mir. Ich ging auf sie zu, und sie lief hinter einen Stuhl. Dann sagte sie: 'Na, gefalle ich Dir? Guckst du dir das an, was du nie kriegst?' Als ich dicht vor ihr stand, lachte sie nicht mehr. Sie schaute mich nur an und fragte: 'Bist du gekommen, um mit mir ins Bett zu gehen?' Ich nickte, und sie lachte wieder. 'Du mußt noch ein paar Jahre auf die Weide', prustete sie los, 'dann darfst du wiederkommen.' Ich warf sie aufs Bett. Ich wollte ihr nichts tun, sie sollte nur aufhören zu lachen!«

»Und dann haben Sie ihr ein Kissen aufs Gesicht gedrückt, damit sie aufhört!« fuhr ich mit lebloser Stimme fort.

Er nickte. »Ich wollte sie nicht umbringen, ich wollte nur, daß sie schweigt. Ich hätte sie nie vergewaltigen können, niemals hätte ich so etwas gemacht ...«

Er fiel in einen Sessel und ließ den Kopf sinken.

»Und wie ging es weiter?«

»Als ich das Kissen auf ihr Gesicht drückte, klopfte es draußen. Jemand rief Lauras Namen. Laura begann sich zu wehren und stöhnte laut. Da drückte ich noch fester zu. Die Frau, die gerufen hatte, ging dann. Ich hörte, wie sich ihre Schritte entfernten. Als ich das Kissen von Lauras Gesicht nahm, rührte sie sich nicht mehr. Das ist alles. Ich habe es nicht gewollt.«

»Und warum haben Sie sie nicht so liegenlassen? Warum die Fesselung ans Bett? Warum der Versuch, eine Vergewaltigung vorzutäuschen?«

»Ich nahm an, daß die Polizei nach Lauras letzter Beziehung fragen würde, und die hieß schließlich Ellenbogen.«

»Und warum jetzt dieses Geständnis?«

»Ich habe mich überschätzt.«

»Ja, so ist das wohl. Das eigene Gewissen ist eine unberechenbare Sache!« entgegnete ich und erhob mich. »Und jetzt, Agnus, trinken Sie ihren Kaffee aus, und dann gehen wir.«

»Wohin?« fragte er verständnislos.

»Wir haben einen Termin bei Hauptkommissar Zahlmann. Den sollten wir auf keinen Fall versäumen. Wir wollen ihm doch das allerletzte Kapitel der Geschichte nicht vorenthalten, oder?«

Er nickte, trank und schlürfte dabei.
»Ich bin froh, daß es vorbei ist!« meinte er.
»Ich auch«, schloß ich mich ihm an.
Dann machten wir uns auf den Weg.

Krimis von Gabriella Wollenhaupt

Grappas Versuchung
ISBN 3-89425-034-8 DM 14,80
Der erste Krimi mit Maria Grappa
»Ein spannender Stoff, eine köstlich ironische Auseinandersetzung mit der Region.« (WDR)

Grappas Treibjagd
ISBN 3-89425-038-0 DM 14,80
Der zweite Krimi mit Maria Grappa
Reporterin Maria Grappa macht Jagd auf einen geheimnisvollen »Onkel Herbert«, der seit Jahren in Bierstadt sein Unwesen treibt.

Grappa macht Theater
ISBN 3-89425-042-9 DM 14,80
Der dritte Krimi mit Maria Grappa
Ein Theaterkritiker wird entführt und ermordet. Verdächtig sind ein Möchtegern-Intendant, der lokale Schullyriker, der zynische Kulturdezernent und die junge Schauspielerin.

Grappa dreht durch
ISBN 3-89425-046-1 DM 15,80
Der vierte Krimi mit Maria Grappa
Sprang Fernsehjournalist John Masul freiwillig vom Dach des City-Center? Maria Grappa erhält den Job des Toten. Bei TELEBOSS werden Filme nicht nur über Krötenwanderungen gedreht ...

Grappa fängt Feuer
ISBN 3-89425-050-X DM 16,80
Der fünfte Krimi mit Maria Grappa
Ist Maria Grappas griechischer Lover der raffinierte Mörder in der Bierstädter Reisegruppe, der sich so trefflich auf Mythologisches versteht?

Grappa und der Wolf
ISBN 3-89425-061-5 DM 14,80
Der sechste Krimi mit Maria Grappa
Dubiose BKA-Leute und Plutonium-Schmuggler in Bierstadt, ein Killer mit Stil, einige Allzufrühverstorbene und mittendrin Maria Grappa.

Killt Grappa!
ISBN 3-89425-066-6 DM 14,80
Der siebte Krimi mit Maria Grappa
Ein zerstückelter Schönheitschirurg, eine schwache Witwe, eine dominante Hausdame und ein umtriebiger Satanspriester ...

grafit

Krimis von Andreas Izquierdo

Der Saumord

ISBN 3-89425-054-2 DM 14,80 3. Auflage

In Dörresheim geschieht Seltsames: Die vielversprechende Zuchtsau Elsa wird aufgeschlitzt, und die preisgekrönte Kuh Belinda begeht Selbstmord. Jupp Schmitz, Reporter des »Dörresheimer Wochenblattes«, glaubt nicht an einen Zufall. Bei seinen Recherchen legt er sich nicht nur mit dem mächtigen Fabrikanten Jungbluth an, sondern zieht den Haß aller Dörresheimer auf sich und gerät schließlich selbt unter Mordverdacht. Einzig Jupps Jugendliebe Christine hält zu ihm.

Der Saumord ist eine Geschichte mit haarsträubenden Bildern, urkomischen Szenen und seltsamen Typen. Eine Geschichte voll ernster Inhalte, menschlicher Schwächen und echter Freundschaft. (Blickpunkt)

Das Doppeldings

ISBN 3-89425-060-7 DM 14,80 2. Auflage

Eine wertvolle Münze aus der Antike wird gestohlen. Dann taucht sie wieder auf, wird wieder gestohlen. Eine Menge Leute scheinen sie besitzen zu wollen. Auch Jupp Schmitz, Redakteur des »Dörresheimer Wochenblattes«, macht sich auf die Suche. Derweil kämpft die »IG Glaube, Sitte, Heimat« für die Schließung des kürzlich eröffneten Bordells.

Jede Menge Seife

ISBN 3-89425-072-0 DM 16,80

Der kanadische Seifenopern-Spezialist Herb Buffy soll der schlappen Serie »Unser Heim« quotenmäßig auf die Sprünge helfen. In den Colonia-Studios und beim Außendreh in Dörresheim beginnt eine dramatische Krimi-Oper. Die Serienhelden werden entführt, Reporter Jupp Schmitz in einer Scheune in Dörresheim halbtot geschlagen.